幻獸志異
5 狼子野心
龍人 策劃 雨魔◎著

如同**魔獸世界**一般，馭獸齋擁有許多不同寵獸的角色，有的凶猛殘暴，有的純真可愛，有的忠心護主，有的見利忘友。擁有不同功能的寵獸，就像量身打造的個性裝備，寵獸們將與主人共同冒險犯難、打擊罪惡，探索未知的世界。

故事背景

三十世紀，地球上所有的國家和民族都統一在聯邦政府的大旗下，

幾個世紀後，人類成功在地球以外的方舟、夢幻、后羿三個星球定居下來。

由於地球經過三十個世紀的開採，資源遠遠少於其他三個星球，

聯邦政府也移居到后羿星。

人類對外界物質的研究彷彿到了盡頭，轉而致力於開發人類自身的潛能。

人類的身體非常脆弱，

雖然通過一些古老的功夫修煉，來達到強身的目的，但是並非每一個人都適合修煉，

要想達到一定的程度，動輒就是幾十年，實在是太久遠了。

於是，科學家們想利用一種簡單有效的方法，來取代按部就班的修煉，

幾十年過去了，終於讓他們研究出來利用其他生物來彌補自身缺陷的不足，

而且瞬間合體後DNA的組合，可以讓人類擁有該生物所獨有的本領，強化肉體。

在以後的幾個世紀裏，培養寵獸蔚然成風，

不只是聯邦政府每年投資大量資金在該研究上，

四大星球的各大財團也每年投入大量的人力物力，
就連有興趣的個人也會在家弄個實驗室來研究。
身體素質的提高將能更好的和寵獸合體，發揮出更強的實力，
因此武術武道武館再一次的興起。
然而好景不常，自身本領的極大提高，使人類的好勝心再一次顯現，
聯邦政府在巨大的衝擊下宣佈垮台，四大星球各自獨立分為四個星球聯邦政府。
據傳說，聯邦政府在垮台前，把每年研究寵獸的失敗品封鎖到一個秘密的地方，
而更在垮台後，將尚未成功的高等獸的實驗品統統封鎖在那個秘密地方，
後世之人將這個秘密的地方稱為——力量之源。
據說，只要能夠達到那裏，你就掌握了全世界，
因為只要從這裏隨便得到一隻高等獸，你就可以縱橫四大星球，唯你獨尊了。
聯邦政府有鑒於高等獸和人類合體後所發揮出來的駭人力量，
在垮台前將所有關於寵獸的寶貴資料付之一炬，
從而直接導致人類在這方面的研究倒退到最原始的地步，研究也停滯不前。
在大戰中倖存下來為數不多的幾隻七級護體獸，也就成了現今人類所知的最高級寵獸。
而威力強大的神獸，只有在夢中尋找，主人公的傳奇也就在夢中開始了……

四大星球

地球：人類的母星，是人類最早居住的地方。雖然地球的經濟與政治地位均低於其他星球，但是總有一些擁有強大力量的修煉武道之人隱於地球。更何況，地球有兩座聞名四大星球的高級武道學府：北斗武道、紫城書院，武道人才充沛促使地球可與其他星球分庭抗禮。

后羿星：地球外最先被發現適合人居的星球，地質地貌與地球無二，同樣是個蔚藍的星球。由於聯邦政府將總部從地球移到后羿星，后羿星一躍成為四大星球的政治中心，並發展迅速。四大星球中最有名的崑崙武道就在后羿星。而四大星球首屈一指的產藥集團「洗武堂」也設有頗具一定規模的附屬學校，培養了大量的醫藥人才。

夢幻星：夢幻星地勢平坦，多平原、丘陵，物產豐富，能源充沛，為各財團所看重，經過數十年的治理，很快成為四大星球經濟最發達的。此時習武成風，冷兵器與熱兵器同樣重要，夢幻星的「煉器坊」便是以此聞名，煉器坊的附屬學校每年為各個星球輸送了大量冷熱兵器方面的人才。

方舟星：最後一個被發現的星球，有著大面積的海洋湖泊，是一個以水為主的星球，少陸地。但是資源豐富，經濟發達。由於開發得不夠，這個星球比其他星球都充斥著未知的秘密和危險。

寵獸等級

寵獸分為一到九級，而每一級又分為上、中、下三品。

一到三級稱之為寵獸，較為常見，寵獸店能夠輕易地買到，但攻擊力不強，主要用來作一些輔助的用途，又被人稱之為奴隸獸。

四級到七級稱之為護體獸，四級和五級的護體獸較常見，寵獸店的搶手貨，不過越是高級的寵獸越脆弱，在未長大之前很容易死亡，四級以上的護體獸能夠大幅度增強主人的攻擊力，級別越高增強的幅度越大。

六級的護體獸就比較罕見了，千金難求，在寵獸店也很難見到，但仍可以在某些大型寵獸店買到，一般六級護體獸都會作為一個寵獸店的鎮店之寶。

七級的護體獸非常罕見，可以說是無價之寶，從百年前到現在四大星系數百億的人口中，據說能擁有七級護體獸的不超過十個，而在上個世紀大戰中倖存下來為數不多的七級護體獸，也不知散落在四大星球的哪個角落裏。

七級以上的稱之為神獸，力量之強大無與倫比，合體後力量更是非人力所能達，這種超強的力量一直為人所津津樂道，也因此有人把七級以上的神獸稱為高等獸，而七級以下的稱為低等獸。

七級獸處在中間，關係就比較曖昧，七級獸是最有可能升級躋身到神獸行列的寵獸。

但是由於到現在還沒有七級以上神獸出世的傳說，所以擁有一隻七級護體獸就成為了天下習武之人的夢想！

聯邦政府在毀滅前將所有資料付之一炬，仍有流落在民間的寶貴資料被保存下來，一些有心人在暗中默默地繼續研究。

那些在大戰中逃散的各級寵獸，有很多沒有被戰後的人類捕捉到，就和普通獸類在另一個世界中悄悄衍生自己的後代，也因此，人類世界不再寂寞，更有千奇百怪的獸類充斥在星球中人類痕跡不及的地方。

駁獸齋傳說

卷五 魔獸迷蹤

CONTENTS

目錄

第一章　將計就計

月師姐以極爲奇怪的眼神望著我，疑惑地道：「神經病，幹嘛問我這個問題，你倆個我都願意相信，到底你和他之間發生什麼事了？」

我道：「師姐，你必須先回答我的問題，我再告訴你。」

月師姐皺著眉頭道：「小師弟，你這個問題可真讓師姐難回答了，你要非讓師姐選擇，那麼我寧願選擇不知道你倆之間的事。」

我嘆了口氣，這樣也好，既然她對我和洪海都十分信任，我要是貿然說出來，她要是忍不住告訴了洪海，這麼一來，不論洪海是不是真的有害我之心，我和洪海之間的關係都會變僵。

月師姐道：「小師弟，你妹子下來了，你去祝賀她吧，師姐先行一步，可能明天我就要回后羿了，我在家等著你，你明天把你的材料清單交給我，我一回去就趕快派人去買。」

我笑著應了一聲，看著她離開，我也飛下去接愛娃，就在我快速的在人頭攢動的會場上劃過時，眼角的餘光忽然看到了昨天晚上出現的那個老婆婆，只是我飛行的速度很快，再想找的時候已經不見了。

愛娃見到我，也向我飛了過來，神情興奮地道：「依天大哥，你什麼時候到的，有沒有看到愛娃的表現？」

我哈哈笑著道：「大哥來晚了一些，差一點就錯過了妹子的精彩表現，不過還是看了後半截，妹子的功夫確實有很大長進。」

……

我只顧和愛娃說話，竟然把龍前輩給忘記了，等到一會兒過後，再看時，龍前輩他們師徒幾人已然不見了。我心中忽然產生了不祥的預感，我急忙問道：「愛娃，你看到丁麥和他的師父、師兄去哪了嗎？」

愛娃道：「我沒注意，他們應該回去了吧，依天大哥，你找他們有什麼事嗎？」

我道：「一點私事。」突然而來的不祥預感，令我不知該如何是好。

愛娃見我著急的樣子，慌忙道：「依天大哥，你找他們是有什麼急事吧，我上次好像聽說，他們忽然從原先居住的大酒店裏搬了出來，好像是搬到郊區很少人的一個什麼地方，是在什麼湖邊吧。」

我納悶道：「郊區的湖邊？你怎麼知道的？」

愛娃道：「上次丁麥向我們賠罪，請柔兒和我們幾人吃飯的時候曾經提到過，還向我們抱怨他們的師父看他們太嚴。」

柔兒就是愛娃那些女伴中的一個，長相皎好，性格溫柔，我暗道這些傢伙泡妞技巧終於有所上升了。嗯，有點意思。

我道：「他們還說了什麼嗎？」

愛娃道：「他說他們師兄弟幾人都不情願住在荒郊野外，但是他們師父偏讓他們去，說大自然的環境可以陶冶性情，令他們心境平和，對他們修煉大有裨益。所以他們現在都住在郊區。」

腦海中靈光如同流星般一閃而過，我喜上眉梢，心中已經猜到他們是要去哪裏了，一定是上次我和他相聚的那個大湖，我道：「愛娃，你先陪你的朋友們去吧，大哥現在去找他們。」

說著沒等愛娃回話，我就一頭飛了出去，心中那種不好的預感愈發強烈起來，可是卻說不上究竟哪裏不對勁。我沿著通向湖邊的方向，快速的向前飛掠去。

我飛上高空，在近千米的高空我可以自由快速飛行，不受天空交通的制約，兩邊林立的高樓在眼前不斷的閃動著，我穿越高空，稀薄的雲霧把速度推向極限。忽然我想到了魔鬼所說的一句話，我變身成狼人去找他的時候，他一下子就把我給認了出來，他說一個人無論外貌怎樣的變化，但是他的眼神永遠不會改變！

那個讓我看起來十分眼熟的老婆婆，就是那天我在拍賣場看到的龍大，而她去天下第一武道大會的預賽場地，一定是想看看自己小師弟們的比賽情況，但卻絕對不是爲了關心他們！

以飛船聯盟的行事手段來看，龍大定是那種爲達目的不擇手段的人！不論她變成什麼樣子，她的恩師都能輕易把她認出來，爲了掩人耳目藏匿行跡，尤其是不讓我找到她，龍前輩是她最大的隱患。

我驚道：「不好！龍大一定是要在半途殺了龍前輩！」

雖然理性告訴我，龍大是不可能做到的，可是我的直覺卻認爲，龍大一定能達到她的目的！

龍前輩上次告訴過我，龍大與他的修爲不相上下，可能在合體後，龍大佔有一些優勢，可是龍前輩的那幾個徒弟也都不是好易與的，怎麼也能增強一些龍前輩的實力！

想到這，我更是心急如焚，馬不停蹄的向那個湖邊飛去。我一定要及時趕到，不能使龍大的陰謀得逞。同時我心裏還另有盤算，我來的目的就是抓捕五鼠的，現在有這麼個大好機會，我與龍前輩聯手對付龍大，就算龍大三頭六臂，也得伏首認罪。

我焦心的向前方快速投去，漸漸我離那個湖邊已經不是很遠，我降下來，在離地面十幾米的高度快速掠動著。突然，我看到一個人仰面躺在地面，一隻腳呈現不規則彎曲，好像是斷了。

我立即落了下去，此人正是龍前輩的徒弟，他見到我也十分驚訝。

我馬上問他：「龍前輩呢？」

他氣急敗壞地道：「混蛋，你是不是和那個人是一夥的，就算你殺了我也別想我告訴你。」說著還把頭轉過一邊。

我看著他「視死如歸」的樣子，真是哭笑不得，我怒道：「快點告訴我他們在哪？遲了，你師父要有什麼不測，你後悔也來不及。」

他冷冷地道：「不要以爲我會上你的當，想殺就殺吧，反正我也無法還手。我師父的修爲天下無雙，誰能把他老人家如何？」

我氣道：「真是笨蛋，我現在沒空和你說道理，龍前輩到底在哪？我告訴你，那人的修爲不在你師父之下，快點告訴我，他們去哪了，我還能助你師父一臂之力。」

他聽了我的話，反而閉上眼睛不理睬我，我氣恨的一跺腳接著向前面飛去，沒過多遠，又看到龍前輩的一個徒弟被打傷在地上，我沒浪費時間飛下去問他們，按照這個方向，我一直向前飛去，一路又看到剩下的三個人，看來龍前輩的五個徒弟全都被打傷，暫時失去了行動能力。

再飛了大約幾百米的距離，我就看到了在前方龍前輩和龍大正在慘烈的戰鬥，龍前輩邊打邊罵道：「畜生，你打傷我的徒弟，把我引到這裏，不就是想解決了老頭子嗎！老夫容忍你們爲惡幾十年，今天就要替天行道，斃了你這個不肖的徒弟！」

龍大今天儒裝打扮，一身白衣白褲，單看表面以爲她俊雅倜儻，實際上卻是心腸歹毒的惡婦人！龍大手中拿著一柄金剛鐵扇，折疊開合，砸點指打，使得虎虎生風，龍大嬌聲笑道：「師父，這可就是您的不是了，再怎麼說，我是您的親傳徒弟，俗話說虎毒不食子，您怎麼胳膊肘往外拐，同外人一起對付自己的徒弟呢？」

龍前輩怒髮衝冠，道：「既然你知道了這件事，也好，老夫今天就和你做一個了斷！老夫隱居幾十年爲的是什麼？就是看不慣你們師兄弟作孽，但又不忍心清理門戶，苦忍了幾十年啊！直到現在我才後悔，當初你們剛剛爲惡的時候，我應該對你們嚴加管教，也許你們也不會走到今天這個無法挽回的地步。」

龍大噗哧笑道：「師父，您老人家後悔得可有些太晚了，現在清理門戶，您這一把老骨頭還行嗎？」

龍大一番刻薄刁鑽的話讓龍前輩氣得捶胸頓足，連說了三個好字：「好！好！好！今天老夫到想看看，你這個不肖的畜生能厲害到什麼程度，老頭子這一把骨頭和你碰碰，看看誰的硬！」

我及時趕到，終於放下了心中大石頭，喘了口氣，我朗笑一聲，飛到龍前輩身邊，徐徐道：「龍前輩您這是和誰生這麼大氣，該不會是對面這個不男不女的醜八怪吧！」

龍大平時最以美貌自詡，此時被我說成醜八怪，冷笑一聲道：「依天！你來得倒是很快啊，不要以爲自己多聰明，你已經上了我的當，我勸你還是不要多管閒事，還是趕快去找你的愛娃妹子吧！」

我心中一驚，暗道莫非她這是調虎離山之計，她能知道我和愛娃是兄妹關係，這沒什麼稀奇，只是她如何能料到我就一定會跟過來呢？這必然是她的空城計，故意用愛娃的安危來迷惑我！

我談笑自若地道：「就算愛娃被你捉走了，我也不怕！」

龍大奚落道：「你是想抓了我，不愁找不回你的妹子。你想得不錯，可惜你沒有想到自己的功夫與我相比，仍差很大一截嗎？」

我淡淡一笑，別轉頭向龍前輩道：「前輩，您介不介意小子幫助你一塊收拾了這個敗類。」以我對龍前輩的瞭解，他豪爽灑脫的性格，是斷然不會有門戶之見，堅持一些俗物的。

龍前輩大笑道：「好，你來得正是時候，我真是後悔當初沒有教好他們，現在反而是教會徒弟打師父，這個不肖孽畜竟然想殺了老頭子，今天我們就聯手爲人民除一害。」

龍大見龍前輩爽快地答應了，臉色一變，冷冷地道：「師父啊，師父，您果然是絕情絕意，聯合了外人，把自個的徒弟往死路上逼啊！」

我悠然道：「天作孽猶可爲，自作孽不可活。你們五兄弟創建飛船聯盟，死在你們手裏的不論是無辜的公民，還是死有餘辜的黑道分子，抑或是政府官員，都不在少數吧。你們弄到天怒人怨，今天也該償還了吧！」

龍大哈哈笑道：「你們兩人聯手欺負我一個弱女子，還在那裏與我說教，你就不覺得可笑嗎？」

我壓低聲音道：「前輩，我先單人匹馬的會會她，試試她的修爲究竟會高到什麼程度，萬一不敵，您老人家再上來幫我。」

龍前輩神色凝重地望著我道：「依天，她的修爲最近突飛猛進，比上一次和我相鬥的時候又高了很多，你要多加小心，萬一你要有個閃失，我這把老骨頭就算是全搭進去也賠不了！」

我淡淡一笑道：「前輩您就放心吧，等會與她交手時，我一定會非常小心的，一有什麼危險，我就會高聲叫你幫忙的。我家有嬌妻，可還不想在這裏夭折，我的很多夢想都還沒完成呢，我一定會珍惜自己的小命的。」

龍前輩道：「那我就幫你掠陣，記得多多小心，萬萬不可小視她！」

龍大見我和龍前輩用傳音說話，有些按捺不住地道：「喂，老東西，你和他商量著什麼歹毒的辦法對付我呢？」

龍前輩不屑地望著她道：「你以自己的想法來揣測別人，以爲天下人皆如你一樣用歹毒計謀暗算別人，可笑你的無知，依天是說服老夫讓他自己一個人對付你！鼠目寸光，當真一點也不假。」

我淡然自若的向前兩步，望著她微微一笑道：「你說自己是一個弱女子，那我們豈不是孱弱的男子！一個女孩家的，不在家裏描花繡紅，相夫教子，卻跑到外面來惹出這麼多事端！不過你既然說自己是一介女流，我們也不屑占你便宜，就讓我依天一個人代表后羿政府的法律來收拾你，法律面前人人平等，可沒有老弱婦孺的概念！」

龍大忽然望著我咯咯的笑得花枝亂顫，男裝的裝扮仍不能掩住她天生的嫵媚，俊美的嬌靨飄溢出萬種風情。她輕撫自己的酥胸，一雙美目異彩連閃，如水般的眸子直要把人瞧得都酥了。她自憐自艾地道：「難道我就不想找一個好男人嗎，女人再強也需要男人的臂膀。可惜啊！天下男人均是賤骨頭，喜新厭舊更是他們的本性，我一個女人又能相信誰呢！」

頓了頓，她面帶異彩，深深的注視著我道：「依天，天下眾多英雄，也只有你能讓我看上眼，不如你娶了我，以你我的實力，四大聖者去後，這四大星球遲早都是我們的！」

我一愣，沒想到這個女魔頭竟然看上我了，旋即哈哈大笑出來，我悠悠地道：「我可沒有那種雄心壯志，我們是處在截然不同軌道上的人，是絕對沒有可能走到一起的。」

龍大輕垂下螓首，隨即又抬起頭來，露出那張亦喜亦嗔的天使臉孔，道：「人都是可以改變的，你和我相處長了，自然會發現我的好來。理論上來說，就算是空間中兩條平行的線，也會有相交的一天！」

我剛要說話，龍前輩卻插了進來，手指著龍大道：「呸，老夫今天還真是開了眼界了，你這個不要臉的妖婦，當初我是瞎了眼，才會收你爲徒的，老夫恨不得一掌劈了你！」

龍大眼中陡然暴出兩道駭人的怒芒，盯著龍前輩，鳳眼生寒，冷森森地道：「老東西，我給你一分面子，才稱你師父，要不是看在往日授藝的份上，我早就把你給收拾了！老東西，我與我的愛郎說話，你最好少插嘴。」

我笑道：「沒想到我還這麼吃香，竟入得佳人法眼，可惜啊，你來遲一步，我已有賢妻，我們兩人伉儷情深，心中再不可能容下別人了。」

她道：「不知道那位搶先奴家一步的美人是誰？」

我道：「飛馬城李姓世家，李藍薇。」

龍大笑靨如花，徐徐道：「原來是李家，飛馬城雖然是小城，但是李姓世家確實在地球上聞名遐邇呀，那冰山美人李藍薇更是大大有名，說實話，李藍薇倒是配得上我的愛郎。愛情可以培養，日久生情，我想以奴家的蒲柳之姿，還不會讓愛郎生厭吧。」

我哈哈大笑：「你何止蒲柳之姿啊，簡直是美若天仙，以你的美貌要想讓一個男人愛上你，還不是舉手之勞，奈何法網恢恢，疏而不漏，就算你是我的嬌妻美妾，我也會把你繩之以法。」

龍大仍是心有不死，繼續道：「看來愛郎是被李家丫頭迷昏了頭，我這就把她給殺了，到那時，愛郎就不會再推三阻四了吧。」

我嘆道：「今天我終於領教了何爲蛇蠍心腸，似你這等毒婦，比蛇蠍還要毒，就算全天下女人皆死光了，我也不會與你這種不知寡廉鮮恥的女人爲伍。」

龍大咯咯的笑了起來，雙眸露出怨毒的神色，緩緩道：「天下男人都是賤骨頭，輕易到手的從不會珍惜，反而不能到手的卻百般呵護，萬般體貼。」

我喝道：「我所結交的人中不乏好男人！天下人物以類聚，似你這般毒婦，所遇所交往之人都是禽獸之等的社會敗類，你想在這類人中找出一兩個君子聖人，豈不是如同在乞丐中找百萬富翁！」

龍大惱羞成怒，銀牙緊咬，一對寒眸恨不得把我給生吃了，她道：「好一個不識抬舉的男人，我要把你周圍和你有關係的女人全部一一抓起來給殺了，讓你永遠生活在痛苦中！」

我冷哼一聲道：「你有能耐過了今天，再說明天的事吧！」

我們不約而同地衝向對方，我的拳腳功夫要比使劍強多了，我們兩人赤手空拳就在空中激鬥起來，甫一接觸，我們就互相打出了三十多拳，踢出了二十多腳，外加十二個手刀。

我不打不知道，一打才發現她的修爲竟然在我之上，幸虧強得也十分有限，我不由得暗自慶倖自己不久前突破第三曲的束縛，進入到陰陽兩氣的第四曲。

義父曾經說過，我家傳絕學九曲十八彎的功法，真正的大劫就在第四曲，如若成功度劫，進入第五曲的境界，才算是真正的登堂入室，躋身高手之列，如若進不了第五曲，那麼我此生就只能徘徊在高手之外，永遠停留在第四曲的水準。

這些念頭，就像擦肩而過的飛船，嗖地在腦海中、心湖裏一閃而過。

龍大可堪稱是我遇到所有女人中，修爲最高的，藍薇也差她好幾個級別，師姐和愛娃就更不用說了。

北斗武道的校長可能與她有一拚之力，但是兩人的年齡十分懸殊，龍大如果可以活到那種程度，修為絕對可驚天動地。

龍大能夠創建飛船聯盟，到今天這般在黑道如日中天的程度，不但心狠手辣，計深如海，今天我才驚嘆地發覺她的修為更是天下罕見。

我真是為她可惜，這麼出色的一個女人，如果沒有走入歧途，那該多好啊！

想歸想，手腳卻絲毫也沒有停下，龍大的攻擊太犀利了，而且招式多玄妙，傷害力也比普通拳法強很多。

更令我奇怪的是，龍大一個嬌滴滴的女人，拳法卻走的是陽剛路線，拳招之間充滿殺伐之氣，每每欲致人於死地，卻滿是正大光明的意味，如此玄妙的拳法，我還第一次遇到。

忽然龍前輩在一邊怒斥道：「畜生，你既然不認我作你的師父，為什麼還有臉使我傳你的拳法！」

接著又向我道：「依天，這個畜生用的是遠古傳下來的至陽至剛的拳法，名為金剛大聖拳，招式玄奇奧妙。」

龍大把滿腔的怨憤和怒氣都放在拳法中，每招都不離我的頭胸腹致命部位。

龍大的神奇拳法再加上輕盈的身法，很快就佔據了上風，我修爲也比她差上少許，想要硬拚卻也難有勝算！

我喊道：「前輩，這個金剛大聖拳，有沒有解法？」我雖看起來已經狼狽不堪，卻仍鎮定自若，因爲我相信龍前輩一定會幫我的！既然他浸淫金剛大聖拳這麼久，他必然會有破解之法。

以龍前輩的本領，自然能看得出端倪，我雖完全落在下風，卻每每都能在險之毫釐的瞬間，堪堪躲過。因此一時不會有生命之憂。他氣貫聲音之中，朗朗地道：「金剛大聖拳，在於陽剛之氣、殺伐之意，無妙法可克。」

我一邊狼狽地躲閃，另一邊心中卻哭笑不得，這個老頭子啊，難道沒看到我正在出生入死嗎，生死一線之間，他竟然還有閒工夫在背書，再接著背下去，就得出人命了。

龍前輩又道：「不要著急，作爲一個高手，要能在任何情況下保持鎮定，冷靜地分析對手強弱，擇其弱點而攻之。」

我心道這種奇妙的古拳法，經過幾十代人甚至上百代傑出人物的揣摩、實驗、改進，早已臻至完美的境界了，你現在竟讓我在生死之間去觀察拳法的破綻，我都顧不得生死了，還哪有閒工夫去注意破綻。這不是找死嗎！

龍前輩接著道：「武道中有廣爲人知的一條真理，用在這裏十分合適。對方雖剛，卻可以柔克之；如若不然則可以，以剛對剛，強者勝！」

我心中苦笑，如此強勁的拳法，至陽至剛，我到哪找一種至陰至柔的拳法來克制它，以強制強的陽剛拳法，在我記憶中，自己所會的，尚未有哪一種可以比得上「金剛大聖拳」。

龍前輩忽然大喊道：「傻小子，你自己乃是煉器的行家，難道連一柄至強的陽剛之劍都沒有，快點拿出來用，再有所保留，你小命可就不保了。」

我心中喜道：「對啊，我怎麼就沒想到呢，她的拳法再怎麼強，遇到我的神劍，也只能退居二位！」因爲我的劍法比我的拳腳要差，所以潛意識裏我總是和人以拳腳戰鬥，實際上，我卻忘記了，自己的兵器乃是罕見的神物，本身就占了很大便宜，我早就應該拿出來用的。

龍大不屑地道：「就算你用的是神兵利器，也不能奈我何！」

我抽空取出神劍，哈哈大笑道：「既然你這麼說，就讓我看看你是怎麼對付神兵利器的，似鳳，給我伴奏！」

剛才召喚神劍的時候，同時喚出了「似鳳」，剛才受到龍前輩的點撥，胸中豁然開朗。成功就是最大的勝利，對付這個陰險狡詐、修爲又奇高的女人，如果還講究公平，腦筋就實在太死了。

「似鳳」出來後就心有靈犀的對準龍大，吐出一個個紅彤彤的火球，這麼久才出來，牠彷彿要把被封印的苦水一下子全發洩出來，我心驚肉跳地看著「似鳳」一口氣吐出幾十個火球，心中暗暗僥倖，幸虧有龍大這個替死鬼，不然恐怕此刻遭殃的那人就是我了！

「似鳳」的火球雖然又大又密，可惜威力不強，不足以對龍大造成重擊，不過卻成功的阻礙了龍大拳法的正常施展，一時間，龍大竟被「似鳳」給鬧得灰頭土臉。

龍大被一隻不起眼的小鳥搞顏面掃地，頓時惱怒非常，尖叱一聲，身週一米內的氣流立即狂湧攪動起來，龍大一拳擊散兩個火球，其他火球也被湧動的氣流給絞成漫天的火點、火星，染紅了半邊天空，淒美異常，美麗中帶著一股詭異。

飄揚飛舞的滿天火星，令龍大的身體變得若隱若現。

龍大突然在火星中消失了身形，但是她得意的「咯咯」叫聲，卻不時從火星中不同部位傳來。

龍前輩忽然驚詫地道：「依天，小心點，她正在使用一種被稱做『北斗隱遁術』的身法，可在特殊情況下利用周圍的任何物體來隱藏自己的真實位置。這種身法既難練，又無威力，已經很多代沒有人使用了，沒想到我只和她說過兩次，她竟然已經練成！」

龍前輩的語氣中頗多唏噓和辛酸，要親手收拾自己的愛徒，他還是沒有那麼大的決心啊！

「唧！」「似鳳」陡然發出刺耳尖銳的驚叫，我轉頭瞥去，只看到幾根美麗的羽毛在空中飄蕩著，向下落去。

火一般的天空中傳來龍大呵呵的笑聲，「該死的臭鳥，竟然找你姑奶奶的麻煩，小心姑奶奶把你的毛拔光，讓你以後只能作一隻禿毛鳥。」

「似鳳」還從未吃過這麼大的虧呢，連羽毛都被人給拔嘍，「似鳳」邊吱哇亂叫著，邊瘋了似的向四周亂吐火球，只是吐了那麼多火球，威力已經減低了很多，雖然如此，卻更添龍大的聲勢！

我將「大地之厚實」握在手中，神劍響應似的發出陣陣的顫動，在日光中顯得淡淡的黃芒，顯示我已經蓄勢待發，只要一發現龍大的身影，我將毫不留情的一劍劈殺過去。

「似鳳」也極「乖巧」地落在我身邊，從嘴中對著火點籠罩的天空，發出了催命追魄曲，聲音淒厲婉轉，若追魂厲鬼在耳邊呻吟，突然又變爲尖亢刺耳，彷彿要穿透人的大腦。

突然半空中傳來龍大一聲冷哼，「仗著一隻下三級的破籠獸，也敢在我面前賣弄，姑奶奶吒吒四大星球的時候，你還在啞啞學語呢，看姑奶奶怎麼破你的音波。」

空中突然傳來一陣子似有若無的「吱吱」聲，初時聲音清淡，聽不大清楚，漸漸聲音越來越高，竟把「似鳳」尖亢的聲音給壓了下去，耳中聽到這個聲音，心中莫名的陡然產生了煩躁情緒，彷彿一百隻老鼠在你耳邊尖叫，在啃噬你的耐心，在攻破你的心理防禦。

「似鳳」驟然將聲音提高，又將龍大的聲音給壓了下去，兩邊彷彿拉鋸戰，僵持不分高下。我心中感嘆不已，龍大確實是天才，竟能在短時間內找到破解音波的方法——就是以音制音！心中有所感，我朗聲道：「卿本佳人，奈何爲賊！」氣貫長虹，我的聲音打破僵局，兩人一鳥打了個平手，龍大只吃了點小虧。

龍大在紅色的半空中露出本體，望著我咯咯笑道：「既然你認正邪不兩立，就不要說那些廢話，有本事就來收拾我！」說完又藏匿到火紅色的空氣中，不顯痕跡。

我淡淡地道：「我只是在可惜你的才氣罷了！不忍心見你毀在我的手中。不過這卻是兩回事，今天我一定會把你給收拾了。」

空氣中傳來她的嬌笑聲，「哈哈，今天我聽到了世界上最好笑的笑話，我在四大星球也闖蕩了多年，見過的高手比頭髮還多，還從來沒有人敢對我說這種話，今天你是第一個人，也是最後一個人。」

聽她語氣中有與我一決雌雄的意味，我心中大喜，自己正是希望能夠正面與她相對，如若她一直這麼隱藏下去，我只有等「似鳳」吐出的火球慢慢在空中消散。

手中的神劍握得更緊了，不爭氣的汗水從手心流出，潤濕了手掌。

六識瞬間被我提高到極端，大敵當前，我仍一點把握都沒有，唯一肯定的是，龍前輩不會袖手旁觀，在關鍵時刻，龍前輩定然會起到關鍵作用！我微哼一聲，手中神劍倏地伸出一段黃芒，顫巍巍的欲擇人而噬。我竭力的望著一大片火紅的空氣，希望可以僥倖發現她的蹤跡，耳中不時傳來極低微的腳步聲，那是她在快速移動。

也許她正在尋找我的破綻。

我肯單獨面對她，給了她很大的機會。如果我與龍前輩同時以二敵一，龍大必無僥倖之理，也許此時已經伏首！然而現在她只要抓住機會攻破一方，她就能取得最後勝利，最不濟也能逃去無蹤。

如此一想，她心中應該比我還要著急吧！

我靜靜地等待著她有所行動，動物界中優秀的獵手，之所以能抓住機警、善跑的獵物就在於牠能夠安靜的等待最佳時機！

四周靜得可怕，半空的火星在不斷的減少，龍大可藏匿的空間也越來越少，我聽到的她在空中急速飛行的聲音也越來越大，這表示她已經很焦急了。突然我發現她的身形在極短的時間停了下來。

我就要猛的撲過去，突然醒悟，這是她故意給我留下的破綻，不過轉念間，我仍然是撲了過去，神劍毫不吝嗇的釋放出強烈的黃光，逼散了一眾火星散發出的紅光。

這雖然是她的詭計，但是我決定將計就計，攻擊她故意露出的破綻，給她製造機會。

同樣這也是在給我自己製造機會！

我急速的以不同的角度先後打出十幾道劍氣，同時命向她十個致命要害部位，不過力道卻減輕了幾分，以防萬一，我可以立即變招。

十幾道無堅不摧的劍氣轉眼間就穿透虛空而至，我身隨劍走，也向她投去。霍地，她的速度忽然猛增兩倍之多，一股無形的壓力，倏地向我猛壓而下，彷彿一塊巨石重壓在心間，讓我呼吸困難！

我雖然身陷囹圄，仍眼尖的看到劍尖過處，空中飆出幾滴鮮血。

她雖然陰謀得逞，卻也爲此付出了代價！

龍大陰森的大笑出聲，以絕快的速度在我身周繞轉著，極快的速度彷彿將一個人分成了幾個。我冷聲怒喝，幾乎就在感到巨大壓力的同時將神劍拋飛出去。神劍放出刺眼的黃光，向著一眾真假影像橫切過去。

所有真假不辨的影像如同是陽光下的泡沫，紛紛化爲虛無，望著眼前的一片虛空，天際好像晴朗起來，那一絲絲的陰霾彷彿被微風吹走，只留下了空靈。

龍大就這麼死在我的劍下，我暗暗搖頭，何苦來哉啊！

我的心中有一絲遺憾，有一絲喜悅，如此一個優秀的人才轉眼間就毀在我的手裏，神劍回到手中，沒有留下一絲血跡。

我怔怔地看著面前的空中，忽然心中念頭一閃，怎麼不見龍大的屍首，就算是屍骨無存被神劍絞成了碎肉，也會有痕跡留下。

突然間，龍前輩倏地發出吼叫聲，我急忙轉過頭去，剛好看到龍大將手從龍前輩的背後要害處移開，眼神移向我，裏面有幾分陰毒，「嗤嗤」的笑著道：「今天就算平手，改天再和你一論高下！」

得意的神情挑釁似的瞥了我一眼，匆忙飛身離開，轉眼間就飛得不見人影，我反應遲了一步，追也不及，便放棄追她的念頭，趕快掠過去，接住龍前輩跌下空中的身體。

我接住龍前輩的身體，看到他正七竅流血，禁不住悲傷地流出眼淚，這一次是聰明反被聰明誤，自以爲可以成功的抓住對方，卻沒想到自己的一切想法都在對方的算計之中！

龍大利用我得勝心切的心理，成功的偷襲得手，以龍前輩現在的情形來看，活的希望十分渺茫。

一個小時前，他還神采熠熠，現在卻形同死人，龍前輩用僅剩的氣力緊緊抓著我的手，想說話，卻說不出，眼中流露出痛苦的神色。我趕緊輸入一股內息到他體內幫他打通一些被淤血阻塞的經脈。

龍前輩又嘔出兩大口血，辛苦的喘了幾口氣，有氣無力、斷斷續續的呻吟道：「依天，你答應我，一定要親手殺了此賊，不能讓她再活在世上殘害他人！」

我熱淚盈眶地望著他，重重的點了點頭，接下了這個艱巨的任務！龍前輩緊張的神情在我點頭的一剎那緩和下來，望著我的眼神透出一絲的欣慰，道：「小心她的奸詐伎……倆！」

話說一半撒手西歸！親眼目睹一位傑出的武道家就如此慘死在自己的懷中，我不禁悲從心頭起，如果不是自己太大意，又怎麼會讓她陰謀得逞的。我擦乾眼淚，在湖泊之邊挖出一個巨坑，將他葬在裏面，讓天地湖泊永遠陪伴著他老人家的在天之靈。

我緩緩地升上天空，低下頭再深望了他一眼，我轉身離開。心中沒有悲痛，只有仇恨！我沒打算自怨自艾，既然發生了這種事，我就應該勇敢地承擔下來，弒師的逆徒，天理不容。

殺她之心，再沒什麼可以阻止！原本因為她的才能所引起我心中的一絲不忍之心，經過此事，殘存的那些憐惜之念一丁點也不剩了！

無聲的淚水在空氣中揮灑，悲傷的情懷如潮水般將我淹沒，這種悲傷只有在母親離開我的時候，才有過。可是今天我眼睜睜的看著一位值得尊敬的老人家就這麼慘死在自己的逆徒手中，我心中的感情心弦再一次被撥動。老人家臨去前的一番話我已牢牢的記在心中，我暗暗發誓，等到我手刃龍大的那一天，我會回來告慰他老人家的在天之靈。

龍前輩那幾個年輕的小徒弟仍躺在地面，他們受到龍大的禁制還沒解開，這只是時間問題，時間到了，就會自動解開的。

他們幾人的面貌在我腦海中一一閃過，從今天起，他們將要獨身闖江湖了。他們幾人已經得到龍前輩的真傳，以後就得靠他們自己修煉了，鼠派流武道傳承的重擔也擔在了他們幾人身上！

我的心情很糟，沒有閒情逸致來安慰他們，不過在日後，我會幫助他們重振「鼠派流」的聲威！

「似鳳」跟著我一路飛回了賓館，悲憤的心情急需發洩，我買了好多酒，喝了個酩酊大醉，古人云一醉解千愁，我拋棄了所有煩惱，只是抓起一瓶瓶酒往嘴裏灌，直到喝得意識迷糊，手腳發軟，舌苔發硬，才懵懂地睡過去。

第二日中午醒來，我望著鏡中的自己一副流浪漢的模樣，簡直不敢相信，難道這就是自己嗎？浮腫的雙眼中佈滿血絲，頭髮如同雞窩般凌亂，滿嘴的酒氣，鬍渣佈滿了下巴！

我自我解嘲的苦笑一聲，嘆了口氣，荒唐之後，就要仔細地想想對策，龍大論修爲雖然比不上魔鬼和魔羅，卻比魔鬼更兇狠比魔羅更狡詐陰險，對付這樣的人，不小心點怎麼行！

更可怕的是，在她心中，根本沒有任何世俗觀念的束縛，她連自己的恩師都能狠下心下得了殺手，更何況是一個與她有深仇大恨的人！

爲達目的不擇手段，恐怕這才是她的人生格言！

我雖然也有這種觀念，但她卻比我執行得更堅決更徹底！

與她相比，我幾乎沒有任何勝算。不過我並不相信她仍能一直勝下去，她領導的、橫行一時的飛船聯盟就是最好的例子。

想著想著，頭部傳來一陣陣的疼痛，這是酗酒的最大後遺症！我停止思考下去，放了一池缸水，我脫光衣服，探身入內，盤膝打坐，氣運全身，陰陽兩氣很快就將全身的酒精徹底處理乾淨。

等我起身時，一缸水已變成了酒水！熏人的酒氣充溢整個房間，我啓動全屋的換氣系統，很快新鮮的空氣充滿房中。

我推開窗戶飛了出去，只留下一隻醉了吧唧的笨鳥躺在床上，我想昨天我喝醉後，牠是不是把剩下的酒都給喝完了，那可是二十人份的呀，這次牠可喝過癮了。

我想起龍大當時威脅我的話，話中的意思透露愛娃被她抓住。當時我覺得她只是信口開河，擾亂視聽，妄想讓我無法插手她和龍前輩之間的戰鬥，所以我並沒放在心上，只是此刻想來，心中竟然頗有些惴惴不安！

因此，我打算去北斗武道一趟，如果愛娃被抓住了，我得趕快想辦法去營救，如果那只是龍大的虛妄之言，我也要叮囑愛娃多加小心，同時把龍前輩的噩耗告訴北斗武道的那位女校長！

龍大既然放出話來，要殺死我身邊的所有女人。暫且不論她說的是真是假，我都不得不防，以她的狠毒，實在令人心中生畏！

我深深的吸了一口氣，向北斗武道飛去，天上地下，人來人往，每個人的臉上都一副急匆匆的模樣，實在無法想像這些整日爲生活、爲家庭奔波的普通人們一旦受到極大危險的打擊會亂成什麼樣！

本來美好平靜的生活就是被龍大這種深具野心的人所攪亂，他們視人命如草芥，踏在別人的身體上以求達到自己的野心。

我在地球一待就是一個月了，藍薇還在夢幻星等著我呢，如若不是龍大，我早就應該待在夢幻星和藍薇享受愛情的甜蜜。然而此刻我卻還要爲藍薇的安危擔心！龍大啊，你一日不除，我便一日不得安寧！

我邊想邊向著北斗武道飛馳而去，一到北斗武道，便被其中一向的安詳靜謐的氣氛所感染，心中的火氣憑空熄滅。

在眾人奇怪的眼神中，我從空中飄落下來，在離地只有一拳頭的距離飛行著，向校長室飛去。

見到女校長，她正在采晨曦之靈氣，我甫一到，她就立刻感應出來，從采氣中醒來，睜開眼向我微微一笑，正要說話，忽然臉色一變，仔細地凝視著我，半晌沉聲道：「是不是發生了什麼大事！」

我知道她是從我的神情看出了端倪，像她這般絕頂修爲的高手，不論什麼樣細微的變化，都逃不出她的眼睛。

我心情沉重的將昨天發生的事給說了一遍，她聽過後，眼圈立即紅了，如她這般修爲，控制情緒早已如同兒戲般容易，但是她一聽到龍前輩的噩耗，就抑制不住情緒的波動，可見此事在老一輩的前輩眼中也是非同小可的大事！

校長嘆了一口氣道：「連鼠流派的創始人都難逃厄運，這個消息一旦傳開，那時將會人人自危！此時不比以前，飛船聯盟仍存的時候，她爲了飛船聯盟心猶顧忌，不會向修道高人下手，然而現在她孤身一人，四位兄弟又都是絕頂高手，現在沒了飛船聯盟，便會無所顧忌的向天下武道高人下手，造成武道界的恐慌，以此來報復你們！如果真讓她們做到了，天下將會出現很大的騷動！」

我點點頭道：「這點小子尚未想過，不過前輩的分析精闢入微，以龍大的心狠毒辣，她確實會有很大的可能這麼做！」

在此天下第一武道大會預選賽如火如荼進行的時刻，任何一個較有呼聲的選手的死亡，都會引起意想不到的大騷亂。

我和女校長商量好分成兩路，探察龍大的下落。離開她後，我就向女生宿舍飛去，等見到愛娃的幾個室友，其中一人驚訝地道：「昨天有個人來找她，說是你找她，你沒見到她嗎？」

我心中立即一震，追問道：「那個來找愛娃的人是什麼模樣？」

「是一個女人，長相很普通，沒什麼顯眼的地方。」

我心中暗忖這一定是龍大的人下手幹的，不然她不會警告我說愛娃已經被她抓走，這下我可真是落到了下風！

我深深的吸了口氣，令自己鎮定下來，告別了她們幾人，立刻向「洗武堂」飛去，這種時刻，我不得不借助「洗武堂」的力量！

即便洪海給我準備的是龍潭虎穴，我也要闖一闖！這種危急時刻，我不能眼睜睜地看著愛娃因為我受了牽累，個人生命的安危只能向後放了。龍大這一招真是夠毒的，逼得我明知道是陷阱，仍要硬著頭皮去送死，只是我覺得，這其後，還有其他的含義。

龍大妄圖引起地球整個武道界的騷動並不是報復那麼簡單，或許她仍有更遠的計畫，只不過一時間無從猜起。

來到「洗武堂」，洪海剛好不在，只剩下洪曆。見到我，洪曆顯得非常客氣，將我引進貴賓廳中，我與他寒暄兩句，便直入此行的主題，問他龍大的下落。

洪曆恭敬地道：「少主，您來得真是時候，我的手下剛來報告過五鼠的下落，有一個形跡可疑的人被懷疑是五鼠之一，他的落腳點就在城郊三百里外向西的一個溶洞中，少主你有什麼計畫？」

我深深地望進他的眼中，淡淡地道：「你有什麼打算？」

洪曆道：「臨來地球前，師父吩咐過我，在地球的所有行動都得聽從少主的吩咐，唯少主馬首是瞻，只要少主一聲令下，我立即將在京城的三百人集合起來，踏平溶洞！活捉五鼠。」

見他說得激昂振奮，我淡淡地道：「五鼠是什麼樣人物，你覺得區區兩三百人就能輕易讓他們束手嗎？」

洪曆熱情不減，道：「如果少主覺得三百人的力量仍然不夠，只要給我一個星期的時間，我可以將京城附近幾個大城市的人手給召來。」

我道：「等你召足人手，五鼠早已逃之夭夭，我們到何處去找他們？」

洪曆道：「如果少主覺得我的主意行不通，那就請少主下命令，我一定遵從少主的吩咐。」

我徐徐道：「現在還沒有好辦法，那就先等一等，你立即動身去京城附近的幾個城市召集我們的人手，我坐鎮京城密切注視五鼠的動靜，你我分頭行事，將他們一網打盡！」

洪曆道：「一切聽從少主的吩咐，我這就去辦。」說完就等著恭送我走，沒想到，我站著不動，笑眯眯地望著他，他一愣，愣然地望著我。

我笑吟吟地道：「此事緊急，你速速動身去辦！」

一個小時後，我目送著他親自坐上飛船去了離京城最遠的「子弦城」，我望著眨眼間在天邊消失的飛船，心中暗道：「如果你和洪海真的是無辜的，只是我多心，那麼此事一了，我會親自向你們告罪。假若你們真的對我有所圖謀，我以少主的身分逼著你離開京城，這招會暫時將你們的部署打亂，令你們無所適從！」

假想洪海和洪曆真的就是幕後的一雙黑手，那麼從前次他們刺殺我來看，他們是想致我於死地，而與龍大聯手，現在看來是他們最好的選擇，他們只要將龍大的住處透露給我，然後在我趕去之前，他們兩方再從容佈置好一切，等我自投羅網！

在陰謀即將得逞之前，他們肯定不想引起我的疑心而壞了全盤計畫。所以我也大膽將計就計以少主的身分令他去「子弦城」搬救兵。他一走，他手下的三百人就如同無頭的蒼蠅，沒法發揮最大效用，而我也就利用這個絕好的機會去溶洞救出愛娃，手刃龍大！

等到洪曆回來，一切都已成定局，就算他本領再大也無力回天！

我轉身一步步的向前走著，望著遠方，心中無比堅定，我一定要救回愛娃，不可讓她遭龍大的毒手。

雖然洪曆被我支走，但我幾可以肯定，溶洞中早已布好了人手，龍大也必定就在溶洞中，此行比起以前幾次和邪惡勢力的爭鬥仍要兇險！前幾次均是以眾敵寡，然而今次我卻要一人單獨面對面前的重重危機，而對方占盡先機，蓄勢以待，又有地利之便。

我飛到空中，向著洪曆告訴我的那個溶洞飛速掠去，在三百里外重巒疊翠的山地中，倒真的讓我發現了一個兩三人大小的溶洞，溶洞前巨石擋路，又有藤蔓和苔蘚覆蓋其上，粗心一點都不會發現巨石後面原來另有乾坤！

我飛下來，在巨石四周瞧了瞧，滑不溜手無處著力，這裏一定有機關，只是情況緊急，我要在洪曆回來將我的行蹤報告給洪海之前救出愛娃，所以這個時候容不得我多想。

我嘿嘿一笑，雙腳微微外分，兩手掄到頭頂，合握在一塊，神劍由無形逐漸化為實體，五彩斑斕的光芒交相印射，我倏地急劈而下，神劍彷彿切豆腐般容易，一點聲音也沒發出，就直從頂部劈到底端，巨石應手化爲兩半，轟隆倒向兩邊。

我剛要踏進溶洞中，突然幾道黑影如同靈敏的猴子從洞中驟然躍出，手中的鋒利寶劍閃著耀眼的寒芒。

其中一人見到我，瞪著眼朝我喝道：「你是什麼人？」

我剛要答話，另外一個瘦高的人壓低聲音道：「洪爺說了，萬一有人在這鳥不拉屎的地方發現了這個洞，就全部……」說著打手勢作了一個抹脖子的動作，眼中閃過一絲懼怕的神色！

我心中一震，「洪爺」難道就是指洪曆嗎！抑或是洪海，自己擔心的事，最終還是化爲了現實。他們的意思是將我殺了滅口，但是我卻不想把他們殺了，畢竟他們都是二叔的人，現在只是受了洪海的利用，也許他們知道了我的真實身分，或許會棄暗投明！

我道：「敢問你們是不是『洗武堂』的人？」

瘦高的人望著我道：「沒錯，我們是『洗武堂』的人，不過我奉勸你，不用和我們套關係，你發現了這個洞，我們就得殺了你！即便你說得天花亂墜，你的命運也不會改變。」

我哈哈笑道：「如果我告訴你，我是『洗武堂』的少主，你還要殺我嗎？」

那人愣了一愣，和其他幾人哈哈大笑道：「誰不知道洪爺才是我們『洗武堂』的真正少主，你竟然敢冒充他老人家，膽子真大啊！」

我錯愕當場，心中忖度，原來他們早就想霸佔「洗武堂」，竟然連少主的名義都敢冒充，也許當二叔歸隱前告訴他，我是未來的「洗武堂」的少主時，他們就已經起了除我之心！

我冷冷地道：「他是冒充的，我才是真正的少主，我有金卡爲證！」我拿出金卡在他們眼前晃了晃。

先前那人道：「笑話，拿著一張破卡就敢說自己是少主，老子拿著劍，是不是就可以說自己是地球聯盟總統！兄弟們，把他拿下，獻給少主，也許少主一高興，會獎勵我們一些靈丹也說不定！」

四人手持利劍先後向我投來，我心中暗道：「二叔，對不起了，您一手建立起來的『洗武堂』，也許今天就要毀在侄兒手中了！希望你能體諒侄兒的境況，爲了保命，只能得罪您老人家了。」

我沉聲喝道：「識趣的就退下，我還可饒你一命，否則格殺勿論！」

當中的那人罵道：「你當爺們是麵團，揉圓搓扁任你嗎？」

他們來勢不變，四把森森利劍直向我的身體刺來，再不還手，四個透明的窟窿就會出現在我胸前。

我輕哼一聲，手腕微微下沉，神劍快速絕倫的豎削過去，他們手中四把完好的精剛利劍，眨眼只剩下四個把柄握在手裏，「叮噹」幾聲斷劍掉落在碎石上。就在他們精神一頓，神情驚訝的時候，我以劍拄地，身體橫立而起，連環踢出十二腿，每人賞了三記重重踢腿。

幾人一個照面，招式也只使出了一半，就被我踢得倒跌坐地上。

我大步從他們中間踏過，口中淡淡地道：「看在一個人的面子上，我饒你們一命，識相的就趕快滾開！」

四人驚恐地望著我一步步的在他們身邊經過，被我的氣勢所震懾，動也不敢動。

光是洞口把守的就有四人之多，我想洪曆早已經把三百人手佈置在溶洞中了吧。我正在想著，忽然那個瘦高之人揚腕將手中的斷劍向我射來，口中喊道：「我們要是放了你，少主是不會饒了我們的，反正是個死，怎麼也要拚一拚！」

他這一喝，其他幾人想到嚴厲的懲罰，也爭先仿效，四人再向我包抄過來，聲色皆厲，看樣子是要和我拚命。

我暗喝一聲：「冥頑不靈！」手中神劍如靈蛇出洞，再配合我快速鬼魅的身法，瞬間就將四人封住了氣血動彈不得！

我瞥了他們一眼，收劍向溶洞深處走去，幽暗的深洞中，曲曲扭扭延伸向視線不及的地方。我一無畏懼的大步走著，洞中的空氣很乾淨，洞壁兩邊十分平整，顯然這裏並不是一個普通的溶洞那麼簡單。

我充分發揮出狼的本能，眼睛像是兩個黑夜中的燈籠，利用一點微弱的光線向前走著。我打醒十二分精神，在腦中快速轉動著，如此一個複雜的大溶洞，想憑運氣瞎碰，找到愛娃的可能十分渺小。

我有些後悔剛才忘記問那幾個人，愛娃被關在哪裡了！

越往深處，路竟然反而平坦起來，潮濕的味道混合在空氣中，地勢漸漸向下，再往下，眼前豁然開朗，兩扇高達數米不知厚度的巨石大門立在面前。

我心中一喜，知道找到了洪海的老巢，愛娃多半也被關在裏面。

我正待走過去，忽然聽到四周隱約傳出若有似無的喘息聲，我邊裝作若無其事的向前走著，另一邊全力搜索暗中窺視我的幾人的位置，我站在石門前伸手可及的地方，緩緩伸出手來。

就在這一剎那間，一人從頭頂破空而至，我不用看，只憑聲音就可以感到偷襲的人一定是從我頭部正上方倒立向我攻來，他使的劍飛快捲動帶著一股螺旋氣勁向我殺至。

就在我欲向後退去的時候，一股凜然的無形氣勁從後面向我襲至，前無可進，後無退路，左右兩邊幾乎在同一時間，又有幾人分別出現。

六個人的氣場將我牢牢鎖定，氣機所引，牽一髮而動全身。我一動將會受到六人最猛烈的攻擊。

我嘴角處露出一抹神秘的笑意，換作另外一個平常人，定然束手待斃，可惜他們遇到了我，他們的命運已經被我寫定了！

高手之爭就在一線之間，他們雖然看起來行動幾乎一致，卻仍有細微的時間差別。頭頂上的那人將會第一個襲至，看似必殺的一個死局，在我眼中只是一個可笑的把戲！

眼看幾人同時襲至的刹那間，我猛的騰空迎上去，硬撼頭頂上的螺旋殺氣，只要破去他的攻擊，這個死局就會自然打散，其他幾人的攻擊也會因先機已失而落空。

我想在地球上還沒有幾人的修為可以超過我，對付頭頂那位，不言而喻，他毫無勝算！我倏地衝上去，令他吃了一驚，眼中卻露出狠毒的神色手中加勁向我刺來。我險之毫巔的以劍尖點中他的劍尖。

他快速旋轉著的劍被我從劍尖一直破到劍柄，在他驚駭欲絕的眼神裏，我猛的抽手，神劍驚之毫釐的在他手腕割開一個深有毫米的傷口，翻身橫向卷飛開去，留下他一命。

我不丁不八地站在他們身後，笑吟吟地望著他們，道：「有誰告訴我，被你們捉來的那個女孩子關在哪裏，我就饒他一命！」

被我破去長劍的那人，見我說出這麼囂張的話來，不服氣的哼了一聲就要向我衝來，誰知他剛一運氣，手腕上那個不起眼的小傷口忽然爆裂開，鮮血如噴泉般倏地噴湧上來。

突然的變故，令幾人大驚失色，那人更是手忙腳亂的想去止血。

我就知道他們不會那麼老實聽話的，所以剛才割破他手腕時用了一點技巧，在手腕處留下了一道真氣，如果他不運氣，這道微弱的真氣自然會隨著血液循環漸漸消去，如果他立即運用內息，這道真氣就會自動從內部割破他的內部組織，令血液狂湧而出。

我淡淡一笑，指著離我最近的一個人道：「你來告訴我，那個女孩被你們關在了哪裏，你要是乖乖告訴我，我就饒了你們。」

那人雖然被同伴驚駭的情形所震懾，卻仍抱著僥倖心理，怒罵一聲，手中長劍一震向我投來。

六個人排成陣型同時襲擊，也算有些看頭，此時只不過隻身一人，時機既不好，又沒有地利、人和，他看似頗爲凌厲的一擊在我眼中不值一哂。

我驟然起動，側身避開他的長劍，揉身躍入他懷中，一個猛烈的肘擊打在他的腹部，同時反手一記手刀切在他的手腕上，他吃痛下再握不住手中之劍，跌落在地上。

我再抓住他的手臂將他拋飛出去，三個動作如行雲流水般迅速快捷。

直到他撞在巨大的石門上，才止住向後倒飛的身體，巨大的衝擊力令他背後至少斷了三根骨頭，當下就痛暈過去。

我望著剩下的四人，淡淡地道：「你們看到了，我們之間水準相差太多，沒有必要再打下去了，我也不想傷害你們，我們各退後一步，你們只要告訴我，是不是有一個女孩被你們抓來了？」

剩下的四人相互看了一眼，都發現其他人的額頭上都和自己一樣，冒出一層冷汗，他們尚未遇到有人可以輕而易舉的破了他們六人的聯手，並在一眨眼間就令他們幾人中最厲害的兩個失去攻擊能力！

我發現他們眼中都有著難以掩飾的懼怕，繼續向他們的精神施壓道：「想一想吧，只要說那個女孩在不在這裏，並不算違反你們上級的命令，而且又能保存性命，好漢不吃眼前虧，你們要是不說，他們兩人就是你們的榜樣！」

幾人又互望了一眼，其中一人畏畏縮縮地走出來，咽了口唾沫，小心地道：「我們告訴你，你真的會保守諾言，不殺我們？」

我笑道：「要殺你們，還用得著騙你們嗎，只不過費點事，先殺光你們，再進去找人罷了。」

那人神色艱難地道：「那個女孩是昨天被人捉來的，關在裏面呢。」

我呵呵笑道：「早說不就好了，放心，我會恪守我的承諾放過你們，請順便幫我把眼前這個石頭門給打開。」

四人中走出一個，在山洞壁上摸索了幾下，只聽一聲巨響，兩扇厚達一米的石門轟隆隆的向兩邊移開。

我望著兩扇令人匪夷所思的巨大石門，心中暗暗咋舌，如果要不是他們幫我找到機關打開，單是這扇石門就得耗去我不短的時間。

我陡然打出幾道真氣封住了幾人的行動能力，望著他們眼中驚懼的眼神，我笑道：「不用怕，我只是暫時令你們失去行動能力，十二個小時後，你們自然就會恢復正常。」

我朗笑一聲就待跨過石門走進去，剛走進去，我就不得不退回來，石門裏面突然湧出來一百多人，人人手持兵刃，兇神惡煞的向我逼來。

我哈哈笑道：「原來在這裏等我呢，想仗著人多嗎，我的幫手可也不少哦。」一道彩光交替的光束從我頭頂出現，直沖霄漢。我已成功和神劍相融合，以後神劍只需收到體內即可，再不用放在烏金戒指中。

我大喝道：「出來吧，大地之熊！」

身形已經和我一般大小的大地之熊，憑空在彩光中出現，重重的落在地面，連山洞也爲之震撼，大地之熊一落下來，即人立而起，顯露出粗壯的四肢，嗷嗷的嚎叫出聲。

我取出神鐵木劍，振腕在頭頂耍出七朵奪目燦爛的劍花，排成一個北斗七星陣，在幽暗的洞中釋放著神秘的劍光！每一朵劍花消失的一刻都會化爲一隻半人大小，毛髮黑亮的半大小狼。

七小呈半圓形站立在我身前，七小身姿矯健，精神抖擻，七雙眼睛如十四個散放著幽光的燈籠，白森森的牙齒微微張開。

七小一聲接一聲的發出驚人的長嚎，長長的狼吟在山洞中迴響傳播。

我再取出「盤龍棍」，喝道：「蛇獅！顯露真身吧！」

一隻體型龐大駭人的蛇頭獅身獸仿若天神降臨般降落在我身邊，好像是我的保護神一樣，長長的蛇頭靈活的轉動著，嘴中的蛇信不時吐出吞進，發出令人頭皮發麻的「嘶嘶」聲。

放出幾隻神獸，我又騰身躍到空中喝道：「鎧化！」小黑受到我的召喚，帶著靈龜鼎一塊兒出現在空中，瞬間原本幽暗的空間驟然化爲白晝。

人人仰頭向上望去，一隻黑龜馱著一隻鼎懸在半空中，鼎放出萬道霞光，彩光萬丈，突然間流離的彩光倏地收了回去，瞬間又投射到我身上，我在綺麗萬端的霞光纏裹中，彷佛是金剛天降，手持盤龍棍，腳踩馱天大龜徐徐降了下來。

彩光忽然一滅，眾人眼前一片黑暗，旋即數股玲瓏毫光從腳邊升起，滾滾飛旋向上，盤繞我全身。

此刻我身上已經披上一件堅硬而且華麗無比的彩色甲冑。

一系列的變化令氣勢洶洶的眾人不知所措。

從眼花繚亂的一個個只在傳說中聽過的神獸從天而降，接著就是傳說中的神器，神光閃滅之間，深深震撼、動搖他們的身心。

我左手持散發著濛濛白光的神鐵木劍，右手抓著黃芒漲縮的「盤龍棍」，望著他們，悠然道：「還愣著幹什麼，想對付我，就要先應付我的寵獸！」

眾人隨著我的話，怔怔地望著他們眼前一個個厲害非凡的神獸，情不自禁的往後挪了挪。

第二章　波瀾漸起

我望著個個雄赳赳氣昂昂的站在我面前的寵獸們，道：「小寶貝們，考驗你們的時候到了，不要傷他們的性命！去吧！」

七小縱身躍起，四肢騰空，如七條惡虎氣勢如虹地撲向人群。大地之熊發出巨大的吼聲，厚實的上肢重重的落下，拿手本領已然施展開，無數石柱從地面紛紛冒出，人群頓時如沸水炸了鍋般，有人飛向空中逃避，有人利用自己的靈覺在石柱冒出來前，搶先一步讓開。

雖然是八仙過海各顯其能，但仍有幾個運氣不好的被突然長出來的石柱給頂傷，因爲我的囑託，所以大地之熊在施展石柱的時候，威力小了許多，他們才僅僅是受了一些簡單的皮外傷。

蛇獅仗著龐大強壯的體型在人群中橫衝直撞，蟒蛇的腦袋靈活地掃動著，不時捲起一兩個倒楣的傢伙給扔出去，而牠噴出的毒霧更是殺傷力巨大，不大會兒因爲吸了毒煙霧而失去再戰能力的已有二三十人。

本來這一百多人也是武道中的高手，又個個手持不同冷熱兵器，可惜他們面對的都是傳說中才有的神獸，不但每隻寵獸身強體壯，而且各具奇能，因爲我的修爲上升，牠們也進一步恢復了自己的威能！

我手上套著一支氣功槍，不時的在一邊放著冷箭。

所以，轉眼間，只剩下十個其中的佼佼者飛行在空中，倖免於難，其他百多人都癱倒在地上。

我冷冷的望著懸浮在空中的那僅剩的十個人，悠然道：「各位朋友，你們覺得還有強撐下去的必要嗎？」

其中腳下踩著一柄鋒利而寬大的利劍，滿臉鬍渣的大漢道：「仗著強大的寵獸而已，你有種敢和老張我一較高下嗎？」

我滿臉笑意地望著這個莽撞的粗漢，呵呵一笑道：「以你的鎧甲來推測，你的寵獸不會超過五級，爲什麼你不好想想，這些難得一見的神獸會被我所有，而你卻只能有一隻五級的寵獸，你沒聽說過神獸擇主嗎？你覺得你、我之間單打獨鬥，誰會比較有勝算？」

那個自稱老張的粗漢，面色有些難看地道：「有本事，咱們解除鎧化再鬥，你要是能夠贏我，我就告訴你那個女孩被關在哪。」

我掃了他背後幾人一眼，淡然道：「你的意思能代表他們嗎，萬一到時候你輸了，他們要不認帳怎麼辦？」

他睜大雙眼，掃了一圈其他九人，道：「誰敢不服老張的話，老張就陪他玩個痛快。」其他幾人本來還在擔心，不但被人闖進來，打傷了這麼多人，眼看還會把人救走，誰來背這樣重大責任的時候，這個粗人竟然自己站出來，提出賭約要和來人比武，每個人自然都樂得見他來背黑鍋，所以當老張望向他們時，他們一個個都忙不迭的點頭，對方寵獸的厲害是自己親眼目睹的，誰也不想和對方對上。

我悠然的微一點頭道：「好，既然你們都同意他的提議，我就答應你們，和你打一場，我贏了，你們交出被你們抓起來的女孩，你們要是贏了，我拍拍屁股走人，不會再賴在這兒。」

老張見我痛快答應，面有喜色的落到地面上，解除自己的鎧化，他的寵獸竟然是一隻稀有的「虎斑甲克蟲寵獸」。

我也爽快的解除鎧化，收了「靈龜鼎」，我向他招招手道：「我沒有太多時間陪你玩，三招之內，我就讓你認輸！」

粗漢老張出乎我意料的鎮定，一點也沒被我的言語所激怒，我望著他那張樸實的大臉，心中暗暗戒備，我經歷過的很多事都給我講述了一個真理——人不可貌相！外表粗豪的老張興許在武道一方面別具異秉。

我輕鬆的站在他面前，淡淡地道：「開始吧。」

我剛一說完，老張倏地彈躍而起，直向我撲來，比碗口還大的拳頭，在眼前不斷放大，身體若炮彈般快速，似乎一瞬間就要來到我面前。

人未到，拳風已至，刮得臉上皮膚微微發疼。這一拳不可小覷。他雙拳並行，其中一隻手微靠前，另一手並不是完全的拳頭，而是半開半合，隨時可以變招。

我皺了皺眉頭，自己已經吃夠了龍大「金剛大聖拳」的苦頭，心中十分不願再遇到一個什麼懂得古拳法的人，只是看他那古怪而又有玄妙的姿勢，我想這必定也是一種什麼我所不知道的拳法吧。

自己已經說了三招之數，這下可真是搬起石頭砸自己的腳。

心念電閃時，他已經離我越來越近，多想無益，我拋開榮辱與三招之約的束縛，在他拳頭抵達我胸前的瞬間，以肉眼難辨的速度突然向後退了一小步，離開了他能夠發揮全力的範圍。

他也算是經驗豐富的高手，見到這種情況，猛的發力，身體再向前衝去，我微微一笑，同時腳往前輕輕一跨，又回到原來的位置，陡然伸手隔在他的拳頭和我的胸部之間握住他的拳頭，他拳頭擊中我的手心，如打在皮革上發出悶聲！

他這一擊大概只發揮了正常威力的六成力道，我心中對他的修爲已經有數，反手就要刁住他的手腕。

他那早就蓄勢以待的另一隻手，霍地一拳向我面門轟來，我站立位置不變，腦袋微微向側偏開。

他突然化拳爲掌，橫向往我脖子的大動脈狠狠砍來。

這下我便無法躲避，只有伸出空著的另一隻手去攔他，以掌刀對掌刀，甫一接觸，他的手刀突然化掌爲爪，抓住我的小拇指。

沒想到他一粗豪漢子，招數竟然如此細膩，令我不得不刮目相看。我們倆分別抓著對方的手掌。

我望著微微一笑道：「好拳法，我小看你了！這是第一招！」

我忽地發力，手掌發出巨大的力量，將他握著我小拇指的手掌給震開，同時擒著他的另一隻手的左手也隨即發力，猛的向我懷中拉來。

另一手化掌爲拳，向他的腹部打去。他也算了得，百忙之中也不慌亂，陡然一隻寬大厚實的利劍反手向我的腰間軟肋砍來。

我嘿嘿一笑，神鐵木劍已然出現在手裏，直插而上，擋開他極具威脅的一擊。我大笑道：「這是第二招，還有一招，接好了。」

我再次發力，通過抓著他的那隻手傳到他的體內去，不但止住把他向我懷裏拉的勢頭，而且另外一股力將他向外送去。

他的內息相差我甚遠，我只憑內息就可勝他，只要我強行將內息傳到他體內，逼著他和我比拚內息，我就穩贏了，只不過這樣做，在眾人眼中難免落人口舌，再說我有把握利用最後一招勝他，何必要用不光彩的方法獲得勝利呢。

他身在我手中，去留任由我心，雖然他知道自己大勢已去，必輸無疑，卻仍要放手一拚，搏個魚死網破。

我倏地踢腳直向他的腋下踢去，他拚盡全力擰腰轉身，單手施展雙峰貫耳的招數，攻向我的太陽穴。

他肯在關鍵時刻放下近距離不易施展的寬劍，可見他是行事果斷絲毫不會優柔寡斷，這一點讓我自愧不如。我靈機一動，以彼之道還施彼身，伸手加力將他送了出去，同時放開他那隻被我擒住的手。

他沒想到我會輕易放了他，算計立即有了誤差，在他拳頭離我只有一個指頭大小的距離時，我的神鐵木劍已經架在他的脖子上！

我望著他淡淡地道：「如何？輸了就完成賭約吧。」

老張臉憋得通紅，大喘了幾口氣，對我說道：「跟我來吧，我帶你去看那個被抓來的女孩子。」

在一個用萬伏電壓封閉的小房間內，我看到了愛娃，愛娃一切完好，只是因爲被抓來受到了驚嚇，看到我的時候，不敢相信的愣了一下，就撲向我懷中，嗚咽著哭起來。

我輕撫著她的秀髮道：「一切都沒事了，咱們回家吧。」

愛娃抬起微紅的雙眸委屈的點了點頭，我望著四周精密的儀器，堅固的牆壁，很多運轉不休的機器，我暗自忖度這個必定是「洗武堂」又一個不爲人知的基地了。

我暗暗感嘆，到底洪海還隱藏了多少不爲人知的秘密。擁著愛娃走了出去，一眾寵獸正虎視眈眈的看著一百多人，我呵呵一笑，這些寵獸已經長大了，足夠爲我分憂解難了！

我收了兩隻神獸，只留下七小，我望著老張淡淡地道：「不勞相送了，告訴洪海，『洗武堂』我可以送給他！但是這筆帳，我會向他討回來。」

我本來就沒打算要接受「洗武堂」，再說「洗武堂」是他一輩子心血，也算是他應得的，你若要我便送給你，但是你卻在背後搞出這麼多陰謀詭計，我卻要爲此討個說法。

老張愕然道：「你怎麼知道我的主子是洪海！」

我冷哼一聲道：「因爲我是他的主子！」我將愛娃扶上一隻狼寵的背上，再跨上另一隻狼背，道：「咱們走吧。」

七小馱著我和愛娃四蹄騰空而去，在溶洞中快速的奔飛而去。七匹狼寵先後鑽飛出溶洞，外面的天空已然鋪下一重黑紗，幾顆明亮的星星在天邊閃耀著星光，七狼兩人在天空縱橫飛躍，彷彿是傲嘯人間的神仙眷侶，情不自禁的我便又想到藍薇。

癡癡地望著天邊那顆最亮的星星，彷彿感覺到那就是藍薇那雙動人的雙眸，凝望良久甫收回目光，感嘆一聲，世事十有八九都不盡如人意。

我指示七小向北斗武道學校疾馳而去，我雖然成功將愛娃解救出來，卻也真正的與洪海割破臉皮，以後再見面就是敵人！

即便我願意將「洗武堂」拱手相讓，恐怕他也不會這麼輕易就放過我吧，何況我還放出話來，要找他討回欠我的。

我救出了愛娃，可是她仍然不安全，我得想個好辦法可以保護她。

現在我面臨兩個大敵，一個是龍大五兄弟，另一個是洪海，並且兩方早已聯合起來，現在洪海徹底與我撕破了那層假面具，再不會顧忌什麼，針對我的陰謀將會如狂風暴雨席捲而來，直至將我湮沒！

眼下我必須將我身邊的人保護好，否則我將處處遭人制肘！

北斗武道近在咫尺，望著屹立地球數百年的著名武道學校，心中忽然有了計劃，伸手一拍胯下的老七，小狼往前一縱，已經超過它的哥哥們飛在最前面，領著其他小狼向另一個方向飛去。

愛娃訝然道：「大哥，咱們這要是去哪？」

我呵呵一笑回頭道：「給你找個保鏢！」

一片竹林上方，我示意七小放慢速度，這裏就是校長上次請我們喝茶的地方，在這片小竹林中有個簡樸的竹屋，就是校長的居所。

我忽然覺察到一些月能有規則的在向某個方向移動，我隨著這個方向探詢過去，果然發現校長正在修煉，我望向她時，她也正好睜開眼睛向我望來，見是我，向我和藹一笑，及看到我胯下的七匹龍狼，眼中閃過驚訝的神色。

如果由她來幫我保護愛娃，我就可以放心，全力與五鼠和洪海周旋。

我笑道：「小子又來麻煩您老人家了。」

她道：「看你面色沉凝，是不是又發生了什麼重大的事？到屋裏來說給老婆子聽聽，也讓老婆子爲除魔衛道出一份力。」

我招呼愛娃隨著她走進小竹屋，小竹屋分爲兩部分，一半爲臥室，一半爲客廳，客廳擺設很簡潔，沒有任何奢侈品，可見主人是個清心寡欲，不在乎物質享受的高人！

我嘆口氣道：「峰迴路轉，卻沒想到不但沒有轉機，反而愈加危險。」

校長給我們端來兩杯熱騰騰的竹茶，和藹的笑道：「年輕人，不要總是嘆氣，那是我們老人家的專利。給老婆子說來聽聽，到底又發生了什麼了不起的事？」

我將白天發生的事給她敘述了一遍，然後詢問道：「今天白天有發生什麼事嗎？」

她聽完後，臉色也凝重起來，徐徐地道：「我還在奇怪今天爲何這麼平靜，現在看來，那是山雨欲來前的可怕平靜！實在令人意想不到，譽滿四大星球的『洗武堂』竟然也攪了進來。」

我道：「是啊，您老人家覺得，眼下我們應該怎麼做？」

她望著我，忽然展顏淡淡笑道：「我一直都在奇怪，爲什麼四大聖者突然相繼歸隱，現在我總算明白了，你既是大聖者鷹王的徒弟，那麼相信其他聖者也有傳人會流傳於世，聖者的做法自然有他的道理，輪不到老婆子來出主意，不過你的愛娃妹子，老婆子到是很樂意幫你保護。」

我苦笑不已的搖著頭，沒想到一不小心向她透露大聖者鷹王是我二叔，倒讓她說出這麼一番話來，好像四大聖者就是神一樣，大聖者們的徒弟也不是等閒之輩，沒有我們辦不了的事。幸虧我沒告訴她，其他幾位聖者也是我的長輩！

校長微微笑道：「有大聖者的徒弟出面，老婆子可以放心了。但是老婆子仍要叮囑你一句，處理『洗武堂』一事非同小可，不但『洗武堂』是大聖者傳於世人，事關重大，而且『洗武堂』在四大星球的醫藥方面起著不可估量的巨大作用，如果動了『洗武堂』的根本，那麼普通的公民也會因此遭殃，你不得不小心啊！」

我嘆道：「知道了，您老人家是不是就準備袖手旁觀啊？」

她道：「老婆子當然不能坐觀宵小越鬧越大，明天老婆子會以北斗武道的身分號召因天下第一武道大會聚集而來的武道高手們多加戒備，同時聯繫地球聯邦政府的武道聯盟組織特別行動組，查看可疑人物，令他們一夥不敢過分囂張！」

我道：「這樣也好，令他們有所畏懼，將傷亡減到最小！」

月朗星密，大地覆蓋著月華。

一個黑影在天空中飛速掠動，高聳入天的大廈環布四周，看他的樣子，像是在尋找著什麼，突然他好像找到了目標，倏地筆直向一幢大廈飛越過去，在一個窗戶邊停了下來，四肢如壁虎般趴在牆壁上。

他輕手輕腳的將一邊耳朵貼在窗戶上，看他的神情是在仔細竊聽著什麼，一聲聲再熟悉不過的急促的喘息聲透過窗戶傳出來。

淫糜的氣息在空中飄蕩，男人的叫喊與女人淫蕩的尖叫聲，組成了一幅令人羞不忍睹的畫面。

就在關鍵時刻，窗戶陡然破開，一個不速之客闖了進來。

床上的一對男女吃驚的向不請自來的人望去，一個全身黑裝，頭臉套在黑紗中的人出現在他們眼中。

床上的男人動作未停，口中卻極不協調的冷冷道：「老子對男人沒有興趣，三秒鐘之內從我眼前離開。」

來人輕輕扯去自己臉上的清紗，顯露出一副比女人還秀美的臉蛋，男人胯下的女人看到如此俊俏的男人，心中大為動情，不斷向他拋著媚眼，口中發出的呻吟也變得含蓄而更有挑逗力。

來人正是龍大。

男人見到是龍大，突然怒道：「原來是你這個小白臉，三番兩次和老子作對，當老子是好欺負的嗎?上次在拍賣場，沒分出高下，今天又來惹老子的興致，你就是長得比女人還漂亮，老子對你也沒興趣。」

龍大笑吟吟地道：「就算你有興趣，也得看你本錢如何?」

男人最怕別人提到自己的本錢，一旦提及此事，是沒有誰會認輸的，床上的男人正是上屆天下第一武道大會的季軍，他也毫不例外的怒道：「老子本錢雄厚，沒有哪個女人征服不了！」

說完，男人火冒三丈隨手穿上一件褲衩即撲向龍大，一轉身飛了出去。

男人使出全力在後面追趕龍大，而龍大不疾不徐的在前面飛著，頗有閒庭信步的意味，而兩人之間的距離總是保持那麼一段沒有變化。

直到兩人飛到一個人跡罕至的地方，龍大才悠然的停了下來，施施然轉身望著他，淡淡一笑，忽然神色一變，鳳眼轉寒道：「有什麼遺言就趕快說，你將見不到明日的太陽！」

男人莫名其妙的被她從床上引出來，現在又聽到這麼莫名其妙的一段話，心中暴跳如雷，狂喝道：「你媽的，老子是上屆天下第一武道大會的第三名，會怕你這個娘娘腔，老子今天非得割了你的小雞雞，賣給人去作人妖！」

男人盛怒之下，一陣暴風般掠過去，手腳如狂風暴雨般劈頭蓋臉的打上去，龍大鎮定自若地望著他越來越近，倏地手中出現一柄細劍，陡然迎過去，劍氣縱橫，一瞬間就讓男人受了三道劍傷。

男人怪叫一聲，急忙向後飛退，龍大也不追他，站在原地，掏出一塊絲巾愛惜的擦拭著劍刃，旁若無人的淡淡道：「一個好的劍手從來不會讓他的寶劍受到玷污。」

面對龍大奚落，男人氣恨恨地道：「你這個奸詐的娘娘腔，竟然用劍。」突然呼道：「鎧化！」一隻鼠寵出現在空中，幾道光芒閃過，男人得意洋洋地站在龍大面前道：「今天老子要讓你知道高級護體寵獸的厲害。」

龍大放聲大笑，雙眸轉厲道：「既然沒有遺言，那就死吧！」

他妄想以剛成熟的鼠寵對付龍大的錦毛鼠，不啻自尋死路！

第三章　陰謀詭計

翌日清晨，京城各大傳媒紛紛刊登出原天下第一武道大會季軍的死訊，消息一經傳播，京城武道界立即亂成了一鍋粥，有鑒於此，預選賽委員會立即暫停了比賽。

而北斗武道校長也於此時出來動員警告在京城的武道家們近日要多加小心，警戒不明來歷的陌生人，同時北斗武道和天下第一武道大會的地球選取的預選塞委員會，組成了一個特別巡邏組，在京城任何一個角落發出一個訊號，特別巡邏組都可以在一分鐘內趕到。

此刻在京城中的武道選手們也是人人自危，連上一屆武道大會的第三名都難逃厄運，還有誰敢說自己是安全的。

在京城某座大廈中的一個貴賓間裏，發現了一具女屍，只是在這種恐慌的時間裏，女人的死讓人忽略了。

我一大早聽到這個消息，立即向北斗武道趕去，龍大已經開始動手了，我與校長的猜測也不幸成爲事實。龍大爲什麼要將京城中的武道界給攪得雞飛狗跳，人人自危呢？這背後隱藏著什麼陰謀。

我真是天生勞累命，沒有一天安穩。等我趕到北斗武道，校長卻去了預選賽委員會，愛娃也被她帶在身邊一塊去了。

我從北斗武道出來，一邊向前飛著，一邊思考著謀殺背後隱藏的巨大陰謀。突然一個女人的聲音鑽進耳朵中，「跟我來！」

隨後一個身影旋風般從我身邊掠過，看著那人的身影，我訝道：「龍大！」她主動現身，令我心中不斷打鼓，爲什麼她會在這時突然出現？她要領我去哪？又是一個陷阱嗎？

她明知道我要除她而後快，還敢現身，我微愣了一下，望著她絕塵而去的身影，決定跟上去。京城裏的一切事都是她做出來的，我本來就在找她，現在她既然敢出來，我還猶豫什麼？

她飛行的速度很快，眨眼間就不見了，我召出神劍，駕馭著神劍尾隨追去，神劍如同一道電光閃過，撲面而來的空氣幾乎令我睜不開眼，沒想到駕馭神劍的速度會這麼快。

一直飛出京城繁華區，我才漸漸追上她，我猛的加勁衝到她前面，將她攔下來，我盯著她冷冷地道：「沒想到你做了這麼多壞事，還敢現身，我已經答應了龍前輩，爲天下蒼生除去你，準備受死吧！」

龍大望著我的秀眸中一點也不見驚慌，淡淡地道：「人來到這個世界就爲了生存，我不殺你，並不見得你就不會殺我。師父雖然對我有養育之恩，難道因此他就可以隨便奪去我的生命嗎？我要生存，只有先下手爲強。」

我奚落她道：「難道昨晚被你害了的那人，也危害到你的生存了嗎？你們五兄弟在后羿星創建飛船聯盟，可以說是隻手遮天，死在你手裏的無辜人們還少嗎，這些普通人也危害到你生存了嗎？」

她輕描淡寫道：「你竟然猜到那個笨蛋是我殺的，我可以告訴你，我所做的一切都爲了生存，他雖然沒有直接危害到我生存，不過他的死卻能爲我帶來生機，所以他就得死。」

我皺眉道：「你這個狠毒的女人，難道就從來不爲別人的生存想一想嗎？」

龍大平靜地道：「只有弱者才會期盼別人來可憐他，真正的強者不會指望別人來拯救自己，奇跡並不會在弱者身上出現！」

我道：「你輕鬆地殺了那人，卻搞得地球武道屆沸反盈天，這麼做對你有什麼好處？」

龍大不在乎的呵呵笑道：「這正是我來找你的原因。」

我哼道：「你殺人關我什麼事？」

龍大輕掩朱唇嬌笑道：「你是人家好不容易才看上的男人，人家出了事，有了難處當然要找你幫人家了。」

我瞪著她道：「請自重，這一輩子我們勢不兩立，我會親自手刃你。我自有嬌妻不勞你掛念，找我有什麼事，說吧！」

龍大不以為意，咯咯笑道：「我知道你在到處找我，你很想阻止我殺人吧，只要你答應我一個要求，我就不再殺人，如果你不幫忙，我只有繼續殺下去，為了生存，我也沒辦法啊。」

我大怒道：「你妄想以別人的生命來威脅我嗎？今天我就讓你命喪此地，看你還有何本領去害他人！」

劍隨心動，我駕馭神劍倏地向她逼近，凌空躍去，在離她還有一段距離時兩手虛握向她重砸下去，身在半空，一道金光閃現，「盤龍棍」已然握在手裏，金光萬丈的向她頭頂狠狠砸下去。

龍大被我凌厲的一擊所震，口中「咦」道：「沒想到短短幾天，你的修為又有精進。」說著話，身體已經迅速的向一邊躲去。我招式用老，不及換招，遂將「盤龍棍」放開，腳尖再點在神劍上，半空轉變方向，雙手握拳向她面門打去。

龍大沒想到我竟然捨得扔了上古神器追殺過來，來不及躲避我快速的攻擊，口中嬌斥一聲，雙手一頓，化掌迎向我的雙拳。

掌拳相撞，交觸的地方，驟然產生一股絕強的氣流，令我倆身不由己的向後飛速退去，向後退中，我伸手一招，「盤龍棍」又回到我手中，我高聲喝道：「長！」「盤龍棍」陡然向前端快速伸長。

令她意想不到的招數，一下子讓她落在下風，她的身體由於受到氣流的控制無法自由飛行，眼看著被「盤龍棍」衝撞上來卻無能爲力。

她受到大力一擊，頓時花容失色，盯著我的眼神中流露出狠毒的神色，這還是我第一次看到她失去鎮定。

我剛進入第四曲的境界，修爲有很大提升的範圍，自然是一日千里。我剛進入這個境界，陰陽兩氣還不能很好運用，否則更有她好看的！

我正要趁勝追擊，龍大突然伸手制止我道：「我有關於洪海的事要告訴你。」

聽到「洪海」兩個字，我陡然停了下來，冷冷的道：「說！」

龍大又恢復到一貫的鎮定，笑道：「我知道你和洪海的關係，也知道洪海對你有所圖謀。洪海幾乎知道你所有的事，你卻知道他很少的事，這可對你很不利啊！」

我道：「你要告訴我什麼事？」

龍大正容道：「所有人都以爲后羿星的事是我飛船聯盟幹出來的，殊不知，真正的幕後黑手事實上是洪海！」

我道：「憑什麼讓我相信你，有證據就拿出來。」

龍大悠然笑道：「我只告訴你事實，信不信由你。洪海才是大奸大惡之人，我們五兄妹只不過是他的馬前卒而已，幫他做壞事，替他擔惡名。現在大事即成，卻『鳥兔盡，走狗烹』，除了被你們抓走的四弟龍四外，我們兄妹五人如今只剩下我，一位兄長兩位弟弟已然被他害死，現在終於輪到我了，我不甘心就這麼被他害死，所以想請你幫我！」

我肅容質疑道：「你所說都屬實嗎？」

龍大忽然眼圈一紅，嬌然欲涕，哽咽著道：「我一直說的都是真話，只是你不相信我，難道我會咒自己的兄弟死嗎？」

我追問道：「他爲什麼要殺你們幾人，照你所說，你們應該是左膀右臂才是，他怎肯自毀城牆！」

龍大嗚咽著道：「這當然是有道理的，你還記得一年前把后羿星鬧得風風雨雨的魔羅嗎？」

我道：「這個我當然知道，還是我親眼目睹梅家老爺子捨身取義，召喚出上古神獸麒麟，滅了魔羅，這個和洪海有什麼關係？」

龍大道：「說來話長，爲什麼會在后羿星出現這種兇狠的、以吞噬別的寵獸來完善自己的異獸，可以說完全是洪海一手炮製的！」

滅了魔羅以後，我一直都在考慮，這種異獸難道真是天生的，天地所造嗎？還是另有別具用心的人製造出來？此時聽龍大這麼一說，心中一動，道：「你怎麼知道是洪海炮製的？」

她咬牙切齒地道：「還不是洪海這個禽獸，他不知從哪裏得到的一個奇怪的基因方程式，說是可以培育出一種厲害非凡的寵獸，但是要讓寵獸長大成熟，需要餵養牠數以萬計的大量寵獸，還不能是級別太低。而且就算把牠研究、製造出來也是步驟繁雜，而他的『洗武堂』對寵獸的研究不夠，所以，洪海就令我將這個基因方程式透露給五強者之一的獸王，利用他研究出這個兇狠的寵獸，然後再霸爲己有！」

龍大說得有理有據，倒令我有些相信她說的是真的。

龍大接著道：「事實上，獸王培養出異獸後，確實引得全球騷動，所有的矛頭一時全指向獸王，沒料到獸王卻從人間消失。獸王培養出兩隻異獸，其中一隻被另一個五強者所獲，就是你們口中的魔羅，當你們殺了魔羅後，另一隻異獸卻流落在民間，被我們發現後，死了不少人才將牠捉住，秘密帶來地球。」

我恍然大悟，我道尚有其他逃脫的異獸跑到哪裏去了？龍大這麼一說，我才知道原來另一異獸被她們給抓住了。

龍大又道：「洪海獲得異獸後，如獲至寶，親自命洪曆帶著異獸來到地球京城的一個秘密基地，進行馴養，在此期間，他們通過各種手段搞到四級以上的寵獸大概兩千隻，並且洪海親自督導『洗武堂』，煉製了許多靈丹餵給異獸。」

我道：「這又和他殺你們兄妹有什麼聯繫？」

龍大楚楚可憐道：「洪海爲了令這個異獸具有更大的威力，妄想奪走我們兄妹的神獸鼠寵以之餵給異獸，所以他賣力的和你們聯手除了我們兄妹的根本，逼得我們不得不去投靠他，在來地球後，我們兄妹已有三人遭了他的毒手，要不是你們救了龍四，他也不會逃過的，我真要感謝你！」

我道：「你在地球殺人，又爲了什麼？」她說的在情在理，和我所知道的相差無幾，我在心中已漸漸的開始相信了她。

龍大道：「那隻異獸即將在幾天內成熟，他不想出現什麼意外，所以我故意殺人來引起騷動，他爲了異獸的安全就來不及顧及我，我也就有機會逃生，所以我想請你幫我！不然我只有繼續殺人，引起更大的騷亂，爲了自己的生命，我不得不這麼做！」

我雙目如電，直直盯著她的一對猶掛著淚珠的明眸，緩緩道：「你要我怎麼幫你？」

她秀眸無謂地迎上我的眼神，見我答應她，眼中難以掩飾的現出一抹喜色，喜道：「人家就知道你心軟，不會看著人家等死的。」

我微微一笑道：「射人先射馬，擒賊自然是先擒王，等到除去洪海，我一樣不會放過你的，你殺人無數，任何理由都不能解赦你的罪行。」

龍大輕輕垂下螓首，輕輕地道：「人家想經過此次大劫，想找一個偏僻的地方隱居起來，再也不會去害人了，人家自知罪孽深重，如果你執意要替師父報仇，我一定會把自己這顆人頭送給你的。」

見她一副改過從新、浪子回頭的模樣，我忖度難道她真的悔過了。我領教過她的狡猾，再不敢輕易相信她。

她忽然抬起頭，秀眸中滿含淚光，銀牙緊咬，突然將自己手中的劍架在脖子上，堅定地望著我，突然眼淚如一顆顆晶瑩的珠子簌簌滾下來，泣道：「如果連你也不相信我，我就算活著也是生不如死，只要你一句話，我立即就自盡在你面前。」

我緊緊地望著她，剛才一刻，我倆還在爲了彼此的生命在做生死殊殺，然而此刻，彷彿一個嬌妻以死相逼自己的丈夫不要丟棄自己！

我深深的注視到她眼中，想看出她究竟是真是假！

她眼圈更紅，手猛的一使勁，天鵝絨般的白嫩玉頸被劃出一道血痕，望著我不甚悲切地道：「我知道自己以前聲名狼藉，你不會相信我的，我這就以死來證明我的真心。」

話尚未說完，她玉手向後拉去，血滴順著劍刃劃落。

我心中一驚，一個箭步奔上去，手快速絕倫的刁住她的手腕，猛一發力，她手中的細劍跌落在地上，我放開她的手，退後兩步道：「我暫且相信你的話，但是我已經答應了龍前輩要親自取你首級祭奠他老人家，如果事實正如你所說，我今天就放你一次，你若改邪歸正，我會考慮饒了你，你若繼續為惡，即便你逃到天涯海角，我也誓要取你性命。說吧，我該怎麼幫你？」

她破涕為笑，如雨後海棠散發著驚人的魅力，這個狠毒的女人一顰一笑、一悲一泣都能有令男人動心的能耐，她道：「不要對人家凶巴巴的好嗎，人家已經決定改過重新了哩！」

對這樣的女人，任何男人都沒有好辦法來應付。

龍大欣然道：「我過去兩天所做的傻事，都無法讓洪海真正的擔心。他最在意的是被他視為珍寶的那隻異獸，只有我們動搖了他的根本，令這隻正在成長的異獸出現意外，他才有可能慌了手腳，不會把視線放在我身上，我才有機會逃生。」

我冷冷道：「異獸害人，一個魔羅尚且難以對付，弄得后羿星烏煙瘴氣，如果讓這隻異獸成熟，無論和異獸合體的是誰，都將是另一場大災難，我們最好是將牠殺死，一勞永逸。」

龍大嫣然淺笑道：「人家沒什麼意見，我的三個兄弟之所以落得慘死，和異獸有直接的關係，殺了牠，也算是爲我死去的兄弟報了仇。」

我道：「那樣最好，你知道洪海把異獸藏在哪嗎？」

龍大道：「這個我當然知道，在京城外一個廢棄工廠的地下室裏，只是那個地方看守嚴密，想進去已經很難，再想在眾目睽睽下殺了那隻異獸，非常困難，而且平時洪海都是親自看著的，不過昨天你支走洪曆，強闖他的秘密基地救走你的妹子後，洪海雷霆震怒，今天親自在洪曆的陪同下，去了那邊。」

我道：「既然兩人都不在，那不是更好，天賜良機，我們就趁他們都不在的大好機會，再強闖了他另一個秘密基地，將它攪一個天翻地覆，順帶手殺了這隻異獸，我便護送你回后羿星。后羿星是『洗武堂』的根本，我和后羿星的政府關係很好，我要將洪海的罪行公佈於眾，讓天下人都唾罵他，到那時，他如過街老鼠，再難翻起什麼浪來。」

龍大蹙眉道：「你是不是想得太簡單了，就算公佈他的罪行又如何，天下人唾罵他又能如何，我的飛船聯盟做了很多壞事，每個人都在唾罵我們，可要不是因爲你的出現，誰又能將我如何？」

我瞥了她一眼，淡淡地道：「官民一體，洪海就算有再大的本事，也只有流亡一途，你飛船聯盟一敗，難道還沒讓你醒悟嗎，自古至今，只有人民才是最強大的力量。」

龍大低垂著頭，輕輕的道：「人家還不是擔心你的安全，你根本不知道洪海究竟有多大的實力，在后羿，名義上是聯邦政府主權，實際上洪海才是真正的底下皇帝，許多可左右政府要事的高官都是洪海的座上客，萬一事情估計不足失敗了，我死了不要緊，我一身罪孽，死有餘辜，可是你不一樣，你是人民的希望，要是你受到連累，我罪過豈不是更大了。」

龍大如鄰家女孩初長成，情竇初開，少女的羞澀確實我見猶憐，我在心中不斷提醒自己，站在面前是一個手段毒辣、心計如海的女人，不可輕易被她的表面所欺騙。我道：「人生大義便是如此，就算不幸死了，也不枉費長輩對我的循循善誘。」

龍大道：「既然你執意如此，人家也賠出這條賤命，陪你完成你的大義。」

我道：「趁洪海兩人仍未回來，我們趕快走吧。」

龍大應了聲道：「跟我來。」倏地起身飛了出去。

我跟在龍大身後快速的向前方飛動，大地在腳下疾馳而過，天邊雲淡風輕，我心中無比平靜，豐富的大戰經驗令我能夠在如此緊張時刻，仍可保持著一顆平常心，謹慎的面對即將到來的大戰。

梅家那個叛徒所獲得的異獸只是一隻未足夠成熟的，魔羅仍能仗之肆虐后羿無人能制，如果不是梅老爺子在千鈞一髮之際，捨棄自己的生命喚出麒麟消滅了魔羅，現在的后羿星的人民恐怕都已生活在水深火熱中了，而我也早死在他手中！

現在面對的是一隻即將成熟了的異獸，它的威力必然更強，又有那麼多人看守，一想到魔羅的本領，我的肩頭就好像壓著一座大山，令我不堪重負。這是一場硬戰呵！

龍大倏地停下，指著遠方隱約可見的一個廢墟處，檀口輕啓，吐氣如蘭的道：「天，那就是洪海的秘密基地，異獸就被看守在那裏，基地的全部人手超過五百之多，而且每人都有精良的武器。」

我無暇糾正她越來越親密的稱呼，心頭浮起，那天在我就要動身去剿滅飛船聯盟時，洪海帶我去參觀的一個秘密基地中的武器貯藏。天意弄人啊，我始終沒想到，有一天這些武器會用來對付自己！

龍大見我半天沒說話，伸出玉手在我眼前拂了拂道：「想什麼呢，想得那麼出神，不用害怕，雖然他們人多勢眾，不過我對基地的通路瞭若指掌，可以避免很多不必要的麻煩，有我領路，我們可以直接奔向異獸處，毀了異獸，我們就迅速逃跑。」

她竟然誤會我害怕了，我淡淡一笑也不指出，逕自向下飛去，同時傳音給她道：「咱們走吧，你在前面帶路。」

龍大急急叫道：「別那麼急，廢墟上面有極隱秘的監視器，要是讓他們發現有人闖進來，我們就前功盡棄了。」

我停下，錯愕道：「那我怎麼進去？」

龍大調皮地道：「那就麻煩大俠扮作我的跟班了，那些人認識我，由我領你進去，他們就不虞你竟然會是他們的頭號大敵了。」

我點頭道：「絕妙的主意，你走前面，我在你後面緊隨著。」

龍大輕掩朱唇道：「那就委屈大俠了，小女子先行給您賠罪了。」

我心嘆了一口氣，這個女人真是讓人摸不透，一會兒成熟冷豔，一會兒調皮可愛，誰會想得到她的真實身分是個殺人不眨眼的女魔頭，造化弄人！

我鎮定的跟著龍大走進荒廢的工廠中，龍大在一個地方停了下來，我正在納悶她爲何突然停住，一道光幕投射在我們的面前，其中站著一個隊長模樣的人，留著兩撇濃密的鬍子，左右兩邊各站著一個荷槍實彈的衛隊。

小鬍子見到龍大，恭敬的道了一聲，然後把目光放到我身上，透過光幕，我隱約可感受到他的目光中充滿了懷疑與不相信。

龍大淡淡地道：「這是我以前的手下，今天在城中遇到，遂帶了過來。」

小翳子仍有些不放心地道：「公子，這等非常時期，主人不喜歡有陌生人進入，如果沒有主人的命令，我不便……」

龍大鳳眼一寒斥道：「你算什麼東西，也敢來盤查我，出了事，本公子自然會向主人承擔，如再阻攔，耽擱了我的事，我揪了你的腦袋！」

龍大雖然身為女兒身，卻散發著凜凜的霸氣，兩眼如閃電劃過天空，通過光幕仍看得小翳子遍體生寒，忙不迭地道：「是，是！」

在我們旁邊靠右的一塊圓形的地方，忽然陷了下去，一道隱秘至極的樓梯一直延伸下去，龍大冷哼一身，轉過身來向樓梯走去，經過我時，向我調皮的眨了眨眼，低聲道：「跟著我。」

我一直都是蓄意低著頭，怕他以前見過我，而把我給認出來。此時見成功地騙過守衛，裝作不在意的樣子跟了下去，不敢在臉上露出一絲喜色，生怕因此而露出馬腳，功虧一簣。

地下室很深遠，樓梯大概走了一百多層，才真正來到地下室。

剛來到下面，就看到剛才在光幕上看到的那幾個守衛，正恭恭敬敬地等候著龍大，見我們施施然走下來，站得筆挺向我們行了一禮。

就在我猶豫是不是該出手制住他們幾人的時候，龍大突然出手，素手一揮，沒看見什麼動作，「喀嚓」一聲，小鬍子的腦袋耷拉在一邊，再也沒有力量支撐了。

我和其他兩個守衛頓時愣住，我愣是因為感嘆龍大出手狠毒，說殺就殺，絲毫沒有任何憐憫之心。而另兩個守衛是因為搞不清楚為什麼龍大突然對自己人動手。龍大突然縱身躍空而去，道：「天，還不殺了他們，咱們要抓緊時間。」

另個守衛雖然不知道龍大為何對自己人下手，卻知道我們是來殺他們的，立即從背後拿出兩把高性能的鐳射槍，就要向我開槍。

我哪還遲疑，驀地走了一個之字形，快速的步伐在我背後留下了明顯的一個之字，兩個守衛拿著槍根本來不及開槍，就被我封住了血脈倒在地上，沒有八個小時以上，他們是不會醒來的。

我拿起其中一個守衛的鐳射槍向龍大追去，大步流星一晃動就是五米，身法的精髓被我發揮到極至，待我趕到，龍大已經和另外一批守衛打起來，大約四五十個，已經被龍大撂到七八個。

鐳射槍這玩意速度快，火力猛，對付這群守衛再合適不過了，不用瞄準，我向著人群一陣掃射，當下又有五人中槍失去了作戰能力。

那群守衛也立即做出了反應，分出二十多人向我圍了過來。趁他們尚未靠近又被打傷三四個，待他們靠近，我扔了手中的槍，左手一晃，蛇皮護臂已然在內息的催動下化爲戰鬥形態。

近身搏鬥，我的蛇皮護臂是最好的武器。

龍大見我趕至，出手更添幾分力道，一腳踢飛一個守衛，展開身法向前方疾掠而去，同時向我傳音道：「天，不要有婦人之仁，解決了他們快點跟來，我們時間有限，我先行一步去破壞異獸的進化，我們在盡頭會合。」

守衛以爲我們兩人要會合在一塊，沒想到，龍大丟下我，突然快速向前方掠去，一時追之不及，反正前方還有很多守衛，遂不再去追龍大，而是向我奔來，三十人左右把我圍在中央。

我苦笑一聲，竟然讓一個女人來勸我不要有婦人之仁。一個守衛獰笑著逼近我，道：「兄弟們，上去做了他，竟敢來這裏撒野，我們要不把他宰了，豈不是讓別基地的兄弟們笑話。」

他話還沒說完，我就已感到腦後勺有勁風響起，兩三人已經偷襲而至，我倏地閃往一邊，一刹那間，我就來到他們三人身後，兩拳一腳，三個人像是人造飛彈，被我打飛出去。

其他的守衛高聲喊叫著都向我撲來，我在人群中閃轉騰挪，手腳如閃電般不時出擊，等到將三十來人的守衛全被給撂倒，時間已過了五分鐘，我瞥了一眼躺了一地的守衛，沒有一個死亡的，傷最重的也不過斷了幾根肋骨而已。

我搖搖頭，快速向前方掠去，追著龍大的氣味向前方追著。自從經過狼的血肉筋骨改造過身體後，我的六識就發生了翻天覆地的變化，尤其是嗅覺，如狗兒般靈敏，我嗅著龍大身體上的那股淡淡香氣，而不至於把她給追丟了。

穿過一個通道，轉過兩道彎，我剛進入下一個通道，鐳射能如雨點從每個角落向我射過來。

我罵出了平生第一句髒話：「你媽的！」這種雷射光束是經過增強的，已經能夠對我造成傷害，一波攻擊過後，除了頭部被我牢牢護住外，身體的其他各部位都生出一股刺鼻的燒焦氣味。

身上的衣服滿目瘡痍自不必說，關鍵上我身上的皮膚絕對超過百分六十被燒傷，那種接連不斷的疼痛感覺，令我忍不住罵出聲。

我心中道：「他們怎麼會知道我會在這裏出現的，好象早有預謀般隱身在這裏，我剛一出現，就被他們埋伏！」

時間的緊迫令我來不及再想下去，我心中罵道：「他媽的，是你們逼我的，你們自求多福！」他們藏身在暗處不出現，我如想通過這條通道繼續追下去，就只好暫時拋棄婦人之仁了。

敵人的生命重要，自己的生命卻也是珍貴的！

一道神秘光束從頭頂升起，我厲喝一聲，大力的握住劍柄，使出五成力量向兩壁橫切而去，堅逾金鐵的兩壁，如豆腐般被我整齊的切開，二十兩個埋伏的槍手，紛紛從牆壁裏跌出來。

不少因爲不及躲避被神劍的劍氣切斷了手腿，一時間哀鴻遍野，慘不忍睹，血淋淋的場面令我頓生不忍之心，發氣點暈了他們，又給他們止住了血，保證他們不會因爲流血過多而亡。

我在心中嘆了一口氣，接著向龍大的方向追了過去。

爲了世界的人民著想，只能令他們做出犧牲了，好好的和平年代偏是出現這麼多令人惱怒的事情，追根究底都是因爲某些人的野心造成的，洪海啊，洪海，你罪孽深重，即便是二叔想必也不會放過你的。

我如流星般向前飆去，卻突然被一道巨鐵門給阻住去路，我站在門前，將手輕輕的放在巨鐵門上，驀地釋放著一股巨大的力量，想要將巨鐵門給震倒。

沒想到，通道裏突然發生了兩三秒的震動，即恢復了正常，巨鐵門安然無恙，我料想這巨鐵門定然和整個通道是一體的，就如冰山一角，我必須拿出可以震撼整座冰山的氣力才行得通。

我喚出神劍中的大地之熊，合體眨眼間完成，我伸出厚實的半熊半人的雙手，猛的擊打在巨鐵門上，巨鐵門一陣搖動，我接二連三堅持不懈的狠狠捶打著，巨鐵門終於扛不住我的神力，發出驚天動地的巨響砸在地面，一股股灰塵瀰漫在空中。

塵埃落定，我的人影早已不見，然而剛通過鐵門沒多久，我就遇到另一場艱苦的戰鬥，我有個感覺，彷彿整個基地的人都精確知道我的位置，每每在我的必經之地埋伏好了正等著我。

鏖戰中，我忽然靈光一閃，暗道：「龍大怎麼可能跑得這麼快，難道她沒有遇到襲擊嗎？可是我是追著她的氣味跟過來的，為何在她通過的地方都有一大堆人好像等候我的大駕！」

在另一邊，龍大已經把速度推到了極至，忽地在一個堅硬無比的特殊合金門邊停下，快速的敲打著一串數字，很快，合金門徐徐升起，一隊百人的衛隊已然守候在裏面。

見到龍大，統統舉起手中高性能熱武器，對準著來人。龍大肅容道：「敵人正在後面，馬上就會趕過來，你們埋伏好了，見到來人格殺勿論，我先去密室！」

突然一個隊長模樣的人道：「對不起公子，主人吩咐，沒有他親自允准，任何人不准進入密室，公子也包括在內。」

龍大哼了一聲，冷冷的盯著那人，直讓他冷氣上冒，才厲色道：「這種非常時期，你竟然還墨守成規，既然你這麼說，我可以不去密室，你也知道密室對主人是多麼重要，萬一今次出現了個意外，由你來背，我不會管你死活的！」

那人被龍大強硬的話駭得咽了口唾沫，乾咳了一聲，尷尬的道：「這都是因爲主人的囑託，只是這個責任小的背……背不起。」

龍大不屑的瞪了他一眼，一把將他推開，大步向裏走去！

龍大心內湧動著難以抑制的狂喜，眼看十幾年的夢想就要成功了，在成功的前夕，愈發的激動。

在一個特製的密室前，龍大激動的停了下來，這個密室是經過特殊加工處理，可經受一次上百噸的強大壓力，要用強闖的方法幾乎是不可能的，龍大深吸了一口氣，壓抑著心中的狂喜，利索的在超級電腦上輸入了一個很長的密碼。

密碼如果兩次輸入錯誤，該進入密碼立即取消，除了超級管理員，沒有人可以任意修改，龍大輸完密碼後，眼睛眨也不眨的望著那道特殊構造的金屬門，片刻過後，綠燈閃了兩閃，金屬門無聲無息的徐徐升了上去，龍大欣喜若狂，幾乎是等不及的一貓腰從剛升起一小段的縫隙中閃了進去。

密室內空曠如野，只有一個巨大的容器孤零零的立在中間，容器的周圍接滿了各種不同顏色，粗細不同的線路。容器內有三分之二充滿了一種不知成份的液體，液體呈現藍色，如澄淨的海水般。

一個近兩米的半人半獸怪物站在容器中，體型如雪山白猿一般大小，上顎寬厚，牙齒凸出，眼睛緊緊閉著，可知牠還在沉睡中。

怪物的臀部生有一條長尾，細長如鼠。

龍大彷彿是獲得了心愛玩具的孩子，沉溺在喜悅中，雙手撫摩著透明容器的晶體罩，圍著怪物，一圈圈走動著，彷彿是要把怪物前後左右看個清晰透徹，一連轉了七八圈，龍大這才停了下來。

嘖嘖讚嘆兩聲，龍大發出得意的尖笑，聲音震耳欲聾，刺耳欲穿。發洩完自己的情緒，龍大嘴唇擠動幾下，一個大隻披著白色皮毛的鼠寵出現在她的身旁，紅色的鼻子在空中輕輕聳動了兩下。

如果我在場，一定可看出這就是龍大的錦毛鼠，這隻鼠寵是五鼠中最強的，具有指揮其他五鼠的本領，只是龍大此時將牠喚出，不知是爲了何故。龍大輕輕的將手在鼠寵的腦袋上來回撫摩著。

鼠寵也乖巧地縮著耳朵，任自己的主人撫摩。

龍大一邊摸，一邊自言自語似的道：「小寶貝啊，這下就看你的本事了，控制了這個異獸，天下將是我的囊中物，每個人都得看我的臉色過活，洪海那個老傢伙自以爲聰明，到最後還不是爲別人做嫁衣裳，我才是最後的贏家！依天那個小笨蛋是個不錯的人才，可惜啊，太迂腐了點。以拯救天下爲己任，實在太蠢，人生苦短，最要緊的是做自己喜歡的事，否則還有何樂趣可言。」

龍大說完了一翻話，望著容器中的怪物，淡淡道：「合體！」幾道刺眼白光閃過，她已然是化作鼠人，整個發出非凡的氣勢，實力比起龍四，高出不知多少。

龍大立在那兒，口中發出超低音波，她一邊不斷的發出低頻音波，一邊盯著容器中怪物的動靜，過了好半天，沉睡中的怪物忽然前肢稍微動了一下。一直面無表情的龍大見到這種情況，臉上現出一絲喜色，心中已有所計較，更加緊的發出低頻音波。

沉睡的怪物逐漸有了動靜，原本緊閉的雙眼，也有了睜開的趨勢，四肢更是不安分，連臀後的一條鼠尾也來回揚動著。

看著怪物的反應，龍大加緊發出嘯聲，就在怪物爭動著要爭脫束縛醒來的關鍵時刻，突然龍大身後的特殊合金門又升了起來，有個不速之客，在龍大呼喚怪物的關鍵時刻，走了進來。

龍大驀地轉身，卻驚駭地發現來人竟是去了城郊溶洞的洪海，洪海悠然自得的走了進來，一點也不在意龍大會趁機殺了他。

龍大瞬間就從驚駭中恢復過來，冷冷地道：「你不是去了溶洞嗎？」

洪海微微的笑道：「為了讓你露出狐狸尾巴，我只是詐作去溶洞，實際上，我一直都跟在你後面。」

龍大怔了一下，隨即咯咯笑道：「那又怎麼樣，就算你洞悉我的計畫，便又如何，現在成功對我來說唾手可得，我可在眨眼間像捏一隻螞蟻樣將你捏個粉碎，老頭子你有什麼遺言就快說吧，我或許一高興，會幫你實現自己的遺願。」

洪海哈哈一笑，拍了拍手掌道：「我不得不承認，在這麼多年來，你是老夫遇到最好詐狡猾的一個，堪稱老夫的一時對手，不過你還是太嫩了，太急於求成。不過我不得不讚嘆你的計謀確實很完美。」

龍大望著他哼了一聲道：「謝謝你對我的讚嘆，不過我勸你還是為自己的身後事多想想吧。」

洪海從容不迫的從她身邊經過，一直來到了容器怪物的身邊，侃侃而談：「你確實是個心計非常深的女人，只可惜你的野心太大，無法爲我所用，讓你活著，就像把一顆威力強大的炸彈放在身邊，令人無法安睡，既然你把依天引來這裏，正好讓你們一塊消失。」

龍大無法從洪海的眼中看到一絲驚懼的神色，心中也不禁暗自揣測，洪海之所以這麼鎮定，一定有所依恃。心念一轉，不論他依恃什麼，自己只要控制了異獸，天下間已經沒有任何東西可威脅到自己，想到這裏，龍大又安下心來，靜靜的看著洪海。

洪海道：「你先是殺死幾位武道家，引起了地球武道界的恐慌，妄圖轉移老夫的視線，然後說服依天那個笨蛋陪你同來老夫的密室，趁老夫不在的時候，使依天轉移基地守衛的注意力，而你就趁機來到老夫的密室，來密室的目的無非就是看中了老夫的異獸，妄圖占爲己有！」

龍大眼睛眨都沒眨的聽洪海說完自己的推斷，微微一笑道：「你說的沒錯，都讓你猜對了。」

洪海面對龍大的赫赫凶光，若無其事地道：「以你的野心，想要佔有我辛苦培育出的寵獸，早在我預料之中，可是我不清楚，這等異獸的合體之法，與普通寵獸並不相同，而此合體方法只有三個人知道，現在已經死了兩個，看你胸有成竹的樣子，一定另有辦法，不知道，能不能幫老夫解開這個謎。」

龍大美眸流轉，淡淡地道：「看在我們多年合作的份上，我就告訴你這個秘密，讓你死的安心。」說著話，腳步悄無聲息的向前一步步走去，就在只差十步遠的時候，龍大眼中閃過一絲深邃詭異的神色，身體陡然向前投去，一柄細長的利劍，直指洪海的眉心。

森森寒氣，瞬間就要將洪海給吞噬！

洪海望著龍大的犀利劍法竟然鎮定如常，突然將一直垂著的手舉起，對準衝過來的龍大，龍大驚駭的發現，不知何時，洪海的右手竟然套上一個經過改造威力巨大的氣功炮。

以龍大的修爲在經過合體之後，也不敢小覷這種高端武器，身體陡然在空中翻轉而過，避過了洪海的氣功炮。

洪海笑吟吟地看著落在自己面前不及十步的龍大，道：「果然不愧心狠手辣之名，你的念頭早在老夫算計之中。」

龍大一擊不成，倒也不氣餒，冷冷地道：「你僥倖逃過一次，但是絕對不會出現第二次機會，準備授首吧。」

洪海哈哈大笑道：「老夫做事一向小心謹慎，當然不會給你可趁之機。」說著拍了拍手，龍大背後的門突然打開一隊兩百人的守衛衝了進來。

洪海道：「這群守衛不比外面的，每個人的修爲至少強上兩倍，是專門爲你準備的，你修爲雖然很高，也得死在這裏。」

外面的合金門緩緩落下，直至連一絲縫都沒有留下。

龍大深吸了一口氣，淡淡笑道：「哼，螳螂捕蟬，黃雀在後！我這隻大螳螂不是一隻小黃雀可以吃得掉的。」

洪海早已退到一邊，興致盎然地道：「我很想看看，你這隻大螳螂可以撐到幾時！」

洪海說完，手一揮，兩百名守衛手中的鐳射槍像是萬千火矢向龍大射去，龍大機敏的躲到容器之後，以怪獸的身體作為掩護。

洪海冷哼一聲道：「殺了她！」

兩百名守衛一下子就有一百五十人放回鐳射槍，紛紛從腰中抽出高性能的鐳射刀，一柄柄明晃晃，亮如水晶一樣的鐳射刀、劍，高喝一聲向她撲去。剩下五十人，人人手握鐳射槍，小心翼翼的保護洪海不受傷害。

混戰開始，一百五十守衛對龍大一人，龍大面無懼色，倏地高高躍起，手中細劍燦發出熠熠金芒，與當先的十人一一對劈而過。

龍大意欲立威，甫一接觸，就使盡了渾身解數，細劍以肉眼難以追覓的速度，瞬間劈出了近百劍，十個守衛與龍大錯身而過，龍大頭也不回接著撲向人群中。

而那十個守衛，上肢均被龍大斬斷，齊肩而卸，一把細劍竟能做出如刀一般的砍劈動作，顯示出龍大非凡的修為。

洪海在十個守衛斷臂的剎那，眼睛倏地瞇成一條縫，口中斥道：「你們都上，一定要把她給殺了！」

同一時刻，我仍在與眾多守衛對抗著，七小已經被我喚出，前後左右的幫我禦敵！我心中暗暗納罕，爲什麼越來越多的守衛集中到這裏，不是五百守衛都來了吧，這些守衛如同潮水一般就快將我淹沒！

第四章 凶獸誕生

我閃身錯開一人的攻擊，同時一拳轟到他的肚子上，將他從人群中拋飛出去，面對越來越多的守衛，我漸漸失去了耐性，我有一個預感，自己又被她給騙了，想到這，我心中逐漸不耐，陰陽兩氣在體內驟然分開，一個周天後在丹田彙聚，同時我接引著這股爆炸般的力量向圍在我身周的守衛攻去。

一冷一熱兩道霸道的氣流頓時將圍在我周圍的二十人給強行震得倒跌出去，我暗含真息的一聲大喝，如晴天霹靂在每個人耳畔響起，大部分人被震得臉色發白，更有修為弱的，被聲波鑽進腦中，搖搖欲墜。

我冷聲斥道：「我看在你們受人欺瞞，所以才一直沒下殺手，識趣的就迅速給我讓開路，不然我只好逼自己動殺手了。」

本以為立威後，他們能知難而退，省得我為難，卻沒料到，等待我的卻是，幾百名守衛更加猛烈的發難。

面對著一張張年輕的臉，我仍是難以下殺手，心中氣罵一聲，怒道：「似鳳！音波攻擊。」「似鳳」一瞬間出現在空中，繡有「忠、仁、禮、義、孝」五字的五彩鳳衣在空中飛舞。

一連串帶有無比魔力的音符毫無徵兆的突然飄蕩在空中，彷彿春風暗度在每個人耳邊悄悄劃過，任何人都無法抵擋美夢般的音符，在場的守衛臉龐現出陶醉的神情，有幾個修為高一些的掙扎了幾下，也就深深的陷進了那夢一樣的陷阱。

我摸了一把汗，心中暗道早知道音波攻擊這麼有效，應該早把「似鳳」喚出來。只一會兒的功夫，幾百名守衛都情不自禁的扔掉了手中的劍、槍，臉上帶著恬靜的笑容，慢慢的進入催眠狀態。

本來殺氣騰騰的通道，瞬間的功夫就殺氣消散，四周靜謐如田野！

我招呼一聲，七小和「似鳳」尾隨著我繼續向前方掠去，沒有了音波的進一步攻擊，我們沒走多遠，那幾百名守衛又相繼醒來，叫喊著向我追過來。

我搖搖頭暗道這群人還真是難纏啊，手中神劍向後猛的從頭頂拋過去，神劍在空中劃過幾個圓，落在了守衛們的面前。

守衛們驚訝地看著落在自己面前的神劍，就在他們還不知道怎麼回事的時候，神劍突然暴出一道強光，接連又有幾道強光從神劍中透出，一頭巨熊從光芒中出現，愈長愈大，神劍消失，卻多了一頭威猛的大熊。

大熊突然上肢抬起，大嘴張開露出血紅的舌頭和白森森的鋒利牙齒，一聲巨吼從熊的口中傳出。

就在守衛們驚魂未定的時候，大熊粗壯的四肢重重的撲了下來，守衛驚惶的下意識向後退了兩步。

一瞬間整個通道都震動起來，搖晃中，無數根石柱彷彿雨後春筍在眾守衛的四周冒出，一直向上聳去，直到石柱將他們嚴實的圍在中央。

眾守衛驚恐之後，拿出隨手的武器開始擊砍在石柱上，妄圖闢開一條通路。

我笑了笑，默念幾句召喚口訣，手中一沉，神劍又回到了手中。我淡淡地道：「兄弟們，對不住了，麻煩你們先在裏面待上一會兒，等我做完了我該做的事，我會來把你們放出去的。」

腳下的道路急速的向後倒退，龍大的氣味因爲時間的耽擱而變得若有若無，神劍握在手中隨著龍大的氣味向前掠去，每逢有鐵門阻路，我都會利用神劍的威力將其一分兩半。

時間一分分度過，冥冥中我感覺到一股非比尋常的強大力量正在甦醒中，也許這股令人打心底感到恐懼的力量就是他們口中的異獸。

自從擺脫了那批守衛，前面的路中幾乎沒有遇到守衛，零星的幾個守衛，尚來不及喊叫便被我隨手給點暈。

遠遠的我便看見前方出現一個半圓形的合金門，而龍大的氣味也就在這裏嘎然消失，我速度不減的向半圓形的門奔去，反手抽出腰中的神劍，一道無形劍氣從劍尖向外延伸，我厲斥一聲，神劍散發出金色神芒，我高高騰空而起人劍合一向阻礙我前進的合金門投去。

當劍尖碰到合金門的一瞬間，我彷彿重擊在一座自己無法撼動的大山，我發出的無匹巨力驟然折返回來，身體遭到重擊向後倒飛出去，一連噴出兩口鮮血，才將身體中的反擊力給抵消掉。

我重重地跌在地面，呼呼的喘了幾口氣，望著眼前並無損傷的合金門，心中驚駭地道：「這門究竟何物打造，竟然可以這般堅硬，不但劍氣無功而返，還差一點把神劍給折斷！」

神劍如若折斷，「大地之熊」也難逃煙消雲滅的下場。

我頗有些畏懼地拿起手中的神劍仔細端望，經過我仔細的查看，確定神劍無礙，我才放下心來，凝視著眼前的合金門，想辦法怎麼才可以安然通過。

而在裏面，龍大與兩百個修爲高強的守衛廝殺已進入尾聲，當龍大扭斷最後一個守衛的脖子，一身血跡的嘿嘿笑著站在洪海身前。

一身血跡，也分不清是她的還是守衛的，只怕兩者皆有，雖然她成功殺光了兩百名洪海的守衛，卻也付出了不小的代價，左肩兩處劍傷和一處槍傷，如果不是合體後肉體的強度得到極強的增加，幾乎就把她的左臂給廢了，即便這樣，現在也暫時失去戰鬥力。

她那柄細長的利劍早就折斷成兩截，不知道被哪具屍體壓在身下了。

由於洪海的計算失誤，兩百名守衛像是地瓜般被她宰了個乾淨。

雖然龍大看起來極累，不時的重重吐出一口氣，但是如同惡魔般的邪笑，仍讓洪海心中一陣陣的恐懼。

即便老練、狡猾如狐的洪海在這種時刻，也不復先前侃侃而談的鎮定，龍大走前一步，他便向後退一步。龍大忽然停了下來，仰天哈哈大笑，聲音穿雲裂石，迴盪在密室中。

笑聲證明洪海的擔心是正確的，龍大雖然費了很多氣力，卻顯示出仍有足夠的餘力幹掉他，這令洪海心中不安。

龍大止住笑聲，乾咳了幾聲，嘴邊流出幾道血絲，如同惡狼一樣狠狠盯著洪海，半晌收回目光，嘿嘿笑道：「區區兩百人就想要我的命，你也太高估自己了吧，你以為我創下飛船聯盟，是全靠你的支持嗎？姑奶奶如果沒有實力，早死了不知多少次了。」

龍大停下來，將身邊幾具死屍堆在一起，一屁股坐上去，無然全無視洪海的存在，更不怕洪海會偷襲。

龍大坐在上面嘆了聲道：「說實話，我們幾兄妹明裏暗裏為你做了多少黑心事，臨頭你反咬一口，竟然和政府一起對付我們，害得我十幾年的辛苦付諸流水！即便我們幾兄妹如無家可歸的野狗，你也不打算放過我們，你做得實在太絕了一點。」

洪海露出可憐兮兮的神情道：「龍大，你聽我說，這是我主人歸隱前的命令，令我完全聽從依天的命令，他要對付你們，我敢說不嗎？」

龍大哼笑道：「哼，他的命令？你是怎樣的老奸巨滑，姑奶奶最清楚了，以你的品性，會對你的主人俯首貼耳嗎？」

洪海作出冤枉的神情，道：「你如果知道我的主人是誰，就會知道我為什麼會這麼聽話了。」

龍大瞥了他一眼，淡淡地道：「說說看，我也很想知道他是何方神聖。」

洪海道：「我的主人就是四大聖者之一的鷹王。」

龍大「啊」了一聲，表情非常驚訝，沒想到傳說中最頂尖的四大高手，修為據說早已超凡入聖的鷹王，會是洪海的主人。龍大嘆了嘆，徐徐道：「難怪依天的修爲這麼厲害，可惜被教得太迂腐了，否則我倒是真的很想嫁給他。」

雖然仍在危險中，洪海聽到龍大這麼一番「心底話」，也是瞠目結舌，不知該怎麼接她的話。

龍大的心情似乎好了一些，悠閒地望著洪海，悠然道：「你不是想知道，我是憑什麼來控制你培育出來的異獸嗎？我現在就告訴你。」

洪海聽她願意說出這個他極欲知道的秘密，立即豎起耳朵，生怕漏了一字，竟忘了自己的命仍在別人的掌握中。

龍大淡淡的道：「秘密就在我的寵獸身上，我們兄妹五人，屬我的錦毛鼠最爲強大，天生可以控制其他四隻鼠寵。」

話剛一出口，洪海即道：「啊，原來如此，我還在想，爲什麼會這麼容易抓到你那三個兄弟，想來早就計畫好了將他們幾人的寵獸讓異獸給吞噬了，然後再利用自己的寵獸控制牠，然後佔有牠！你這計果然毒辣，爲了一己之私，竟然連自己出生入死的兄弟都不放過。」

龍大若無其事地道：「不要在我面前裝出一副衛道者的模樣，這樣的壞事，你做得不比我少，聽說你在后羿的密室中建造了一個後宮，是從四大星球搜集來的美女，總共三百一十二人，最小的才不過十二歲，這些女人你是通過什麼手段弄來的，還需要我一一替你說出來嗎？」

洪海乾咳了兩聲，臉色一片尷尬。

龍大接著道：「據說這些女人三年換一次，因爲你嫌棄她們年老色衰，要換一批新鮮的，這些被你淘汰的女人最終到了哪裏，不用我說吧。如果要立下一個惡人譜，你穩居第一位。」

洪海尷尬的笑道：「沒想到你對我的情報收集得還蠻多的。」

龍大赫然起身，頓時將洪海嚇了一跳，龍大斜睨了他一眼，冷冷地道：「我已解了你心中的疑竇，你死了也該沒有怨言了吧，我也休息好了，該送你上路了。」

洪海一聽龍大要殺他，頓時跪了下來，哀求道：「求求你，不要殺我，我對你還有用處，我們合作，我甘願作您的僕人！只要你饒我一命。」

龍大哈哈大笑，道：「我留你有什麼用處，你對我來說根本沒有任何益處，你手中唯一的籌碼——異獸，在你死後自然歸我所有，做僕人嗎？我還是喜歡年輕一些的。」

洪海拚命磕頭道：「我還有『洗武堂』，只要你饒我不死，我馬上就把『洗武堂』拱手相送。」

龍大嘿笑道：「四大聖者竟然會有你這樣的手下，真是瞎了眼，難怪你跟了聖者這麼久，仍然修爲低微，做個默默無聞的無名小卒，像你這麼卑鄙無恥的孬種，是不可能成爲大人物的！」

洪海見她口中有了鬆動，忙道：「是，是，我是個孬種！謝謝主人饒我一命。」

龍大得意的嬌笑充塞整間密室，「我獲得異獸，再有『洗武堂』的武力和財力，不久我就是四大星球新的主人！」

洪海厚顏無恥的嘻笑著道：「恭喜主人早日成爲四大星球的霸者。」

龍大瞥了他一眼，沒有理會他，逕自向關著怪獸的那個容器走去，把背後的大穴都放給洪海，好似完全不怕洪海在背後偷襲，以這麼近的距離來說，洪海應該不會放棄這種機會的，然而洪海仍老實地跟著龍大亦步亦趨的向容器走去。

龍大仔細審視著容器中的怪獸，看了一會兒，洪海忽然諂媚地對龍大道：「主人要不要老僕把牠喚醒。這個寵獸的力量非常大，咱們必須向後一些，不然寵獸醒來突然發出的力量，恐怕會對主人造成一定傷害，當然要是平常主人當然不怕，只是現在您受了傷，咱們最好稍微避一下。」

龍大哼了一聲，不過亦是往後退了幾步，凝視著容器中安靜的怪獸，忽然嘴巴微微張開，露出一條縫，超低頻的音波又向容器傳去。

此時怪獸的反應要比先前快速很多，很快，容器開始了一波波的輕微顫動，怪獸四肢也漸漸的活動起來。

容器中的液體劇烈的振動起來，如同沸騰的水「咕嘟，咕嘟」的冒出一個個大氣泡，怪獸的身上陡然發出了響聲，從腳趾開始，全身幾百根骨頭發出如同暴豆子的響聲。

龍大和洪海震驚地望著怪獸，筋骨的聲音剛停下來，怪獸的眼睛陡然睜開，帶著黑暗與邪惡的氣息望著站在容器外望著牠的兩個人，突然露出如人一般的笑臉，嘴巴同時張開發出聲嘶力竭的吼叫。

聲音衝破液體，直沖雲霄，帶著液體一起飛到空中，如同雨一般降落在地面，怪獸的聲音如鬼哭神嚎，充塞在密室的每個角落，令兩人的胸中感到一陣陣的無形壓力而呼吸困難。

我站在半圓形合金門前正在思考該如何破開這道門的時候，一道無形的威力透過合金門迎面撲來，我驀地提氣穩穩的站在門前，而能量最低的「似鳳」被一陣風的連吹了幾個筋斗。

這下「似鳳」不爽了，「呷呷」的怒叫著飛了回來，撲騰著翅膀對著合金門一陣狂叫，剛才我感應不到合金門裏面的情況，剛才一陣陰風吹過，我立即感到一股可怕的陰森力量充斥在空間中。

七小也彷彿感到什麼，脖頸的毛都豎了起來，緊緊盯著合金門，彷彿穿透了合金門一直看到裏面。

龍大和洪海眼睜睜地看著怪獸發威，彷彿被嚇呆了般一動不動地站著。怪獸接著又是一聲怒吼，上肢向外擴展，無匹的力量隨即釋放出來，當先的容器轟隆聲中裂為碎片，液體傾瀉而下。

忽然洪海眼耳口鼻都流出淡淡的血絲，如果怪獸再不停止牠的嘯聲，洪海就得被震斃在當場。

驟然間，龍大開始站直身體，嘴中也發出一陣如同雷鳴的響聲。

兩種嘯聲在空中糾纏共鳴，一會兒後，兩種聲音都停了下來，龍大看起來非常累，喘著粗氣望著怪獸。

怪獸邁起粗大堅實的下肢走了下來，這個如同雪山雪猿的怪獸，如人類一般行走，雙目散發出如同人類般所特有的智慧。只是眼神中不時的閃過一絲殘暴，那是敵視的目光。

兩個大難不死的傢伙見識了怪獸的威力，心中卻竊喜不已，臉上也不由的露出絲絲喜色。龍大不等調息完畢，口中發出一陣陣人類也可以聽得見的尖嘯，仔細聆聽，就會發現看似凌亂的嘯聲，實際上也有很大的規律性。

怪獸的眼神漸漸變得柔和，彷彿即將睡著了一樣。在這種關鍵時刻，以龍大這般小心謹慎的人也沒注意到洪海漸漸的向另一個方向移動，等到龍大發現的時候，洪海已經站在她對面怪獸的身後。

洪海得意的哈哈大笑道：「你爲了控制異獸，竟然忍心以自己同生共死的三個兄弟性命爲代價，憑你也配擁有牠嗎？告訴你，天下是我的，誰也奪不走。」

洪海在哈哈大笑聲中，開始低聲吟唱彷彿詩歌般的東西。而在即將成功的時間，龍大也騰不出手來對付洪海。

洪海這邊一吟唱，本來快要睡著的怪獸陡然睜開雙眼。

龍大一看不好，馬上催發內息發出更加響亮的嘯聲，將洪海的聲音給掩蓋了下去，怪獸再次慢慢的沉睡下去。

洪海發現怪獸並未如他想像中那麼聽話，心中一急也將內息提高，發出更大的吟唱聲，怪獸再次清醒過來。

「天地無處不在的黑暗神啊，請賜予你的子民駕馭萬物的力量！」如同帶著一種陰森森的恐怖氣息，由低到高彷彿真的是從幽深的泥沼中傳來。

我在外面感覺到裏面氣息的變化，心中愈發焦急，不過卻仍然拿面前不知何物打造的如此高密度的合金門沒辦法，試了幾次，都無法打開。

我已經和大地之熊合體，內息暴增數倍卻仍無可奈何。

要想打開門，只有進行兩次合體，或者化身為狼人才有辦法搞定。

就這一會兒，裏面的情況又發生了決定性變化，洪海祈禱般的咒語最終起了作用，怪獸脫離了龍大的控制，一步步的向洪海走去。

不論龍大怎麼努力，怪獸仍是一步步靠近洪海，眼看著即將到手的幾近無敵的力量卻飛走了，龍大心中的怒氣如噴泉般激湧而出。

手持丈八的鼠槍，一抖手疾向怪獸刺去。

怪獸笨拙的一步步向洪海走過去，眼看就要被龍大刺中，洪海心中大急，卻不知該作出什麼反應。

就在如此緊張的時刻，剛才還笨拙無比的怪獸，突然變得靈敏起來，反身，厚實的巴掌向龍大疾速搧了過去。

怪獸的巴掌隱隱暴出雷響，勁氣橫溢，氣勢不可小覷。沒料到怪獸會陡然作出激烈的反應，龍大百忙之中，將頭側開，避過了怪獸的正面襲擊，把打中肩膀，戳在怪獸身上的鼠槍橫在牠身上拖了半米。

龍大踉蹌的跌撞著好幾步才站穩，肩頭還一陣陣火辣辣的發燙。

然而同樣被龍大以鼠槍命中的怪獸，仍若無其事向洪海走過去。

洪海來不及得意的哈哈大笑，加緊念著一些莫名的口訣，走著走著的怪獸忽然從身體中透出光來，同時慢慢變小。

漸漸怪獸整個身體都透明起來，趨於光質化，最後化作一片光芒投射到洪海身上，洪海在一片黑暗的光芒中，露出得意的嘴臉，即被黑暗的光芒所淹沒，

龍大目瞪口呆地望著被黑暗得如同霧般濃密的光芒將洪海淹沒在其中。突然間，洪海在裏面發出撕心裂肺的叫喊聲，濃密的黑光一陣翻湧蒸騰，洪海的聲音也漸漸消失。

龍大驚懼地望著黑光。過了一會兒，黑光變得稀少，隱約可看見一個高大的影子在黑光中活動，影子站起來身來，竟比剛才的怪獸還要高一頭，以剛才所看到的怪獸實力，合體後的洪海，實力究竟會達到什麼樣一個驚天地泣鬼神的地步？

龍大小心的在心中揣測著，事情一波三折，不久前洪海還如哈巴狗一樣在她面前搖尾乞憐，現在反而掌握了可以判她生死的強大力量。

人影漸漸從黑光中走出，每邁出一步，大地都要顫動一下，天不怕地不怕的龍大，此時也驚慄的望著黑影，大氣也不敢出。

忽然黑影發出如鷹隼般的梟叫，龍大突然感到一陣勁風，再反應已是來不及，身體如

玩具般被一股絕大的力量撞飛出去，狠狠地撞在合金門上，發出驚天動地的響聲，背骨也斷了五六根。

第五章　天下太平

合體後的洪海從黑光中現出身形，醜陋猙獰的面孔，赤裸強壯的肌肉，強橫的力量，堅若鋼鐵的骨頭，粗壯有力猶若樹幹的手臂，這一切都讓龍大看得心驚膽戰。

洪海只是輕輕一揮，就令龍大難以承受，簡直是不堪一擊的被打飛出去，如果龍大不是先前受了不輕的傷，應該不至於如此。俗話說，落毛的鳳凰不如雞，不論以前的龍大多麼強橫，此刻卻只有引頸待宰的份兒，剛才的重力一擊，立即使本就受傷的龍大傷上加傷，即便今次逃得性命，也得要幾個月的休養才能恢復。

龍大「呼呼」的喘著氣，背後折斷的骨頭，令她難以坐直身軀，彎著身體，凝望著不斷走近的洪海，眼神中充滿了不甘。

勝利幾乎唾手可得，卻在一瞬間又失去，這種滋味非常難受，可是卻不得不接受，龍大在心中深深的責怪自己，如果她剛才不是那麼大意，先殺了洪海，不就可以毫不費力的奪得這隻恐怖的寵獸了嗎，都怪自己貪心，被洪海的花言巧語所打動，妄圖佔有洪海的「洗武堂」以圖日後「飛船聯盟」可以東山再起！

想得是多麼美啊，可惜，命運之輪是不會依人的意念來改變方向的。

龍大不想坐以待斃，卻心有餘力不足，眼睜睜的望著洪海帶著獰笑不斷向自己逼近。

洪海走到龍大面前，突然伸出手捏住她的脖子，將她高高舉起，纖細的脖頸與粗糙而大的手掌形成極爲鮮明的對比。

「啊！」龍大因爲觸動了斷骨而痛苦的呻吟出聲，這讓洪海顯得更爲興奮，把在自己掌握中的龍大左右使勁搖了搖。

看著龍大痛苦不堪的神色，洪海得意的哈哈大笑起來，笑聲一停，他望著龍大道：「嘿嘿，看看吧，誰才是最後的勝利者！一點蠅頭小利就讓你放棄了殺我的念頭，所以說女人永遠不會成爲勝利者，因爲她們喜歡囉嗦！如果你不說那麼多廢話，殺了我，現在你還會這麼痛苦嗎？學學我吧！」說著在獰笑聲中，另一隻手慢慢的將她兩隻腿給折斷，讓龍大嘗盡了痛苦和恐懼！

龍大突然發難，將自己體內僅剩差不多平常四成不到的內息，聚集成一片光刀冷光四射，寒氣襲人，在洪海得意忘形的刹那，陡然往洪海的脖子削去。

在如此近的距離，而洪海又完全沒有警戒心，這種情況下，就算洪海是大羅金仙也難

111

逃光刀的襲擊。

洪海驚駭欲絕的望著光刀飆射而來，卻來不及作出有效的防禦，必殺的一擊在洪海匆忙躲避中割破他左邊的脖子而飛出去，一直打在對面五十多米的牆上，才能量耗盡，消失在空中。

龍大做完這次攻擊，彷彿用完了全身的力氣，連話也說不出，只是呵呵笑著望著洪海。

然而出乎意料的，遭受如此重的打擊，幾乎斷了一半的脖子，頭也歪在一邊的洪海竟然沒有死，仍頑強的活著，不但如此而且，傷口處，不斷流出一種很濃的物質，將傷口給糊住。

傷口竟然又開始長出一層新肉，將斷了的部分給重新連接起來。洪海發現自己不但沒死，而且傷口也很快地癒合了，得意的狂笑出來。

龍大吃驚地望著這一幕，卻再也無可奈何了。洪海譏諷的望著她，抓著她忽然向牆上瘋狂的撞擊，每撞擊一次，龍大便吐出一大口血，等到洪海停下來，龍大已經是出氣多，進氣少。

龍大的神情十分委頓，因失血過多而顯得面色蒼白，眼神也失去了往日的光彩，只有等死般的呆滯。

洪海見龍大變成一副死人的模樣，也失去了繼續玩弄下去的欲望，隨手將她扔往一邊，不屑的瞟了她一眼，狠狠的一腳向她的頭顱踩去。

然而就在千鈞一髮的時刻，巨大厚實密度極高的合金門受到極爲大力的衝擊，和兩邊的岩壁脫離了聯繫，帶著萬鈞的力量呼嘯聲中向著洪海和龍大撞過去。

洪海伸出自己的左臂一拳擊了過去，重大的合金門並未如他想像中那樣被他輕易打飛出去，反而是他被巨大的力量帶著衝了出去，洪海悶哼一聲，使出雙手托著合金門，一聲怒喝才把合金門給拋飛。

我在束手無策的情況下不得已化身爲狼人，集聚全身的內息以破冰之勢，始將它給擊飛，我才得以進來，剛一進來，我就看到龍大不知是死是活地躺在地上，身上傷痕累累。

看著周圍地面躺著上百具的屍體，我一時也搞不清究竟發生了什麼情況，憑龍大這般出神入化的修爲竟落得如此狼狽，生死不明。

我走上去扶起龍大，發現龍大已經在彌留之際，呼吸弱而短促。莫名的我心中彷彿被針狠狠的扎了一下。龍大望著我，用微弱的幾乎聽不見的聲音緩緩道：「我看到了師父，師父說我做了很多壞事，不再認我了，我好傷心啊！爲什麼師父不理我！我還看到了死去的幾位兄弟，他們也說我害死了他們，逼著我還他們的命，我好害怕！是不是我真的幹了很多壞事，爲什麼他們都這麼恨我？」

看著她泛著瑩瑩的淚光如同無助的孩子般望著我，我輕輕地嘆了一口氣，長長不能停歇，嘆氣聲停止的時候，她那雙無辜的大眼睛死死的盯著天空，卻停止了心跳，

我再一次感嘆生命脆弱，一股濃濃的悲哀一圈圈的將我纏繞，歷經了幾次生死，直到今日，我尙不能看透生死，每個生命的消失都會讓我感到傷心。我輕輕的將龍大抱起，溫柔的將她的雙眼合上。

雖然一生爲惡，臨死前的懺悔已足夠我爲她灑下一滴淚水，畢竟罪魁禍首不是她啊，她不過是別人爲惡的手臂。

我抱著龍大轉身向外走去，忽然身後暴起一陣如猛獸的狂笑，「這個賤女人終於死了嗎，叛主之人，該死！死得好啊，我要將她四分五裂，然後餵給狗吃，才能解我心頭之恨。」

怪人的聲音才停，一陣陣能夠讓大地爲之顫抖的腳步聲，向我的身後奔來，同一時刻，我感到一股足以撕裂空氣的勁氣向我背後大穴襲過來。我置若罔聞仍自走我的路，只是無形的勁氣卻已在身體中鼓蕩。

我不得不承認，我對這個美麗而狡猾、狠毒的女人有了好感，男人的心理和女人一樣啊，誰也搞不清楚，喜歡一個人卻不自知。

我爲自己感到可笑的搖了搖頭，感情是世界上最最玄妙的東西，就像是個魔方，令人

糊塗。

我又微微笑著搖了搖頭。怪人勢若雷霆的一擊，已經來到背後，我極爲輕鬆的向後輕輕一揮，身體的內息卻如長江大河奔騰的向怪人衝擊過去，兩強相遇，一股無可抵禦的強大力量令我大吃一驚。

我拚命想要護住手中龍大的身體，卻無奈，我自保猶嫌不足，身體呼嘯著無法克制地衝了出去。

龍大的屍身也被強大的力量捲飛到空中，再撞到牆壁上，面目全非，四分五裂！

怪人也和我一樣被吹翻出去，卻顯示出比我更強的實力，雙手發出極強的護罩，赫然將強大的氣流給硬生生分開，怪人望著地面龍大的屍身，哈哈大笑，「省得我動手，原來老天也看不慣你叛主的行徑！」

我在空中連續翻了幾個筋斗，卸去無形的氣勁，落在地面，我知道這麼大的力量，龍大的身體不會保存完全了。

我單手撐地，搖了搖頭，慢慢地站直身體，怪人一口一個叛主，那麼他的真實身分已經呼之欲出了，除了洪海，他不可能是別人，那麼他之所以變成現在這麼個醜陋的模樣，除了與那隻怪獸合體，還能有什麼解釋嗎？

沒想到他的力量這麼強，我以爲我化身爲狼人的力量已經非常強了，沒想到他的力量比我更強。我進入第四曲的陰陽二氣的境界修爲何止增強了數倍那麼簡單。

合體後能比以前合體挖掘出更強的潛力，沒想到還不是他的敵手，他培育出的這種邪惡寵獸真的非常強啊，而且我想牠能強到這種程度，和牠吞噬了幾隻神鼠寵是分不開的。

不過不論他怎麼強，他死定了！在我眼中，他只不過是一個在呼吸的死人而已，前所未有的黑暗將我深深的包圍，一股比先前更加強大的力量迎頭而起，澎湃著殺人的欲望。

望著他，我的眼睛射出殺氣凌人的氣勢，濃重的黑暗侵蝕著我的心靈，一個聲音在誘惑著我：「殺了他，殺了他，他殺了你的女人，他該死，這是應得的，殺了他，『洗武堂』將會是你的。這種人不配活在世上，他那點力量，連你的一根手指頭也比不上。」

洪海不合時宜地站出來，望著我哈哈狂笑道：「你不用爲她傷心，我馬上就讓你去陪她，也許她走得還不遠，你現在下去還可以找到她，去吧，我的孩子。」

嘴角露出一絲微笑，我喃喃自語地道：「愛情是種多麼奇妙的東西啊，誰會想到我會喜歡一個心狠手辣，殺人不眨眼的女魔頭呢，只不過幾天的功夫，真讓人不敢相信啊！」

洪海狂笑道：「你竟然愛上那種女人，哈哈，我送你去見她！」

我嗤笑地望著他，淡淡地道：「你有那個實力嗎？」

自以爲天下無敵的洪海放聲大笑，強而有力的拳頭像是一個炮彈直向我的面門轟來，沒有摻雜任何花招，只憑力量與速度取勝。

我驀地後仰，一道無形劍氣以雷霆之勢向他的頭部擊去，我還是第一次在合體的時候使用神劍，神劍受到極強的力量引導，催發出平生最強的劍氣，望著洪海那張醜臉，我心中產生難以言喻的快感。

這是殺人的快感，掌握別人生死的快感，高高在上的快感！

我想放聲大叫，告訴所有的人，我才是世界上最強的！沒有人可以打敗我，所有人都匍匐在我的腳下。

黑漆漆的劍光一閃即沒，鮮血隨即噴灑出來，洪海躲過正面，被我劈中肩膀，連肩帶臂讓我砍了下來，鮮血正在狂湧噴灑。

痛苦的神色讓洪海張大嘴巴怒吼不停，我若無其事的將手中的神劍拋到空中，神劍化作一道金光隨即消失不見。我將毛茸茸的手臂伸到眼前，剛才的一劈令他的血也濺到我手臂上。

我伸出猩紅的舌頭將手臂上的血液添了去，咋咋嘴，淡淡地望著他道：「你還覺得可以贏我嗎?你只是一隻沒有大腦的野獸罷了。」

洪海痛苦的臉上露出嘿嘿的僵硬笑容，因爲他斷了的手臂處，又長了一隻新的出來，這讓他感到非常得意。

我望著他，情緒沒有一點波動，這種伎倆，我早已知道，在對付魔羅的時候我吃驚過了，現在再表演，只能讓我嗤之以鼻，難道他就沒有新鮮的花樣了嗎？

我一腳向後微退半步，雙手微微前伸，護在胸前，擺出最好的進攻姿勢，狼的血液在身體中徹底沸騰了，萬千種狼的嚎叫在心底傳出，一直上升，上升，在我耳朵中匯為一種聲音，我彷彿看到在一隻神駿的狼王站在懸崖之上，向天空哀嚎，一輪淡黃色的月亮在牠背後靜靜的向大地灑下清冷的月光。

一聲最響亮的狼嚎響徹天地，充斥在深谷的每個角落。

那是天底下最傷心的聲音，狼王的聲音剛起，我的幽幽綠芒彷彿是死亡的信號，無形的死氣散發出來。

我倏地前衝，身體帶著一溜殘影，已經撲到洪海身前，就在他一腳向我踹來時，我已然迅速的轉到他的另一側，鋒利的指甲在他臉上留下了幾道血痕。

本想給他更大的傷害，卻發現他的肌體比我想像中還要堅硬，柔韌像是一層天生的鱗甲，令我無處著手，所以只在他臉上留下了一點小傷。

洪海吃了小虧，頓時暴跳如雷，這點小傷對他來說根本不算什麼，只是卻深深刺傷了他的自尊心，他以為在和怪獸合體後，連四大聖者也不會是他的對手。卻沒想到連我也敵不過。

我彷彿是一個糾纏不休的幽靈，死死纏著洪海，在我將他戲弄了個夠後，我又停了下來，站在他面前不遠處的地方，淡然地望著他，眼光中有一絲憐憫，我嘆了一口氣道：「你太讓我失望了，你不但沒有大腦，而且行動緩慢，除了皮厚一些，實在沒有任何優點，我覺得你沒有活下去的必要了。」

洪海眼神充滿了血絲，死死地盯著我，噴出大口大口的熱氣，發出如同野獸般的喘息。我望著他淡淡地道：「你的修爲太弱，即便有很強的寵獸合體，你也不會勝過我，今天你就得爲你所作的事贖罪。」

洪海忽地大叫出來，強大的無形壓力一波波的向外散溢開，一陣天翻地覆的動靜，連堅固至極的地下室也顫抖著。

一道裂縫從他的腳邊一直向我延伸過來，牢固的地板紛紛碎裂，一瞬間沙石飛揚。我收起輕視的目光，暗道這恐怕才是他的真正實力。

只是面對這前所未有的強大，我反而躍躍欲試，心中黑暗的力量也如海浪般波動起來，內息充塞經脈，彷彿海浪撞擊著岩石，一波波的變得更加強大，雙手充盈著的力量，令我不吐不快。

洪海大力踏動著地板，轟隆隆的巨響中，向我奔來，離我越來越近，突然向我撲來，大如蒲扇的手掌向我打來，帶動著可以摧枯拉朽的力量，我大吼一聲，毫不退縮地迎了上去，雙手緊握成拳，轟在他的手心上。

兩股強大的力量發出如炸雷般的響聲，洪海雙手突然合攏，將我的雙拳給包在自己的手掌裏，拚命似的催動著一波波狂湧奔騰的內息衝擊著我的經脈，妄圖毀斷我體內的每一寸經脈。

我望著他，眼中閃過諷刺的目光，突然猛的提腰收腹，雙腿靈活的從下向上大力的踢去，重重的擊在他的下巴上，我幾乎可以聽到他下頷碎裂的動聽聲音，他受到重擊，內息一滯，我趁機收回自己的拳頭，向他的面部擊打去，如滂沱大雨打在地面擊起一個個坑。

隨著我的打擊，洪海醜陋的面部逐漸陷了進去。

就在我打得興起時，忽然感到脖子一緊，好似被什麼東西給勒住，連呼吸也變得困難起來，望著洪海的奸詐目光，我想起了他還有一條彷彿是沒有用的尾巴，卻原來還有這樣的用處。

他的尾巴將我高高捲起，猛的一拳打在我的腹部，一股極強的力量差點讓我吐出來，他的力量實在太強了。

我不會給他出第二拳的機會，他正要打出第二拳，卻看到我顯出如魔鬼般的笑容，心頭一愣，我狠狠的一口咬在他的尾巴上，合體後的牙齒，我想絕對比狼的牙齒要堅硬鋒利多了。

只是他那細長的尾巴也比我想像中難咬，我一運力，猛的使勁咬了下去，他的尾巴猛烈甩動起來，我彷彿無線的風箏，與他的尾巴在空中搖曳。忽然我失去了支持跌了下去。

我嘿嘿笑著站起身來，隨手扯掉纏在脖子上的尾巴，扔往一邊。

失去了尾巴的洪海痛得齜牙咧嘴，見我似笑非笑的站在他面前，突然狀若發狂的向我衝過來，凌空向我打出的拳風，好似要把我給撕裂，比起剛才的攻擊，現在的攻擊則更具威脅。

我看似輕鬆的躲閃著他的攻擊，望著他不斷逼近的龐大身軀，他那有力的手腕，我幾乎可以肯定，如果再重現剛才那一幕，他一定會直接扭斷我的脖子，令我不能再僥倖逃脫。

我驟然彈跳而起，卻不是高高的躍往空中，這種做法是最愚蠢的，雖然我可以施展御風術，不至於失去身體的靈活性，卻更容易被他那新長出的尾巴給抓個正著，所以我只是向他的另一側彈跳。

發威了的洪海，速度增快了許多，每次攻擊都留下一道道殘影，我在他的攻擊中縱身跳躍，穿梭閃躲，將人類的身法施展到極限，我履險如夷，然而他的進攻也彷彿永遠不會停止。

洪海不知疲倦的發動著攻擊，每一拳都帶著摧枯拉朽的力量，任何一拳都會令我重傷，我心中暗暗驚嘆這隻恐怖異獸的力量，單以修爲來說，我比洪海不知強多少。

不過合體過後，他卻比我還要強很多，我的七小不以體內的龍丹來說也是七級的野寵，然而合在一起竟然還強不過這隻培育出來的怪獸，怎麼不讓我驚訝。

驚訝歸驚訝，這並不影響我殺他的決心，黑暗的力量帶給我破壞的欲望，每次使出強大的破壞力都令我有酣暢淋漓之感，這完全是一種全新的感覺，彷彿要讓任何生物都匍匐到我的腳下，驚恐著，瑟縮著。

我完全發揮出超出平常數倍的力量，內息也以更快的速度在體內運轉，以至我可以靈活地運用它們使出任何不可能在短時間完成的強大招數。

冥冥中，我感到這種力量已經完全超出了第四曲的力量，進入到第五曲，不然以我的力量是不可能發揮到這種程度的。

黑暗的力量在經脈中急速流轉，我意念一動，強大的內息瞬間而至，我高喊一聲，突然從他的拳頭前失去蹤影，在下一刻，我突然從他的懷中出現，帶著快速的衝擊力，雙手凝聚著大團的破壞力，狠狠的轟在他的面部。

這次重擊讓他受傷不輕，雙手捂著面部踉蹌後退，我彷彿一個甩不掉的影子緊跟著他的腳步，拳頭如雨點而下，拳拳到肉。

他強橫的肉體令我的攻擊彷彿是對他的隔靴搔癢，然而這不痛不癢的攻擊，卻讓他感到十分窩火，他陡然大怒，爆發出強大的戰鬥力，無形的罡氣將我排擠出兩米之外，他憤恨的面孔，發出怒極的吼叫。

我輕鬆的在強勁罡風中站穩，瞇著眼睛不在乎地望著他，淡淡地道：「終於爆發了嗎？那就讓我們一決勝負吧！」

無數隻野狼的咆哮在體內響起，黑暗的力量徹底沸騰了，濛濛的黑氣從毛孔向外散去，無形的壓力不斷擴張著自己的地盤，一圈圈的黑氣將我給包圍，煙霧繚繞中只剩下我的頭顱，漸漸在黑氣中只有一對十分明亮的綠色幽光閃爍駭人厲芒。

黑氣一圈圈的將我包裹起來，彷彿是一隻隻狂野的凶狼在繞著我身體奔跑，心臟隨著這些凶狼的奔跑而愈發有力的跳動著。

我輕輕的閉上眼睛，一對凶芒頓時消失在黑暗中，我整個人都已經被黑氣裹住，看不出身在何處，我閉上眼睛的一剎那，身體猛的顫動起來，準確的說是經脈中的力量顫動起來。

黑暗的力量興奮的在經脈中快速滾動著，我閉著眼睛憑自己的心去感覺這股越來越強的力量。它越是強，我就越有種殺戮的衝動，彷彿只有新鮮的血液才能夠讓我得到滿足，我的喉嚨輕輕的滾動了一下。

殺氣不經意的開始一點點的外溢，我感到肌肉在膨脹，力量在呼喊，也許我應該阻止它們，我的精神力尚不足以駕馭繼續強大下去的力量，我意念一動，黑暗的力量如同脫韁的野馬十分不情願的漸漸安靜下來，我慢慢將眼睛睜開來。

眼前突然變換成另一個色彩的世界，一片血紅！血紅的空氣，血紅的牆壁，血紅的人，我下意識地伸出舌頭，貪婪地舔了舔上唇。

望著眼前的血紅世界，我由衷的感到滿意，彷彿是在鼻尖始終漂浮著一股股令我滿足的香味，我嘆道：「多麼令人陶醉啊！」

我的黑暗力量佔據了半邊密室，而佔據另外半邊的就是洪海，激起了凶性的洪海，也爆發出前所未有的威力，兩股力量相斥，就連密室這種極為牢固的建築也忍受不了，一道道的龜裂。

這種力量間的排擠還算是溫和的，如果我和洪海激烈的打鬥，我想這裏會變成一團廢墟，真正的廢墟。

我回頭輕輕瞥了一眼躺在角落中的龍大的身體，古老的習俗告訴我，死了的人只有入土才能得到安寧。驀地我仰頭張嘴，一股強勁的衝擊波以其強大的破壞力，破開重重阻礙直沖藍天。

巨石，夾雜著金屬塊如雨點般落下，碰到我和洪海的無形罡氣均被彈開，忽然一道閃電在我們頭頂閃過，接著便是震耳欲聾的轟轟雷聲。

原來外面正下著滂沱大雨，大顆的雨點一粒粒砸下來，好像在演奏著一首激人奮進的歌曲，我迎著雨點呼嘯著飛了上去。

當然臨走之前，我沒有忘記輕蔑地望著洪海，同時給了他一個中指。

洪海咆哮著向我追來，驀然間一股肅殺之氣將我擋住，我抬頭望去，洪海的腳丫子在我面前不斷放大，我的念頭是他來得好快啊，僅僅將頭部躲開，被他踹中胸部，無可抗拒的力量將我重重的砸下去。

我如隕石般投射到密室的地板上，密室再也承受不住紛紛倒塌，我撥開壓在身上的石塊，爬出站在廢墟上，剛才猛烈的一擊，連同密室在內方圓十米之內都暴露在空氣中、天空下。

我仰起腦袋，望著在高空百米之外如同小黑點的洪海，一絲詭異的微笑爬上我的嘴角，雨點劈啪的打在我的臉上，沖刷我身體表面的污垢，我一跺地，挪騰而起，向洪海掠去。

我在心中暗暗驚訝洪海剛才的速度，大出我的意料之外，所以才讓他得逞命中我。他的速度何以突然暴增這麼多。

本來我剛才飛行的速度已是相當快了，而洪海竟然能夠突然飛到我的前面，再折翻回來，從容不迫的向我發動攻擊。我望著他，臉上滿是不在乎的笑容。

就在我剛飛到他面前，忽然，一股強大的氣流迎面撲來，我暗道要糟，這次沒有躲開，臉部受到較重的創傷，連我的骨骼也差點扭斷。

幾乎同一時間，猛烈的膝撞狠狠的頂在我的腹部，胸部也再遭幾次強烈的攻擊，胸中一陣氣滯，我再次被他打到下面，重重撞擊在地面而後又拋飛起來，再落下。

我有些艱難的從地面爬起，扭曲的脖子在我咬牙使勁的糾正後才恢復正常。洪海望著我的慘相得意的哈哈狂笑著道：「小子，你想和我比速度是嗎？老子的速度你覺得怎麼樣，過不過癮！」

我吃驚的皺眉苦思，剛才我和他面對面的時候，我可以非常肯定他根本就沒動，或者說他根本就沒有飛行一段距離再出現到我面前觸手可及的地方。

換句話說，他是真正的突破了空間的限制，直接出現在我面前，要知道不論怎樣的高手，在他作出任何攻擊前都會出現前兆，即便他已經達到了意念與內息一致的地步，何況這麼遠的距離，他怎麼可能瞞過我的六識，瞬間出現在我面前的呢？

洪海望著我疑惑不解的樣子，嘿嘿笑道：「就算老子把秘密告訴你，你也只有束手待斃的份，哈哈！」

我淡淡地道：「願洗耳恭聽，請說！」

洪海凶光激射，半晌始徐徐地道：「好，我就告訴你，諒你也沒破解之法。在這個世界上有一種非常神奇的寵獸，牠並沒有特別強的攻擊力，但是卻有一種非常特殊的能力，牠可以幫助主人克服空間與時間的限制，進行瞬間轉移。」

我恍然大悟，眼中瞬間轉過一絲神秘的笑容，心中暗道，洪海啊，任你如何狡猾，今天也不會想到，你簡單的兩句話，會讓你今天葬送自己的性命。

洪海接著道：「很不幸的，我的合體寵獸曾經吃過很多這種具有特殊能力的寵獸。你非常讓我吃驚，出乎我意料的擁有和我相若的強大力量，剷除了你，我就天下無敵，今天你死定了。」

洪海說完後，氣焰更爲高漲，自大的放出自己的殺氣，彷彿已經扼住我的咽喉，我的生死只是他翻手般容易的事。

一對凶芒緊緊的攫住我，無形的壓力妄圖將我牢牢鎖住，事實上以他現在擁有的力量，他確實可以做到這點，這會令他在做瞬間轉移後，可以更加準確的作出攻擊。

他以極爲可笑的悲哀眼神望著我，好像在爲我的下場惋惜，事實上他暗暗凝聚的力量令我感覺到他大有可能想在下一次的瞬間轉移時將我給幹掉。雖然在郊區，但是發生這麼大的動靜，我想地球的守護衛隊很快就過來的，何況在龍大把城中攪得一片風雨的時候，地球的警戒一定更爲緊張。

我心中暗道：「不耐煩了，想結束戰鬥了嗎？好吧，我就遂你的心願，再你下一次的瞬間轉移中，讓你永遠在時空中跳動。」

洪海像是一隻隨時會撲向我的狡猾惡狼。我慢慢地閉上眼睛，面前變得空濛起來，我封閉五識，只憑觸覺去感覺力量的波動，我堅信，他的時空跳躍雖然是借助寵獸的特殊本領，仍然會產生力量的波動。

一瞬間令我感到一種陌生的力量密佈在空間中的每一寸，這種力量非常平和，彷彿流動的溪水默默向前流動。

突然一個墜落的石子打破了這種和諧，一圈水波蕩漾著向四周圈圈傳播開，我驀地警覺，洪海已經動了，隨著圈圈的水波向我的位置傳來，我暗暗的一笑，我敢打賭他不會知道我也有一隻成熟了的豬寵，這頭小笨豬，今天總算要爲我立功了。

我剛才在洪海狂笑時，已經悄無聲息的招出球球，並與牠合體，否則不論我的觸覺多麼靈敏，也無法感覺到時空的力量。

就在洪海獰笑著出現在我身後，夾雜著全身的內息直搗我的後心時，我隨即沒入時空之中，在他露出驚訝的表情時，我卻突然出現在他背後，詭異的笑容在嘴角不斷擴大。

神劍散發出強大的殺氣，黑暗的力量一圈圈的在神劍的外端盤旋，萬千隻奔騰的野狼齊聲吶喊，聲震霄漢，雙眼中陡然射出宛若利劍的凶光，我毫不手軟的一劍向他劈去，攪動的黑氣彷彿是烏龍攪柱，不可抵擋。

洪海幾次輕鬆得手，令他太過大意，再加上他是全力出手，無法在極短的時間內對我的攻擊作出反應。

一聲呼天搶地的嘶喊，洪海的兩隻臂膀被我重重砍去，我大聲獰笑著，順著軌跡接著向他的下面平削而去，在他撕心裂肺般的嚎叫聲中，他的下肢也被我狠心的砍去，彷彿是一個肉球般，洪海無所依靠的向下方墜落。

大飲鮮血的神劍，竟然隱隱散發出紅色如血的光芒，我舔了舔下唇，望著急速下墜的洪海，哈哈大笑聲中跟了下去。

撥開四周廢墟般的物件，洪海飽含凶虐的目光怒極的射在我臉上，我淡淡一笑，絲毫不在意的向他走去。

他斷了的四肢正快速的生長著，只一會兒的功夫已長出了很多，我在他旁邊一塊凸出的石頭上坐了下來，利芒閃動，他的四肢再次被我切斷，我嘆了口氣道：「你知道，你自己錯在哪裏嗎？」

洪海的凶芒四射，既暴戾又有一絲恐懼在眼中閃過。

見他不說話，我知道他正拚足了力氣妄圖恢復四肢，我隨手用神劍將他的一個斷肢給插起，拿到面前仔細端詳著，我淡淡地道：「你錯在不該告訴我，瞬間轉移的秘密！」

我漫不經意的將豬寵的合體解除，將球球抱在懷裏，我摸摸球球的腦袋，對著牠道：

「沒想到你真可以進行時空的瞬移，沒令我失望。」

洪海望著我懷中的球球，氣得幾乎吐血。

我用劍隨意的劃開他的皮膚，露出裏面的血肉，可以看見他的細胞正在快速的自我複製，很快將傷口給融合，我用神劍拍著他那醜陋的臉龐，淡淡地道：「雖然你肉身強橫，可惜腦袋太笨了。如果你還有什麼遺言，可以趕快說出來，我會斟酌幫你實現，我已經等不及要把你殺了，你快速的復原速度，讓我覺得不殺你是對我很大的威脅。」

洪海怒極反笑，臉突然向側面翻過去，一口將神劍咬住，見他恨極的恐怖神情，恨不得要將神劍給一口口生吞了。

我漠然地望著他道：「告訴我，砍了你的頭，你是否仍能活下，或者非得用火將你燒爲灰燼。」

洪海忽然張口向我吐出一口血箭，來勢雖猛，卻不能耐我何，在他的血箭沾到我之前，我已經用劍身封在面前，血箭射到劍上，橫溢射到旁邊的石頭金屬塊上。

「滋滋！」聲頓起，堅硬的質地竟然在被血箭噴到的地方開始不停的腐蝕，不一會兒，已然出現了兩個深洞。

我轉過頭來望著洪海，嘆了口氣道：「你究竟剝奪了多少隻寵獸的生命，竟然擁有這許多的特殊本領！幸虧我不曾大意，這口毒血才沒能把我……」我還要說下去，卻忽然發現他的情況不大對，原本瘋狂生長的四肢，此時已經停止。

而洪海臉部充血如同一個泡了水的饅頭腫脹起來，同時身體也如氣球被充氣般迅速向外漲大，他的眼睛向我露出譏諷的神色，口中狂笑著道：「哈哈，你以爲自己很聰明嗎，我會讓你陪我一塊去死的！」

看他艱難的說出這麼一句話，我終於感到不對勁，強烈的危機感令我情不自禁的打了個冷顫，洪海的身體仍在漲大，我感覺到他彷彿孤獨一擲，將所有的力量都封到自己的身體中，令自己充氣般的漲大，等到一定的程度，他的身體因爲承受不了巨大的壓力而暴烈。

我不知道爆炸的力量會有多大，但是我很清楚，如果我還站在他身邊，我就死定了，沒想到他還有這種手段，拚著一死也要拉我陪葬。

我恨恨的踹了他兩腳，旋又笑道：「笨蛋，你自爆，倒省了我費心想方法怎麼才能將你徹底殺死。你忘記我有一隻可以進行瞬間空間轉移的豬寵嗎，對不起，你的企圖可能會落空了。」

洪海詭秘地望著我，嘴角露出殘忍的意味，卻不說一句話。

我忽然感到不對勁，我決定立即與豬寵合體進行瞬間轉移，當我要與豬寵合體時，才發現無法合體，我臉色大變，連試了兩次，仍是無法正常合體。

洪海哈哈狂笑道：「鄉下小子，我猜你一定沒上過寵獸課吧，豬寵有一個特殊的嗜好，當牠們進行一次空間轉移後，需要休息足二十四個小時才能夠進行下一次，認命吧，小子！」

我知道他爆炸在即，不再猶豫，使出全身氣力不敢有任何保留，體內高速運轉著力量催動著空氣，純以飛行術迅速向遠方飛去。

這種速度比我使用的「御風術」的飛行速度要快不止幾倍啊！

幾乎是瞬間，我已經飛出百米之外，內息一邊運轉著形成幾層罡氣，牢牢的將自己的身體給護住。沒飛出千米，餘光就發現了一片明亮的火光在背後追來，忽然耳朵彷彿失聰，什麼聲音也聽不到，突然間就是驚天動地、足以將人震死的音波，滾滾而來，將耳朵填塞。

火熱的氣息席捲而來，空氣中的氣流頓時紊亂，我幾乎在一瞬間被火舌與熱流所吞併。

幸虧我早有心理準備，洪海的臨死反撲威力巨大無倫，我如一個醉漢在熱浪中沉浮不定，幾乎將我烤焦的熾熱氣勁帶著強大的力量，半空中和地下方圓一里內的任何生物在經此次浩劫後，都將屍骨無存。

此次爆炸產生的巨大能量已經超過我的所有，首當其衝下，我能保住小命已經是不容易，受傷是在所難免，我苦苦地咬著牙，儘量保持平衡飛往下方。

風雨驟然加大，雷電交加，一道道電蛇在天空縱橫，我一頭撲在泥漿中，狼狽地爬起身來，滿身的髒泥在雨水的沖刷下，逐漸恢復我的原貌，隨手取了十粒血參丸毫不珍惜地放在嘴中大嚼。

體內的力量仍在，身體卻已傷痕累累，疲乏不堪，我一步步的向廢墟中走回，此地已是名副其實的廢墟，整個基地一片狼籍，斷垣殘壁，碎石凸立，在大雨中顯得更爲破敗。

洪海恐怕是真的死了，我感受不到一點他的氣息，想要在如此強烈的爆炸中生存，幾乎是不可能的。而龍大的屍身離他是如此的近，此時也許化爲了分子，重歸自然了吧。

想到龍大，一股哀傷從心底升起，盤桓著不肯離去，手緊緊的握成拳頭，仰天怒吼，聲音傳到空中，卻變成了狼的嚎叫，在雷聲中仍然可以清晰辨別，聲音綿延悠長，傳向遠方。

哀傷的狼鳴，傳播在天際。

一股肆意破壞的欲望佔領我的大腦，油綠的眼光四下尋找著可以獵殺的生物，奈何大爆炸之後，任何生物都葬身在這片廢墟中。

我發了瘋似的使用自己強大的能量，在廢墟中發洩，一片片巨石被我轟起，化爲碎屑。

忽然天上一個驚雷過後，天空出奇的開始放晴，一陣涼風吹過，烏雲紛紛散去，晴朗的天空星光放出璀璨的光芒，一輪圓月在天邊升起，我茫然的抬起頭來，望著明亮的月光。

體內的三種力量突然騷動起來，這次顯然狼之力占了上風，死死地壓住另外兩種力量。

我下意識地低下頭來，忽然面前的一個水窪映出我的模樣。

我頓時被嚇了一跳，自己完全是狼的嘴臉，沒有一絲人的特徵，包括眼睛在內，都在告訴我，我根本是一個野獸！

除了我是直立行走，包括上肢也變成了狼爪，這是以前從未出現過的，就在我心神震驚的瞬間，龍之力率先發難，而狼之力顯然不能抗禦龍的力量，節節敗退，植物之力，放出瑩瑩綠光，被黑色能量所佔據的經脈在植物之力的煉化下，漸漸的消失。

一個時辰過後，三種力量又勢均力敵的回到各自地盤。忽然一陣警笛聲響起，原來是地球的衛隊發現了這裏的異常而趕過來了。

我貼著地面狂奔而去，徐徐的駕馭著龍之力，化爲龍形貼著地面迅速往反方向飛掠，等我再停下時，赫然發覺自己竟然不知不覺的來到了龍前輩的埋骨之地。

天上的月光灑射在我的背上，涼涼的月光令我滿是傷痕的身體格外受用，望著幾與地面持平的湖水，我心中感慨萬千。

龍大的死將我的心捲入黑暗，令體內的狼之力有機可趁，令我完全狼化，得以揮灑著強大無匹的力量，戰勝洪海，但卻是帶著一顆黑暗的、嗞血的心，如果不是驟然天晴，月光大現，令體內的力量發生爭執，我想自己以後都會生活在壓抑的黑暗之中。

是機緣巧合，還是冥冥中早有天定？

「長者」賜予我的植物之力又一次救了我，這三種力量都是強大至極的力量，可是在我修爲還不能完全駕馭它們的時候，隨意使用，會令我陷入萬劫不復之地啊！

我收回龍之力，疲勞不堪的身體沒有強大力量的支持，令我再也支撐不住，倒在地面，我就這麼躺著仰望月光，享受著陣陣涼意。

七小也乖巧的在我身體四周坐臥下來，老七還舔了舔我的臉頰，雖然牠們的眼神依舊犀利嚇人，卻透出疲乏。

今晚七小是費了最大的力氣，牠們與我一樣勞累，只是我是身心俱疲，而牠們只是費盡了體力和力量。

我取出十四粒的黑獸丸，每隻小狼餵了兩粒，這些小傢伙爲我立了大功。我抱過小七的腦袋，撫摩牠的皮毛，其他六隻小狼也都湊了過來，這讓我想起，我和牠們初識時，牠們幾個小傢伙依偎在我身邊睡覺的樣子，可愛極了，現在牠們已經長大了，每隻狼都是那麼威武不凡。

不愧是大黑的後代。

我淡淡地嘆了一口氣，喃喃自語道：「龍前輩，你可以放心的走了，龍大雖然不是我手刃，卻也已死了，她作惡多端，死也是罪有應得，希望下輩子，她會做一個善良的人。幕後黑手也被我解決了，天下重歸太平，你的徒弟，我會幫你照顧的。明天我也該離開地球了，龍前輩您多保重，有機會我還會來看你。」

此地事已了，我也可以安心的去夢幻星了，事隔這麼長時間，我想藍薇也該想念我了吧，事實上，是我在想念她，尤其經過龍大一事，我更爲強烈的想馬上見到她。

明天我就會走。

第六章 紅妝素裹

翌日，我在「北斗武道」告別了愛娃，也和校長告別，並囑託她幫我照顧愛娃和龍前輩的幾位弟子，所幸「紫城書院」與「北斗武道」同爲地球武道界的頂樑柱，互相來往頗密，女校長既然答應了我的請求，自然會把幾人安排妥當，我也可安心的離開地球。

登上飛船，躺在自己的房間裏，閉目養神。從梅家的大變、到魔羅、到飛船聯盟、以至於在地球上的種種，這一切的罪惡源頭竟然來自洪海，二叔的親信。

我嘆了一口氣，腦海中出現二叔儒雅而又充滿智慧的眼神，我心中暗道：「各位長輩呀，你們的離去，給四大星球帶來多少災難啊，這都是之前你們所早已預料到的，你們給我的擔子好重，我想以二叔的智慧，恐怕洪海的野心他早就洞悉了，而一直到宣佈歸隱前都既不說明，也不處理，這恐怕是二叔故意給我留下的『禮物』吧。」

三天後，我登上了「夢幻星」，一下飛船，便發現一片白雪皚皚，一個美麗的冰世界出現在我眼中，一下子將我內心的不快和憂愁給趕出體外，彷彿身心都被這片白色的世界給洗滌了。

毫不吝嗇的給飛船小姐一個陽光般的笑容，不理她是否被我的笑容感染得目瞪口呆，逕自向飛船下走去。

一時間心情大好，邁著輕鬆步伐向外走去。心中轉動著念頭是先去三叔家看看，還是先去找藍薇。

我的烏金戒指中有一枚三叔贈我的鐵牌，憑這個東西，我可以在任何一家「煉器坊」找到他，不過現在三叔歸隱了，我要去見誰呢？

暫時不管了，三叔本來讓我來的目的就是見見他那個「沒出息」的兒子，既然來了，就去看看現在「煉器坊」的新主人吧。

月師姐曾說過他是個花花公子，這點倒是和塔法將軍很像，他現在應該升了上將吧，哈哈，不知道他現在會不會正苦著臉被他家的母老虎給管著，而不能脫身遊戲花叢呢！

我走著走著，忽然聽到一個稚嫩的驚聲響起，我剛轉過臉來，一個冰涼的物體正中我的面部，原來是個雪球。雪屑紛紛墜落，我看到兩個極其可愛的小女孩，正有些害怕地望著我。

她們紅嫩的小臉蛋和手裏仍攥著的雪球告訴我，「罪魁禍首」一定是這兩個小女孩，兩個小傢伙帶著犯了錯的無辜表情睜大眼睛望著我。唯恐我懲罰她們一樣。

我望著她們，忽起了頑皮心，在很小的時候，我也曾和小夥伴們一起打雪仗、堆雪人，雖然我經常是作爲雪人模型被雪堆起來，不過這並不影響我現在美好的心情。我彎身捧起一把雪捏成一個鬆軟的雪球，在她們驚訝的眼神中，我微笑著向她們眨了眨眼，拋了拋手中的雪球，向她們輕輕丟過去。

兩個可愛的小女孩兒嬉笑著躲開，也紛紛將手中的雪球向我拋來，再無剛才的懼意，在如同銀鈴般的笑聲中，我被她們打敗仰面躺在雪地上，兩個小女孩在一旁嬌憨的呵呵笑著。

我望著她們凍得紅通通的小臉，和冰涼的小手，心中滿是憐惜之意，我坐起來，拍拍她們的小臉蛋，抓住她倆的小手，一道暖流輕輕地輸送過去。

忽然一個好聽的女聲響起來，「艾莉絲、莉莉，你們在哪？」

一個體態窈窕的女人從屋中走出，兩個小女孩嬉笑著跑了過去，依偎著女人的身旁，兩對明亮的大眼睛望著我。

女人愛憐地看著她們，道：「你們倆是不是又用雪球丟叔叔了？」

我整了整衣服，微笑著道：「太太，你的兩個女兒非常可愛，她們對我很友善，」我低下頭望著兩個小傢伙道：「再見，小傢伙們。」

兩個女孩露出天使般的笑容，乖巧地向我揮手道：「叔叔再見。」

走在路上，我回味著剛才兩個女孩的童真，這讓我感到雖然這個現實的世界充滿爾虞我詐，但是仍有許多美好的事物值得我去保護，我經歷種種磨難，最終能剷除罪惡的源頭，這一切都是值得的。如果讓洪海得逞，爲了他們的野心、私心四大星球將會陷入紛亂和戰爭，而這樣美麗的笑臉，我又要到哪去找呢？

我淡淡一笑，大步向前走去，雪片仍大塊的墜落，路上行人極少，連車輛也不多。腳下的積雪發出「嘎吱，嘎吱」的脆聲。

我悠然走在雪上，卻有心曠神怡之感，再問了幾個行人後，我終於找到了一家「煉器坊」，「煉器坊」的門面很大，如此寒冷的天氣，「煉器坊」中仍有許多客人，在挑選兵器，或者訂購兵器。

一進入「煉器坊」，我便感到一股肅穆之感，這是大量兵器的氣息混合在一起造成的，我掃了一眼兵器架上擺放的樣品，做工精細，倒也算是不錯的兵器，我悠閒地在屋中轉著，每一柄兵器的下面都標有一些資訊，多是一些兵器的種類，重量，形狀，色澤，質地，特殊功能，價格和鍛造這柄兵器的師傅姓名。

我信手拿起一柄短劍，這柄劍應該是該間「煉器坊」中最好的作品了。

子漆木鞘，圓徑空心，莖上無凸箍，劍首外圈呈圓箍形，內有十一道同心圓圈，劍格正面用藍色琉璃，背面用綠松石鑲嵌成美麗的花紋，劍身長半米，兩面都滿飾黑色的菱形幾何圖案；鋒尖銳，刃呈曲折弧線，薄而鋒利，優美的菱形幾何暗紋呈暗黑色。

這種打造是標準的古代兵器的造型。

我伸手掂了掂，重量還行，較爲趁手，信手一揮，可以從空氣破裂的聲音中聽出這柄劍極爲鋒利。這時候過來一個侍者模樣的人，向我介紹道：「您好，這柄短劍是李師父親手打造。」

我向那張資訊卡上望了一眼，看到鍛造師的名字是李大師！

我淡淡地道：「這人好大的口氣，自號李大師，這柄劍如果是一般鍛劍師打造，確實算得上是不錯的作品，如果是一個大師打造的話，那就是次品了。」

那人見我貶低他們的鍛劍師傅，也不生氣，仍是面帶微笑地道：「先生，你一定是不常來『煉器坊』吧，李大師是我們『煉器坊』最好的鍛劍師，他的作品不是誰都可以買到的，他每個星期只做三把，我們這間分店好不容易才拿到這柄劍的。李大師原來的姓名並不是這個，這個是大家對他的尊稱，久而久之，他的作品都會刻上『李大師』幾個字。」

看他的恭敬語態，我相信他沒有騙我，也沒有誇大。

不過這把短劍，我怎麼也看不出會是一位大師級人物鍛煉出的。

我把三叔的信物拿出來，遞給他道：「我要見你們主人。」

他仔細看了一眼，沒有問什麼，直接去找他們的經理了。

很快一個看起來非常精明的老伯隨著剛才那個人走了過來，見我儀表不凡，不敢有所怠慢，道：「這個令牌我以前見過，老主人曾經吩咐過，如果有一個年輕人拿著這塊令牌來找他，且自稱什麼天的。」

我見他不經意的問我名字，淡淡地道：「依天！」

老伯立馬道：「對，對依天，老主人就讓我們領您回本家！依天少爺，您稍等會兒，容我給家裏報個信，送您回本家。」

想不到他倒挺熱情，也挺會做事。

我坐了沒多大會兒，老伯走來向我道：「依天少爺，你是要馬上就過去，還是先在這裏休息，我看依天少爺好像是剛從別的星球趕過來吧，要不然，讓我給您先安排一個房間，您休息片刻？」

我呵呵一笑道：「你挺細心的，竟能看出我剛從其他星球趕過來，我三天前從地球趕來的，今天早上到。休息就不用了，我並不覺得累，還是先回本家吧。」

老伯應了一聲，引我到屋頂坐上圓形氣墊飛車，向本家駛去。

我邊俯瞰下面的景色，邊問道：「這座城市叫什麼名字？」

開車之人沒有回頭，卻恭敬地道：「依天少爺，這座城稱水晶，因爲這座城在形成之初，據說在四周有大量的水晶礦，不過發展到現在，已經看不到什麼水晶了。」

我點點頭，道：「水晶城，這個名字真不錯。」

那人接著道：「水晶城單單城市就擁有幾百萬人口，再加上四周的郊區和附屬城鎮快一億人口呢，是夢幻星人口最多的城市。」

我笑笑道：「這裏的人還真多，那這裏的地價一定很貴了。」

「可不是嗎，地價高得很啊，我們普通人……」

就這麼有一搭沒一搭地和他聊著，心中卻在描繪這位未曾見面的世兄的模樣，月師姐說他長得非常俊美，想來是不會錯的，而措辭激烈的說他貪花好色，這恐怕就得我自己斟酌了。

心中把自己知道關於他的一點有限資料又過了一遍，總結出來的結果是，這位世兄是位紈褲子弟。

跨下氣墊飛車，步進老伯口中的本家，一個美麗的高挑女人向我走過來，淡淡地道：「我是本家的總管，請依天少爺跟我來。」

我呆愣望著她說完話，轉身便往另一個方向走去，一個人尷尬的留在原地。如此女人美則美矣，卻過於冷豔，和以前的藍薇頗像，我自嘲的笑了笑，跟在她身後，向另一個方向走去。

穿堂過室，經過幾個別具匠心的花園，來到一個木造的大別墅前，風雪覆蓋台階，我們兩人大步邁進去，大門「嘎吱」一聲打開，兩個侍者立在門邊，見到我們，向我微一鞠躬。

甫一站在門口，一股溫暖的熱浪迎面撲來，令我有陽春三月之感，再向裏面，穿過大廳，一路沒有說話的美人總管惜字如金地道：「主人就在裏面。」

我點點頭，往裏走去，隱約聽見鶯鶯燕燕的笑鬧聲。兩扇古典的木門在我轉過一個走廊後出現在我們眼前，美人總管上前兩步推開門，我跟著走了進去。

室內的壁爐正燃燒著熊熊火焰，一股股熱浪補充著室內的溫度，與室外相比至少有十度以上的溫差，我有將外套脫掉的打算。

修爲到我這種程度，已經可以不受外界的環境所影響，心念一動，體內盤旋一體的陰陽二氣，分爲兩支，化爲純陰的寒冷內息，通體的涼意令我精神一爽，開始仔細掃視室內情況。

美人總管道：「主人，依天少爺已經來了。」

一把磁性的男聲傳來：「世兄來了。」我向聲音的方向看去，一個男人雙眼蒙著一塊絲巾，在他身旁有三個體態妖嬈的女人，相貌姣好，身體都罩著一層薄紗，隱約可見細嫩的皮膚，剛才一定是他們四人在嬉戲，因為幾個女孩興奮的臉上還殘留著紅暈。

我搖了搖頭，心中暗道：「三叔這位兒子看來頗似花叢老手。」

男人赤裸著精赤的上半身，寬厚的胸膛，強壯的手臂，他有一副很不錯的身體，此時正扯去蒙著的絲巾，隨著絲巾從臉上拿去，我看到他五官端正，稜角分明如同斧削，確有縱橫花叢的本錢。

他微微抬起頭向我們望來，見到美人管家，眼睛一亮向她眨了眨，美人管家不卑不亢地道：「主人沒什麼事，我先下去了，還有兩個會議等待我去安排。」

俊美的男人剛張嘴道：「我……」美人管家已經走了出去，男人苦笑著嘆了口氣，向我望來，笑道：「世兄！」大步向我走過來。

他的眼睛很明亮，彷彿天真的孩童般一塵不染，這讓我奇怪一個在花叢打滾的人怎麼可能還擁有這種眼神。

他走到身邊，親切的摟著我向裏面走去，同時道：「別管她，這個丫頭的脾氣就這樣，從來不把我當主人看，我也拿他沒辦法，世兄一定還沒用餐吧，來來，正好我們準備了很棒的東西。」

我暗嘆他自有一股灑脫不羈的氣質，我道：「叫我依天。」

他伴著我在一個柔軟舒適的墊子上坐下，向一邊的三個女人道：「小素，你去把那瓶紅酒給我拿來，小貞、小曼，把我們吃飯的傢伙拿出來。」

三個女人欣然去了，我打量了一眼屋內的擺設，奇怪有很多金屬打造的飾品和器具，我道：「世兄，你的愛好蠻奇特的，喜歡這些金屬質地的東西。」

他接過小素拿來的紅酒和銀盃，給我斟了一杯，小素拿給我，他拿起酒杯遙遙向我一敬，輕輕抿了一口，淡淡地道：「這是老頭子的愛好，他煉器煉上了癮，把家裏的東西都換成金屬製造的。對了，不用喊我世兄，喚我傲雲，聽起來親切。」

我也端起閃閃發光的銀盃，向他遙遙敬了一下，學他般輕輕啜了一小口，道：「傲雲好興致啊，外面大雪封路，你卻躲在這……滿室皆春。」

傲雲哈哈笑道：「依天見笑了，如此雪天，正該及時行樂，否則倒浪費了。」說著站起來向著小貞、小曼兩個女孩走去。

兩個纖弱女孩正拖著一副鐵器往這走來，小素跟在身後吃力的抱著一些食物，這就是傲雲口中的吃飯傢伙了。

原來是燒烤，傲雲走過去一把托起那副鐵器，放在屋子中間，向三女一笑，道：「三位美人兒，讓我來吧。」

只見他口中念念有辭，我敏銳地捕捉到一絲極不易察覺的能量波動，幾簇火苗騰的一下在鐵器中升起，三個女孩歡呼一聲，六手齊動的將那些食物給串起來。

一瞬間香氣瀰漫在房間，如此古老的吃法卻充滿了趣味，幾個人吃得興致勃勃，不一會便滿頭大汗。

傲雲一口將跪在他身旁的小素遞到他嘴邊的肉塊吞下去，一邊拍了拍她高翹的臀部，小素知趣的退過去接著烤肉。傲雲大大地飲了一口酒，望著我笑道：「依天，按照老頭子告訴我的情況，你應該早就來了，推遲到現在是不是發生了什麼事？要是有需要我幫忙的，儘管說出來，你我親如骨肉，千萬不可見外。」

我放下手中烤得金黃噴香的玉米，呵呵笑道：「是遇到了一些事，不過還好都已經解決了，如果不是因爲意外，我也可以在三叔歸隱前見他老人家一面。」

傲雲嘆道：「老頭子在的時候，每日裏逼我習武、傳承他的衣缽，不知道多痛苦，現在老頭子突然和大師伯、二師伯他們不知道躲到哪裏修煉去了，我還真有點想念他。」

他唏噓了一下，忽然收拾心情望著我道：「聽我家老頭子說，你對武道十分具有天賦，而且老頭子還把他的衣缽傳了給你。老頭子屢次在我面前誇讚你，說要是沒了你，他的衣缽就失傳了。」

說著他哈哈笑了起來道：「唉，幸好有世兄你接受了老頭子打鐵的本事，不然我還真得被他逼死。」

我也跟著哈哈笑道：「世兄，這是個人興趣愛好，在你眼中枯燥乏味，可在我眼中卻是興趣盎然，令我樂此不彼。」

傲雲突然俯身神秘兮兮的向我低聲道：「四大聖者各有傳承，力王是月丫頭，虎王就是我，你是化天王的義子，算是化天王一脈，唯獨二聖者鷹王沒有子嗣傳下，二師伯已經歸隱，他名下的『洗武堂』豈不是讓一個外人占了便宜。」

我搖了搖頭，苦笑不已，說到「洗武堂」，這是我的心病啊，現在洪海已死，可他還有一個徒弟洪曆，按說我殺了洪海，就算是和「洗武堂」決裂了，怎麼可能還好意思回去接管它呢。但是二叔已經說了讓我接管「洗武堂」，這讓我頗爲爲難，以我的脾性是不大願意再去管理「洗武堂」的事情，就算我回去，還有一個深知內情的洪曆，他也算是首惡之一。

可難就難在我殺了跟隨二叔打拚幾十年的一個兄弟，我本就心裏不安了，要再殺了他的徒弟，我實在有些下不了這個決定啊。

但是有他在，我就別想安心的接手「洗武堂」的事，他是一定會和我作對到底的。本來很清楚的事，除惡務盡嘛，可是一牽扯到人類私情方面，就變得糾纏不清，令我頭疼不已。

傲雲見我露出這種表情，大訝道：「依天，你好像知道一些關於『洗武堂』的事吧。」

反正都是自己人，我一五一十的把事情的始末都說了個遍。

傲雲聽完沉默半晌，始緩緩的道：「梅家的事我有耳聞，魔羅的事我也知道，就算遠在地球發生的事，我都很清楚，只是不曾想到會有這麼多變故，而真正的背後兇手竟然是二師伯的人，這個洪海心機真是深沉啊，一個計謀竟然預謀十幾年之久，幸好被世兄剷除，否則讓這種人活在世上，則天下多事了。」

我嘆道：「他畢竟跟隨了二叔這麼多年，殺了他雖然是迫不得已，可總是心中難安，覺得對不起二叔。」

傲雲傲然笑道：「男子漢處事，當有大風度，豈可只看重細枝末節。二師伯既將『洗武堂』贈送於你，你就要不負他老人家重望，將『洗武堂』經營得更好。洪海這個老奴才不守本分，非但想染指『洗武堂』，而且野心勃勃的妄想統治天下，這等人死有餘辜，世兄何必自責。」

說完，他舉起手中銀盃，向我敬道：「來，讓我們敬這位少年英雄一杯。」說完一飲而盡，旁邊三位妙人兒也嬉笑著一同敬我。

我也舉起酒杯將酒喝乾，小貞上前又給我們斟上。

我長嘆一聲道：「傲雲說的有道理，可是『洗武堂』的事，我卻不想再沾手了。」

傲雲眼中忽然射出奇光，凝視著我道：「我知道世兄爲什麼事在煩惱，我有一個提議，讓我的『煉器坊』和你的『洗武堂』結盟如何?我們互換百分之十的股份，你要是相信我，經營權交給我。『洗武堂』的事就由我來出面打理。」

我一愣，著實沒想到他會有此提議，我只是想向他倒一下心中的苦水而已，卻沒料到他的提議是將兩者聯盟。

傲雲神色不變的望著我，我不知該如何答他，只有望著他苦笑了一下。

傲雲微微笑道：「我知道依天世兄一時半會很難下決定，這種事對我們兄弟來說算不上大事，但是對天下卻是舉足輕重。」

見他話中有話，我疑惑地望著他，等他給我解釋。

傲雲使了個眼色，三個女孩乖巧的相繼走出屋去，過了一會，他淡淡地道：「世兄是自己人，我就不避諱什麼了。『煉器坊』雖然以煉製冷兵器聞名天下，其實我們對熱兵器同樣在行，每年我們用來研製熱兵器的經費都不比冷兵器少，而四大星球各政府，都多少與我們有聯繫，四大星球每年兵器的銷售量，我們『煉器坊』都佔有一半。」

我感慨地嘆了口氣，已經大致瞭解了他的意思。

他接著道：「『洗武堂』的情況和我們大致差不了多少，至少占了四大星球一半的醫藥生意，」他得意的笑了笑，傲然道：「四大聖者不但是修爲高絕天下，就連做生意，也無人可比。」

我接過來道：「你我聯盟，這股龐大的經濟力量幾乎可以左右政府的行動，任何暴力組織、黑暗勢力如果沒有兵器和醫藥，任何事也做不成。」

傲雲望著我笑道：「這不正是你的宗旨嗎？你我合作，別的不用說，至少在你我有生之年都會是太平盛世，舉國安樂。而我，雖然並不在意是和平還是戰爭，但是我也有利可圖，我的目標是擴展我們蕭家的勢力，成爲四大星球第一世家，你我合作，這個目標將會很容易達成，我想我該有更高的追求了，哈哈！」

說完話，傲雲精光閃閃的望著我，他的話對我是個極大的誘惑，我的追求、我的目標不就是安居樂業，以天下人民爲己任嗎？而傲雲也十分明白的說出自己的目的，這讓我感到他是可以信任的。

三叔的兒子，我想我應該信得過他。

我舉起盛滿酒的杯子，微微笑道：「各取所需！」

傲雲豪爽的哈哈笑道：「世兄夠爽快，我就喜歡你這樣的性格，來爲我們的合作乾杯。」

做了決定，渾身都很輕鬆，我悠然的道：「爲天下人乾杯，他們至少有一百年的平安生活可以享受了。」

我將一杯酒灌到嘴中，心中感慨萬千，我和傲雲幾句話就爲天下定下了百年和平，我終於可以輕鬆了，而經營權也交給了他，我也落得省心省力。但是權利令人腐敗，傲雲會否因爲擁有更強大的實力而變得不滿現狀，妄圖爭霸天下，我還不能完全放下心來。

傲雲瀟灑的將酒杯放下，忽然發出一聲尖嘯，幾乎就在他出聲音的一刻，我終於發現不對勁，幾個黑衣人不知從哪裏突然現身。

我剛要動手，卻見他們恭敬的跪在傲雲面前垂首道：「少主！」

傲雲轉頭向我淡淡一笑，道：「依天不要緊張，這幾個屬下是老頭子親自訓練保護我安全的，唉，老頭子總覺得我武功低微，不能保護自己的安全，所以安排了這幾個吊靴鬼似的傢伙日夜二十四個小時跟著我，就連我行房的時候，他們都要跟在身邊。」

他雖然說得輕巧，我卻不敢掉以輕心，這幾個傢伙修爲連我都看不透，而且行動如風，快捷而悄無聲息，我進來到現在竟然一直沒有感覺到他們幾人的存在，實在太可怕了，我不敢想像，要是他們想暗殺我，我究竟可以擋住幾個人的攻擊。

我暗暗的咽了一口唾沫，忽然想到傲雲爲什麼突然把他們幾個叫出來。

傲雲起身，大步走到一面牆壁前，伸手在某個部位拍了一下，在他面前立即出現一部超級電腦，一個沒有生命波動的男聲響起：「智慧一號待命」。

傲雲道：「給我查找『洗武堂』洪曆的資料。」

話音剛落，包括洪曆的照片在內，所有資料立即一項項出現在大螢幕上，詳細至極。傲雲轉過身來對仍跪在地上的幾人道：「一個星期之內，殺了照片上這個人，否則就不用回來了。」

神秘的幾個黑衣人沒有說話，只是微一點頭，立即彈跳而起，在空中瞬間隱形，轉眼就消失在屋外。

雖然傲雲這麼做有越俎代庖的嫌疑，可是對我來說，也算是一種解脫。

傲雲望著幾個人消失後，向我微微笑道：「世兄做不來的事，對我來說倒沒有什麼顧慮，這件事，我來幫你擺平，你只要回去順利的接收『洗武堂』就好了，洪曆不死，對我們是個很大的威脅。」

我明知他說得很對，卻仍有些不忍的嘆了口氣，把人當作棋子來看始終不是我能作到的，但是爲了百年的和平，我只有對傲雲的做法視若無睹。希望他的死，也可以令我順利的接管「洗武堂」。

只是我知道，想要極爲順利的接管「洗武堂」，不過是癡人說夢罷了，洪海這麼多年的計畫，一定有很多佈置，不是我這個突然冒出來的繼承人可以輕輕鬆鬆接管的。

但是有傲雲助我，我相信這一切都不是問題。

傲雲的心情看起來非常好，向我興致勃勃地道：「依天兄，古時有諺語，『大雪瑞豐年』，這場綿綿不絕的大雪已經下了兩天了，是不是正好印照了初春以後將會是百年的和平呢？」

傲雲走到門前，驀地將門打開，撲面而來的冷風雪頓時令我倆精神一振，我上前幾步與他並排站著，望著外面飄飛的冰雪，我徐徐地道：「權利讓人腐化，實力的龐大會令人發狂。」

傲雲啞然失笑道：「世兄，你是怕我擁有太大實力，無法把持自己的欲望吧！放心，傲雲志不在此，我的遠大抱負是每日裏可醉生夢死，美人在抱，縱意花叢，最好天下美女皆歸我，吾願足矣。」

我哈哈大笑：「好一個『吾願足矣』，世兄的抱負是很大啊，天下美女啊，就算你花盡這一輩子的氣力，恐怕也不能得千分之一。」

傲雲陪我一塊大笑起來，一瞬間，兩個豪爽的笑聲震天，在私人的院落，倒還不怕被人誤作瘋子處理。彷彿上天也被我們的豪情所感染，兩天一夜不休的大雪，竟然在我們的笑聲中逐漸變小了。

傲雲道：「真是天助我啊，說到美女，我又心癢癢起來，前一段時間，夢幻星還真來了兩個傾國傾城的大美女，一個冷豔絕倫，另一個貌美如花，兩人堪稱是奪天地之靈氣所成，上天的恩寵，而我一直忙於瑣事，雖然心中千想萬想看看兩個絕代佳人，卻一直脫不開身。今天正好，所有煩人的事都解決了，又得見世兄，不如世兄陪我一道，咱們現在就去看看，如何？」

我悠然笑道：「月師姐對世兄的評價可當真是一點不假啊！」

傲雲失笑道：「你是在說那個凶巴巴的月丫頭吧，不用你說，我也能猜出她是怎麼說我的，不外乎貪花好色採花賊之類！」

我倆相視哈哈大笑起來，我拭去眼角笑出的淚水，忍俊不禁地道：「看來你倆是非常熟稔了，彼此都很瞭解對方，你猜的雖不是她的原話，但也相去不遠，不過月師姐倒是對我很好，我在后羿多次承月師姐照顧，心中十分感激。」

傲雲道：「那個丫頭急公好義，就是嘴巴毒點，像我這般在她眼中的浪蕩公子哥，對她是十分頭疼避之唯恐不及。她那暴脾氣就像是四師叔一樣，一言不和就動手，我這幾兩骨頭，可禁不住她折騰啊。」

我問道：「聽三叔說，你並沒有習武學，走的是另外一條路。」

傲雲道：「你說的該是『魔法』，這種東西與我們現在流行的武道大同小異，初時差別很大，等到久了都達到如四位長輩的程度，就會發現兩者實乃有異曲同工之妙，並無區別。」

我訝道：「既然三叔他們可以察覺出兩者修法都可以達到同一個目的，爲何偏要讓你修煉武道，而不是讓你修煉自己感興趣的魔法呢？」

傲雲搖搖頭苦笑道：「老頭子就是頑固，認爲我是兒子就得繼承他的本領，否則他一身修爲就會失傳。」

我笑道：「原來如此。不知世兄修煉的這個魔法，是跟誰學習的呢，爲什麼以前不曾在四大星球聽說過呢？」

傲雲道：「魔法是我在一部老頭子收藏的典籍裏發現的，裏面的修煉之法大合我的胃口，所以就背著老頭子學了下來，等到老頭子發現時，我已經有所造詣了。」

我好奇地道：「傲雲可否給我解釋一下，魔法的修煉主旨？」

傲雲道：「這和修煉武道有些區別。」

我道：「世兄請說。」

傲雲娓娓道來：「據魔法典籍中說，人類是生活在各種各樣的能量中，而修煉武道和魔法就是通過兩個不同的途徑來利用這些能量。武道是借用外界的力量改造自己的軀體，然後將能量存儲到自己的體內，想用的時候就可以拿出來用。通過存儲能量的不同而形成了不同的屬性，逐漸便具有不同的神通，到了最後就可飛天遁地，移山倒海。」

我道：「那魔法又是如何運用能量的呢？」

傲雲道：「魔法則不同，我們並不用外在的能量來改變自己的身體，而是直接運用外界的各種能量達到不同的效果。」

我驚訝地道：「這怎麼可能呢？一個手無縛雞之力的人，又怎麼可能運用外界強大的力量呢？」

傲雲並不辯解，微微一笑，只見他將雙手纏到一起，變換成不同的手形，嘴裏快速的念動出一連串的字元，突然張開嘴，向外吐出了一口氣，忽然一個小旋風在我們眼前出現，將面前的積雪攪動成一個圓錐形。

我驚訝的幾乎合不攏嘴，我剛才一直在注意他身體中的能量變化，結果只是在最後關頭才覺察到他身邊有些能量波動，然後立即出現了一個小旋風，雖然威力不大，卻足以讓我震驚的了。

傲雲道：「修武道是將外在的能量納入體內，使其與自身合為一體，在使用的時候，自然就會如臂使指。而修魔法，則是利用自己的精神力，並且以手勢與咒語為輔，來駕馭外在的能量。」

我有些明白過來，但是我仍有一個疑問，我詢問道：「兩者可以同時修煉嗎？」

傲雲驚訝的望了我一眼，道：「這個問題問得好，答案是可以，但是有一個問題，當你身體中有能量時，就具有了一定的屬性，那麼當你在駕馭外在的能量時，你就會發現因爲不同種能量的排斥而使你無法隨心所欲的駕馭它們，這豈不是得不償失。」

我點頭道：「你說的非常有道理，不同種能量確實會出現排斥的情況。」

傲雲接著道：「只有單純的精神力才可以更好的駕馭它們，因爲在外界沒有任何一種能量是和精神力相同的，所以精神力的大小也決定了你可以駕馭多大的能量。」

他頓了頓又道：「但是修煉魔法仍有一個缺點，單純的修煉精神力而忽略了肉體，也會影響你駕馭更爲強大的能量，當外界的能量很強大時，你不但要靠精神力來駕馭，還得有很棒的肉體來支援你施展更強大的魔法。一句話，修煉魔法與修煉武道一樣，都是困難重重。」

我呵呵笑道：「今天當真開了眼界，平生第一次瞭解到武道以外另一種修煉的方法。」

傲雲也感嘆道：「這個天下畢竟太大啊！」

我好奇的追問道：「我看你雖然不是修爲很高，但是體魄強壯，比起普通人要強很多，是修煉了什麼功法嗎？」

傲雲道：「我修煉的是最粗糙的入門心法，只是將肉體改造得結實些，沒有接著往下修煉，所以老頭子覺得很不開心！」

我搖搖頭笑著道：「好像三叔的脾氣也不是很好，你一口一個老頭子，三叔就由你這麼稱呼他嗎？」

傲雲哈哈笑道：「老頭子脾氣是不大好，可惜啊，他雖然非常想教訓我，但是總有老媽護著我，他拿我無可奈何，母親去世後，每當他要教訓我，我總會抱著老媽的靈位，就這樣他也就默許我這麼稱呼他了，哈哈，老頭子的脾氣竟然也有妥協的一天。算了，不說他了，這麼好的天氣，說起他，實在大煞風景。」

我望著他呵呵笑道：「談誰才不大煞風景呢？」

傲雲閉上眼睛，嘴角露出一絲曖昧的笑容，油然道：「當然只有美女，才會讓我覺得不負此情此景啊，走，我帶你去看我心中的兩位女神。」

其實我已經猜到能讓他如此念念不忘，陶醉其中的兩個女孩多半就是藍薇和風笑兒，我正好也想找她們，卻不知該去哪找她們呢，現在有人自告奮勇的帶路，我自然是樂得裝聾作啞。

傲雲的表情很興奮，道：「說走就走，遲了連興致都沒了，就你和我，聽說她們昨天才從別的城市過來，我知道她們下榻的地方，離我這不遠，咱們走。」

只見身邊氣流湧動，積雪紛紛被拋開，彷彿有朵雲將他托住，帶著他浮了起來。見他笑望著我，我淡淡一笑，飛行這東西我再熟悉不過了，怎麼飛我都行。

我默念一聲，神劍倏地出現在我腳下，穩穩的將托起，冉冉升起。

傲雲向我腳下的神劍瞥了一眼，即帶路向前飛去，因爲我刻意爲之，神劍的神光被我隱藏起來了，以傲雲的眼力，恐怕也沒發現我腳下之劍乃是上古流傳下來的。

我們兩人風馳電掣的向前飛掠而去，傲雲的飛行魔法相當不錯，速度之快，與我的「御風術」不相上下。自神劍可與我完美相融以來，我駕馭著它更加得心應手，幾乎不怎麼費力，就可以達到很快的速度。

我駕馭著神劍輕鬆自如地跟在他身後。

傲雲一開始將速度推到很快，幾次回頭見我仍是悠然的跟在後面，於是也沒了與我一較高下的興趣，漸漸將速度降到正常的飛行速度。

傲雲突然停了下來，指著下面道：「這裏就是了。」

我飛到他身旁，望著下面的豪華別墅區，這裏的建築沒有如城裏那樣百米高的大樓，而是一座座占地很廣，擁有自己院落的別墅，能夠擁有這種別墅的人都是非富則貴，而這裏的警戒也非常嚴，我們剛停下來，就有守衛駕著飛車上前盤查。

經過傲雲的交涉，我們兩人才得以進入別墅區內部。

傲雲向我笑著道：「我就是不喜歡這裏，規矩太多。」

我們倆悠然邊談邊笑的走著，傲雲興之所至，不斷的向我介紹這裏的風土人情，在一個別墅前，傲雲站定對我道：「世兄，我說的那兩位人間少見的美女就在這裏了，你等著，我去叫門。」

我眼尖的發現在門牌上赫然有「風笑兒」幾個字，我心中一笑，自己果然猜得不錯，傲雲口中那兩個天仙似的美人兒，就是指風笑兒和藍薇，真是得來全不費功夫啊。

不大會兒，有兩個眉目秀氣的二八年華小丫頭開門走出，見到我倆站在門口，好奇的打量了我倆幾眼，其中一個女孩道：「你們找誰？」

傲雲忙道：「我們找風笑兒小姐。」

女孩道：「你們和我家小姐預約好了嗎？」

傲雲道：「當然有預約。」

我心中訝道，何時有了預約，不是因爲一時興致來了，才決定過來的嗎？女孩倒是非常相信傲雲，望了他一眼道：「既然有預約，那就進來吧。」

傲雲呵呵一笑道了聲謝，就待邁步走進，另一個女孩忽然道：「等一下，」接著對先前女孩道：「好像小姐沒說今天要約見客人啊，他們是不是在騙咱們，要是讓他們混進去，小姐又要不高興了。」

女孩想了想，點頭道：「望兩位先生告知姓名，我好通知小姐。」

傲雲毫不在意地道：「就跟你家小姐說，『煉器坊』的主人來拜訪。」

我心中偷笑不已，這位世兄當真是花叢老手，說起假話來連眼都不眨一下，明明沒有預約，還說得煞有介事，彷彿真的也沒他這麼真。兩個涉世未深的小女孩差點被他蒙過去，現在被人識破，還妄圖用自己非凡的身分讓風笑兒知道後就算沒有預約仍不會拒絕他。

他雖然想得很好，但是我想以風笑兒那丫頭的怪脾氣，恐怕不會吃他這一套啊！

一個女孩進去通知她們小姐，另一個女孩陪我們站在門前。

不一會兒那個女孩就出來了，只是手中多了一堆東西，東西好像還不少，差不多把頭都給掩蓋了。

女孩走出來，二話不說，就將懷中的東西扔到傲雲身上。

我目瞪口呆的望著這奇怪的一幕，一部分東西散落到地面，我掃了一眼，裏面有珍貴的毛皮大衣珠光寶氣，定是價格不菲啊，亮光閃爍的寶石項鏈也不知道價值幾何。

我奇怪地問道：「傲雲，這是怎麼回事啊？」

傲雲向我尷尬一笑，剛要說話，一個雪球「呼」的飛過來，砸中他的臉部，兩個女孩掩嘴嬉笑不已，見我望向她們，強裝出嚴肅的樣子，瞪了我一眼道：「看什麼看，誰叫你們敢騙我，活該。我家小姐讓我告訴你，叫你以後不用來了，既然來了，就把這些破爛玩意都帶走，哼。」

以傲雲的老練，聽完這番話，仍是一臉狼狽，邊手忙腳亂的抱著懷裏的東西，邊期期艾艾地道：「這，這，一定是她們弄錯了。」

那個女孩一臉的不屑，撇嘴道：「你才弄錯呢，我家小姐不會喜歡你的，剛才差點被你騙了，讓你進去。我家小姐還說，你答應給她的月亮，到底什麼時候可以拿來？」

我望著傲雲，微微笑道：「世兄，你不說沒見過風笑兒嗎，聽她們的口氣，好像你見過她不止一次了啊。」

傲雲表情十分尷尬，道：「那個，那個，我不是想給世兄一個驚喜嗎！」

我呵呵笑著，只看這些價格昂貴的禮物就知道傲雲不但早就見過風笑兒，而且已展開愛情攻勢，只是風笑兒好像對他不大感興趣啊。

想到妙處，我哈哈大笑出來：「風笑兒竟然連『煉器坊』的主人面子都不給，就連看門的小丫頭也把你堂堂『煉器坊』的主人弄得灰頭土臉，哈哈，看來風笑兒的怪脾氣已經傳給自家的下人了！」

第七章　眾香院裏雪球飛

我笑聲未畢，兩個雪球倏地向我飛來，我哈哈一笑輕鬆躲過，有了傲雲的前車之鑒，我又怎麼可能再讓兩個乳臭未乾的小丫頭得手。

兩個小丫頭有些驚訝的望著我，奇怪我爲何可以躲過她們偷襲。就在我微微得意的時候，眉邊一顆美人痣的女孩瞥了瞥嘴道：「躲得還挺快，你比他聰明些。」

聽她們的語氣，不但沒有一絲偷襲別人的慚愧，反而好似在怪罪別人怎麼躲開了一樣，我與傲雲相視，不禁都啞然失笑，兩個小丫頭刁蠻是刁蠻了一些，不過倒是透出了一股機靈可愛的勁兒，讓人打心底裏不會氣她們，我心中笑道兩個好玩的小丫頭。

我和傲雲雖然旁若無人的哈哈大笑，倒還是留了一個心眼，小心她倆「惱羞成怒」不會放過我們。果然兩個小女孩沒有那麼大的氣量，或者從來沒有人躲過她們的偷襲，幾個雪球分別從我和傲雲的耳邊臉頰穿過，只是以我和傲雲的修爲，哪會讓兩個小丫頭得手。

兩個小丫頭在接連「失手」後，氣鼓鼓的叉腰瞪著我們，差點要把我倆給生吃了一樣。

我與傲雲又是一陣大笑，我笑得非常開心，自來夢幻星，彷彿好運便一直跟隨著我，我所有的心結、所有的不愉快在這裏都化成泡沫，在陽光下無影無蹤，以前的愁眉不展全化成了開心的笑容。

我笑聲未落，忽然聽另一個眼睛較大的女孩道：「阿英、麗麗，快來幫忙啊。」

我和傲雲大訝，不知道她們葫蘆裏賣的什麼藥，還在我們納悶不解的時候，忽然同時十幾個雪球，紛紛向我們飛來，我倆一時不察，再加上本來也沒將幾個小丫頭放在心上，立時讓晶瑩白雪糊得滿頭滿臉。

雪一觸及皮膚，立化為冰水順著脖頸向懷中鑽去。

我狼狽的向傲雲望去，他的「下場」竟比我還慘。

「扣人心弦」的嬌笑此起彼伏，我除去臉上的碎雪，眼前不知何時從哪裏鑽出這麼多嬌顏來，每個女孩的臉上都露出不同的笑臉，彷彿百花齊放，爭奇鬥豔般令人眼花。

十個女孩一邊笑，一邊伸出纖纖玉指取笑我倆的狼狽。

眉邊有痣的女孩，眼睛一瞪望向我道：「服了嗎？」彷彿打了勝仗一般。其他女孩也助威似的齊齊叉腰瞪著我，卻掩不住嘴角的笑意。

傲雲豪氣沖天地道：「不教訓你們這些小丫頭，別人還以爲本帥哥是怕了你們這群不知天高地厚的小丫頭。」說完對我眨了眨眼，嘴邊更是延伸出一絲古怪的笑意。

我一愣，隨即抓住他的意思，以彼之道還施彼身，用在這裏是再合適不過了，與這群二八年華的佳人打打雪仗，更是不亦樂乎啊，看傲雲摩拳擦掌，恐怕早已躍躍欲試了，這等仗勢頗有意思。

大眼睛的姑娘見傲雲不但不服氣，反而有挑釁之意，大眼一瞪道：「姐妹們，給這個不知好歹的傢伙一點好瞧的。」

瞬間十幾個雪球已經被捏成形，又圓又結實。我馬上出手制止道：「各位姑娘先停一下。」

大眼睛姑娘道：「怎麼？你怕了還是服了，看你人比他老實多了，只要你站在另一邊，我們姐妹就保證放過你。」

我心中苦笑一聲，這些小姑娘們還真把自己當成無堅不摧的娘子軍呢，說出話來還頗有幾分霸氣，不過是霸道的霸。看她們手中的活如此利索，幾乎一眨眼就把雪球捏了出來，恐怕這裏另有一番秘密呢。我徐徐道：「請問，對待別的如同我倆這樣的客人，你們姐妹是否也以同樣的方法驅逐他們啊？」

美人痣女孩先是噗嗤一笑，隨即白了我一眼道：「算你聰明，我們姐妹都是這麼對付的，我們從來沒有失手過呢。哎，你這人也太囉嗦了，你到底要不要投降，再不投降，我們可就不留情哩！」

我微微一笑道：「多謝姑娘告訴在下。」我別轉過頭向傲雲眨了眨眼道：「開戰哩！」

女孩們聽到我說開戰，都是一愣，我早在問她們話的時候已經暗暗在背後抓了一把雪揉成雪球，此時一說開戰，雪球忽忽悠悠的正打在美人痣女孩的手中雪球上。

傲雲一聽我說開戰，馬上會意，雙手各一枚雪球出手，興奮的扔了過去。「戰爭」始一爆發，我們就陷入絕對劣勢，兩個人四隻手，怎敵的過十幾個人二十多隻手。

隔著一扇鏤空的鐵門，只見雪球橫飛，我和傲雲抱頭鼠竄，不時回擊卻被打成白鬍子老人，惹來一番嬌笑不止。當然我和傲雲純粹是沒用任何修爲單憑體力和她們相鬥，否則哪那麼容易被打中。

我心中暗道，這十幾個小姑娘一定是風笑兒特意安排的，當然針對的並非是我和傲雲兩人，而是針對所有如傲雲般追到家中來爲一睹嬌靨的男人們，這裏定然不乏高官顯貴。

不論風笑兒以何種理由托故不見，都會令那些老爺們不開心，然而用這些年輕貌美、童心未泯、天真而又有些刁蠻的姑娘們以這種特殊的手段把來人給打發走，我想沒有任何男人會對這些可愛的姑娘產生一絲敵意的。風笑兒這招真是高明啊！

我哈哈笑著邊躲邊還擊，再拖一會兒，我想風笑兒一定會來查看的，等到看到我的時候，我也就可以脫離苦海了。

傲雲躲在一棵樹後面，對我大叫道：「世兄，想個辦法啊，世兄縱橫無敵，少年英雄，總不能讓這幾個小丫頭片子欺侮得無還手之力吧。」

這傢伙想讓我作替死鬼，我才不上當哩，我還擊道：「世兄有力氣調侃小弟，還是爲自己的處境想想吧。你可是堂堂『煉器坊』的少主啊，掌握著夢幻星三分之一的經濟，誰看到你都得給您三分面子，今天可是在小丫頭們面前丟盡了臉哩。」

傲雲苦笑道：「唉，咱倆人單力孤，又不讓使用自己的修爲，被幾個小丫頭片子打得像落水狗一樣，要是被人看到我堂堂少主的身分竟落得這麼淒慘，我還哪有臉見人啊。」

我從另一棵樹背後戰戰兢兢的在紛飛的雪球中露出一半腦袋來，對他道：「世兄，你那些保護你的保鏢呢，讓他們加入一起還擊。」

我剛說完，腦袋一涼，又中了一個雪球，我望向雪球的主人，只見美人痣雙手叉腰，正嬌憨的望著我道：「你最狡猾了！」

就在我苦笑不已的當兒，又有幾個雪球將我的臉塗滿。

女孩們見偷襲得手，樂得前仰後伏，傲雲趁著如此大好機會，連連得手奪回一些臉面，幾個女孩分別在臉頰，嘴邊，肩頭等幾個部位被傲雲打中，見女孩們柳眉倒豎，我馬上見機的把腦袋縮了回來。

果然我剛躲好，十幾個雪球呼嘯著含恨出手，分別擊向我和傲雲。傲雲在樹後對我擺了一個勝利的姿勢，然後向我努努嘴，意思他已經得手，下面就要看我的了，我氣得傳音道：「你偷襲成功，還不是因爲我吸引了她們注意力，你才得手的。」

傲雲哈哈大笑，得意忘形的伸出手來指著我道：「哈哈，你犯規，說好不動用自己修爲的。」

他剛說完，十幾個雪球接連不斷的扔擲過去，把他半邊身子和樹連接到了一塊，大眼睛的姑娘恨恨地道：「還是你最狡猾。」

被美人罵狡猾，傲雲可是一點脾氣都沒有，手忙腳亂的一邊把雪從身上除去，一邊竭力的躲到安全的地方。我高聲大笑道：「世兄，你怎麼如此狼狽，讓小弟幫世兄報仇如何？」

傲雲嘟囔道：「光說不練，唉，真不應該把我那幾個保鏢給派出去幹活，早知道就應該將他們一併帶到這裏，也多了些幫手。」

那群女孩可能還未見過我們這樣如此「難纏」的傢伙，竟然一直堅持不懈的和她們打雪仗，不但沒有惱怒，反而個個都興致勃勃的，想要把我們徹底打敗，此時見傲雲落得如此「下場」，都呵呵笑著又跳又拍手，可能以前那些一見面就被打得落荒而逃的傢伙們未讓她們有如此成就感吧。

大眼睛姑娘忍著笑望著我們道：「哼，知道我們姐妹厲害了吧，你們要是能打敗我們姐妹，我就讓你們去見我家小姐。」

美人痣姑娘見她私自答應，急道：「你怎麼可以答應他們見小姐，小姐不是說了，不讓我們放他們進去的嗎？」

大眼睛姑娘道：「怕什麼，我雖然答應他們，但是我可不覺得他們可以贏得了我們姐妹。」其他姐妹紛紛附和。大眼睛姑娘壓低聲音又道：「這兩個傢伙蠻好玩的，一點不像以前那些人，還沒玩夠就跑了，我們給他們打打氣，讓他們多撐一會兒，不好嗎？」

美人痣姑娘想了想遲疑道：「可千萬不能讓他們闖進來。」

大眼睛姑娘嬉笑了一聲道：「呵呵，放心吧，姐妹們加把勁兒啊，讓他們知道姐妹的厲害。」

傲雲一聽她們的應允，頓時雙眼放光，道：「世兄，你一定要幫我啊，今天如是贏了，我欠世兄一個人情，我相信世兄一定會成人之美的。」

我心中暗笑不已，就算是讓你見到了風笑兒，或者有更深入的發展，恐怕那也不叫成人之美，而是將你推入火坑吧。

望著他眼中熾熱的眼神，我的心中也變得火熱起來，我道：「好，就讓我陪她們玩一玩。」我向著那群興致勃勃的小丫頭道：「要是我們倆有一個人在沒被你們打中的情況下進入了你們的院子中，就算你們輸了，要是我們被你們打中，就算我們輸，如何？」

一群小麻雀唧唧喳喳的討論了一會兒，還是那個大眼睛姑娘自信滿滿的向我道：「好啊，就按照你們的條件，輸了不准耍賴哦。」

我哈哈笑道：「我們還怕你們耍賴呢，世兄，看我的。」

我甫一從樹後跳出，數個雪球又快又準的向我投來，我哈哈笑道：「不用內息也一樣可以贏你們。」

我敢如此誇下海口，自然是心中早有定計，我完全催動自己體內的狼性，眾目睽睽下，在極為不可能的情況下，頭腿蜷縮在一塊，彷彿是一個肉球抱成一團，倏地在空中「刷刷」的飛滾，躲過雪球的攻擊。

想我第一次吸收了狼的精華蛻化時，有一個魔鬼的手下沙拉畢，剛好找到我，我那時沒有一絲內息，仍能將其輕鬆殺死，然而在我內息漸漸恢復後，狼性被人性所取代，逐步被隱藏，此時被我催發出來，我彷彿又回到初蛻化時的狀況。

我像是一隻在雪原中覓食的雪狼，踩踏著「嘎嘎」發響的雪地，我的神經逐漸興奮，如雪狼般在奔跑跳躍，每每在一瞬間險之又險的躲過雪球。

姑娘們彷彿忘記了還有一個人似的，見我屢屢輕鬆躲過她們的雪球，均「咬牙切齒」的專門對付我一個，雪球縱橫中，我時滾時跳時閃時躲，雪球一一擦邊而過。

傲雲見我悠然輕鬆的在雪地中如一隻靈活至極的雪狐般行動著，直看得目瞪口呆，半晌始回過神來，高聲向我呼道：「世兄，別玩了，快點闖進去，咱們就贏了。」

我抽空應了一聲，向她們逐漸逼近。丫頭們可急壞了，焦急的使出全身力氣向我投出一個個雪球，我一邊靠近一邊道：「你們注意了，我要開始闖關嘍，輸了可不要哭哦。」

小丫頭們愈發心慌，投出的雪球已不像先前那麼有準頭了，見她們手忙腳亂的樣子，我呵呵一笑，以更快的速度來回奔跑著靠近，狼的血性在我體內奔湧，我越是快速奔跑，越是感覺肢體揮灑自如。

任何一個在人類眼中不可思議的動作，在我而言都是那麼自然而然，沒有一點勉強的意味。

傲雲乾脆從樹後繞出來，脊背靠著樹幹，漫不經意的一邊梳理著自己的頭髮，一邊饒有興趣的看我表演。女孩們把注意力都集中到我身上，幾乎都已經把他給忘了，他更是視若無睹的高聲在我身後叫好。

就在我幾乎闖過最後一道防線時，忽然一道音線驟然出現，而攻擊的目標赫然是我，雖然我早就領教過風笑兒的音波攻擊，然而在眼下我毫無防備，又無內息護身的情況下，我如遭雷殛，身體一顫，躍在空中的身體，硬是生生被震了下來。

我心中「震撼」，這小丫頭的音波功夫又有長進，攻擊時彷彿憑空出現，連我靈敏的靈覺竟然都避過了，如同毒蠍的尾巴，遭遇敵人時，尾巴彷彿是飾品，然攻擊時，出其不意，突然發動雷霆一擊。

我暗罵一聲，千算萬算，沒料到風笑兒在這個時候突然出現，一上來就用厲害的音波攻擊，這下可吃大虧了。

小丫頭們聽到風笑兒的呵斥聲，都面現喜色，見我神出鬼沒的身體突然現了形，哪還有遲疑啊，「狠心」的雪上加霜，一個個雪球紛紛向我擲來，我無奈使了個功法，身體陡然加速向下墜去，令所有的雪球都落了空，我則安然落在地面。

傲雲聽到風笑兒的聲音，精神一振向前邁步走到我身旁，高聲道：「笑兒小姐，你讓傲雲苦等啊。終於讓傲雲的誠心打動，出來見我了，精誠所致金石爲開，古之人誠不欺余也。」

小姑娘們見他說得有趣且表情生動，都忍俊不禁的用小手捂住嘴巴，生怕忍不住笑出聲來，讓她們小姐責罵。

風笑兒沒好氣的聲音傳出來，軟綿綿地道：「唉，你這人哩，人家不是告訴你了嗎，不要給風笑兒買那些東西。風笑兒受不起那些名貴的東西，笑兒知道你貴爲『煉器坊』的主人，這些許東西，在你眼中不算什麼，但對笑兒來說卻是難以承受之物，這些錢與其浪費在笑兒身上，還不如贈送給那些尚吃不飽肚子的孩子們。」

傲雲低眉順眼地道：「是，是，笑兒小姐說得是，傲雲一定照辦，傲雲馬上捐一千萬夢幻幣贈予那些尚不能塡飽肚子的孩童們，再準備二十萬套過冬衣服，你看如何？」

風笑兒的聲音越來越近，我察覺到還有一個極爲輕盈的腳步聲在風笑兒身邊，那一定是藍薇沒錯了，我心中突然如一團火燃燒起來，熊熊不可滅，我迫切的望著路口的盡頭，希望可以第一時間看到藍薇。

風笑兒聲音再傳來，幽幽嘆道：「唉，你做的是件大好大善的事，不單是爲了討笑兒歡心，你知道嗎？」

傲雲一點也沒有生氣，呵呵道：「傲雲又錯了，下次一定改，我一定會令笑兒小姐對傲雲更滿意的。笑兒小姐，你上次說我身邊總跟著一大群人，這次我可只和我的一位好兄弟兩人前來，既然笑兒小姐都出來了，應該讓傲雲看上一眼吧。」

風笑兒撩人心魄的聲音又傳來道：「你這人啊，總是這麼厚臉皮，笑兒既然來了，又怎麼會吝嗇一面之緣呢，只是你既然和那群小丫頭打了賭，那笑兒斗膽參加這個小小賭局，只要可以在笑兒一曲之內進入到院牆之內，笑兒便請你進屋喝杯熱茶。」

傲雲見過我剛才展現的本事，認定贏她們是十拿九穩之事，興奮地道：「好啊，一言爲定。」

我笑著搖了搖頭，以前只見過她刁蠻的一面，沒想到在這種情況下，才見識到她更厲害的一面，竟然將一個花叢老手玩弄於股掌之上，論嬌柔嫵媚，竟然一點也不比我見過的所有女孩子差。

風笑兒又道：「傲雲兒且慢，笑兒仍有條件未說完哩。」

傲雲道：「笑兒請說，傲雲一定無所不從。」此時說話，已然把後面的小姐二字給去掉，妄圖從稱呼中拉近兩人關係。

風笑兒只當沒聽見他把稱呼給改了，接著道：「我的那些小丫頭們都只會一些粗淺的功夫，不比你家法淵源，修爲精深，笑兒希望等會動手之時，傲雲兒只能躲閃不准進攻，不知傲雲可能做到，如果不能的話，笑兒自當把這條取消。」

傲雲一聽連忙道：「可以做得到，傲雲保證不出手只躲避。」在佳人面前自然是不能丟了面子，要是他說不能做到，只怕以後連根小指頭都不會給他看到。

只是傲雲想得太簡單了，他可能還不瞭解風笑兒最拿手的音波攻擊，那可不是說著玩的小孩兒玩意，想要在一曲之內，又不能還手，又得抗拒風笑兒厲害的音波干擾，這可是難度非常大啊。

風笑兒道：「那就一言爲定，咱們開始吧。」

她可能停了下來，一連串優美的旋律飄飄揚揚的流淌而來，我不禁大加讚賞，風笑兒確實在音波上的造詣又提升了。以前她施展音波攻擊從來不會有什麼前奏，直接進入攻擊階段。

然而現在卻不同，先是奏出一段柔美的音樂，舒悅身心，令人漸漸不自覺的沉醉其中，當身心皆被催眠，陷入其中而不可自拔的狀態時，才猛的發動攻擊，那時再怎麼強橫的人也難逃音劫啊。

果然傲雲漸漸的彷彿被優美的音樂所麻醉，神情呆滯，我輕輕一嘆，落到傲雲耳中，卻如雷聲般驚人，突然醒來，向我感激的投來目光，隨即轉頭望著眼前虎視眈眈的小丫頭們。

這些小姑娘們絲毫不受聲音的干擾，個個訓練有素的人人手持大小適中的雪球，大戰來臨前般的謹慎，一點也不疏忽的盯著傲雲，我敢說只要傲雲一動，馬上就有鋪天蓋地的雪球砸過來。

這些小丫頭打起雪戰來，當真是比虎狼還狠，我看傲雲是難逃一劫，見風笑兒一面的陰謀更是難以得逞。

傲雲似乎並不把剛才的事當作一個教訓，托大的向前一步，掃了一眼眼前的小女孩們，呵呵笑道：「我要開始了，你們要小心了。」

我嘆了口氣，這位世兄還真是視天下英雄爲無物啊，就以他剛才的表現，我想他修煉的魔法沒有什麼好辦法可以克制音波的。

傲雲突然動了，女孩們手中的雪球倏地一致扔了過來，傲雲剛躲過一波攻擊，另一波雪球已經又向他擲來。

音符彷彿從無限遠處跳動著走出來，擾亂著人的思維，傲雲本就不夠靈活的身法陡然變得更慢起來。

想必修煉魔法對身法毫無助益，本就讓我有慘不忍睹之感的身法，在音波的干擾中，更是不堪一擊。傲雲狼狽的貼著雪地滾了一圈，避過跟在身後的幾顆雪球。傲雲一邊滾動，一邊念念有辭，在他站起身時，一個由皚皚白雪組成的盾牌已經被他拿在手中。

他用雪盾擋住了幾顆雪球，女孩們見他躲在雪盾後面不出來，均氣鼓鼓的瞪著他，兩手抓著雪球，只等他一露面就砸過去。

我再嘆了一口氣，暗道這傢伙修心的本領實在不夠，風笑兒的音波已經非常柔和了，他竟然仍落得這許狼狽，看來魔法這東西實在不行啊，比起武道差遠了，難怪幾乎沒有人知道魔法這種東西，想必早就是破落的東西吧。

我搖著頭將眼閉上，因爲傲雲仗著雪盾向前衝的時候，仍然被打中了。女孩們對他扮了個鬼臉，歡叫起來，只有傲雲一人哭喪著臉。

風笑兒慵懶的聲音傳了過來，道：「唉，你拿著一塊雪盾，本來就違反了我們的約定，沒想到你還是沒通過。」言語中充滿了無奈，彷彿多麼希望他通過，卻眼見他沒通過感到十分失望。

傲雲求救的向我看來，我向他一攤手，示意並無好辦法。

其實，今天傲雲是一定能看到風笑兒，只要我一出聲，她們馬上就能將我辨認出來，而傲雲自然沾我的光，也便見到了風笑兒。只是我現在故意想看看，這位世兄究竟會有什麼好辦法，偏是不出聲。

傲雲忽然道：「笑兒，我們同行而來的有兩人，雖然我沒通過，還有我的世兄沒有闖關呢。」

傲雲的言下之意，是求風笑兒讓我也闖關一次，這明顯有耍賴的嫌疑，風笑兒嘆了口氣，淡淡地道：「笑兒就再讓你們一次，這次你倆一塊闖，如果通過不了，就不要再糾纏不休了。」

傲雲一看佳人應允，頓時喜上眉梢，剛才他也是迫不得已才說出那種沒有風度的話，心中自然也是忐忑不安。

我嘆了口氣，對傲雲傳音道：「風笑兒的音波非常厲害，如果不能施展自己的修爲，恐怕是無法在不還擊的情況下安然過關的。」

傲雲皺眉道：「世兄，你都覺得過不了嗎，以你剛才施展出的矯健身法，就沒有把握在被雪球砸中前，闖過關嗎？」

我搖了搖頭，傲雲苦笑一聲，道：「今天可真是丟臉丟到家了，反正也丟臉了，我就再耍賴一次，她只說不讓我們反擊，那好，我們不反擊，這防守總可以了吧。」

我微微一怔，望著他，不知道他能有什麼好方法。傲雲雙手環抱在胸，兩手五指發出微微的光芒，低微的聲音喃喃地道：「空氣中無處不在的跳動精靈啊，聽從我的召喚，貢獻你的力量吧。」

他念完後，雙手分開，兩手向四周徐徐揮動，我敏感的覺察到一種特殊的能量在激烈的跳動，忽然腳下的雪地中一陣聳動，忽然鑽出一隻雪白的兔子和雪白的猴子。

我驚訝的發現牠們竟然都是由雪組成的，在牠們身體中有一絲靈性在流動，就是這一絲靈性將這些普通的雪組織到一塊，形成了這種驚訝的特殊生物。

我道：「牠們是從哪裏來的？」

傲雲嘿嘿笑道：「這是魔法中的召喚，可以根據需要召喚出奇特的生物，不過牠們都有存在時間的，依個人修爲而定。看我的吧，今次一定過關。雖然牠們存在時間不長，已經足夠了。」

傲雲信心十足的向前走去，邊走邊道：「我要開始闖關了，你們要守好啊。」兩隻小東西因爲一身都雪白，和雪簡直沒法分別，此時跟在傲雲的腳邊，竟然沒被發覺。

女孩兒們奇怪的望著傲雲大搖大擺的向她們走過來，一點也沒有躲閃的意思，美人痣女孩首先發難，嬌喝一聲兩個雪球呼呼飛了過來，其他女孩兒也呵斥著爭先恐後的把雪球投擲過來，因爲風笑兒說是讓我和傲雲一塊闖關的，女孩兒們腦子裏轉著各個擊迫的念頭。

就在雪球要打中傲雲的時候，雪兔倏地高高躍起，還別說，牠跳得還真高，將最先飛來的兩個雪球吞到肚子中。我訝異的發現吞了雪球後的雪兔忽然變大了一些，彷彿那些雪球被牠給吸收了，成了自己的一部分，而另一隻雪猴，也靈活的在傲雲面前蹦高躥低的，將雪球給抓住。遺留下來所剩無幾的雪球，對傲雲幾乎沒有威脅，都被他輕鬆躲過。風笑兒的音波再次飄蕩起來，悠揚、自然聽之，只感覺四肢慵懶，只想找個地方躺下來，才舒服。

望著身體大了三倍的雪兔，我忽然發覺牠體內的那道靈性，有些首尾難以兼顧的感覺，無法如先前般靈活運轉。

就在傲雲一邊苦撐著風笑兒的音波，一邊得意的閃著那些遺漏的雪球時，忽然雪兔的身體從空中化開，變成了一堆沒有任何生命的白雪。

同一時間，同樣因爲吃得太胖了的雪猴，也跟著化爲一團沒有意義的白雪，落到雪地上。

傲雲幾乎是連滾帶爬的狼狽逃回來，來到安全的地方，恨恨的扔了手中的雪盾，惱怒地道：「就快成功了，我召喚出的精靈竟然在這種時候消失了。」

我心中苦笑不已，看來追女孩子還真是不容易，連傲雲這種身家的人都追得這麼艱難，爲了見風笑兒一面，連男人最重要的面子都不顧了，身分地位在愛情面前簡直一文不值。

我想他召喚出的那些雪中精靈，一定是因爲體內的靈性無法靈活指揮太笨重的身體，所以才會在身體超負荷的情況下垮掉了。

我將疑慮告訴傲雲，他想了想道：「應該是這個道理，這次我多召喚幾隻出來，不就可以把這個問題解決了嗎？」

我們在這邊討論該怎麼闖關的時候，那邊的女孩兒們也在想著不讓我們闖過去，見了剛才那兩隻奇怪的小精靈的時候，她們已有了戒備，此時竟然十來個人同時鎧化。

我和傲雲瞠目結舌的望著她們面前堆得如同小山般的雪球，再看她們快速的揉雪球的速度，都情不自禁的咽了口唾沫，傲雲道：「這一曲的時間所剩不多了，咱們得抓緊。」

傲雲閉上眼睛，仍將雙手環抱在胸，口中念動：「無處不在的精靈啊，雪白無暇的精靈啊，聽從我的召喚，展現你的力量吧。」

傲雲雙手徐徐在空中撫動，在他身旁不斷有雪精靈出現，一隻雪狼、兩隻雪兔、兩隻雪猴、一隻雪狐、一隻雪猿。

但是這些雪獸體型都不大，最大的雪猿也就人的一半高，因爲白雪的原因，每隻雪精靈都顯得很可愛，並沒有令人感覺害怕的地方。

傲雲的頭角已經滲出了一些汗，一下召喚出這麼多的雪精靈，恐怕也是他的極限了，他對我嘿嘿一笑道：「怎麼樣，這麼多精靈應該夠我闖關了吧。你替我掠陣，看我闖關。」

說著傲雲走了出去，七隻可愛的雪精靈，亦緊緊跟在傲雲身後，一字陣排開，大眼睛女孩兒道：「姐妹開始了，加油啊。」

剛喊完，雪球呼嘯而去，鎧化了的女孩兒們不論是從雪球的速度和力度來說，還是從製造雪球的速度來說，都不是先前沒鎧化時所能比的。

走出沒有幾米，已經有一隻精靈因爲「吃太多」而化爲普通的雪，剩下的精靈也都增大了不少。

出師不利，傲雲表情有些不大自然起來，本來召喚這些精靈已經耗了不少精神力，現在抗拒風笑兒的音波更是搖搖欲墜。

我低吟道：「『似鳳』，主人帶你來玩打雪仗。」「似鳳」一被我召喚出來，還沒來得及找我麻煩，就差點被幾顆雪球打中，「呷呷」叫了兩聲，決定暫時先放過我，轉而衝進雪球橫飛的空中。

「似鳳」像一隻箭一樣嗖地鑽來飛去，沒有任何雪球可碰得著牠一根羽毛，這令牠得意不小，倏地將從牠旁邊經過的一顆雪球給抓住，伸翅膀打開其他的雪球，張嘴吐出火球將迎面而來的雪球給頃刻間化爲一團雪水。

那若有若無的音波聽在「似鳳」耳中恍若未聞，當初「似鳳」還曾和風笑兒比試過呢。

突然就聽到風笑兒的聲音，道：「棗子，去幫忙。」

我一愣，棗子這個名字好熟悉啊，一陣極富韻律的蹄聲響起，一團火似的神駿馬駒出現在我視野中。

我瞬間響起，這不是我在去地球前孵化並送給藍薇的小馬王嗎？沒想到現在都已經長到半人高了，長長的火紅棕毛在奔跑中飛揚，兩隻有神的眼睛正帶著敵意的望著那些小精靈們。

何時，風笑兒給馬王取了「棗子」的別名啊！

小馬王在奔跑中突然展開一對肉翼，呼的飛了起來，嘶叫著四蹄騰空而起，直接從女孩兒們的頭頂飛過來，向著小精靈們飛過去，對著雪精靈們腳踢，嘴咬，瞬間就有兩隻雪精靈被牠給解決。

其他的小精靈們也駭得往後退去，傲雲驚訝的望著這隻突然闖出來的寵獸，眼看自己的好事就要被牠給毀了，馬上施展魔法，念道：「隱藏在空氣中的兇惡精靈，現出你的原形吧。」

他的五指原本散發出的柔和光暈，此時已轉化爲幾道黑色厲芒，黑芒激射到雪地上，大地一陣震顫，一個巨大的頭顱破雪而出，接著就是高大的身體。傲雲召喚出一個雪地巨人，雪地巨人雙手撐著雪地，鑽了出來，手中拿著一支雪棒。

傲雲對雪人道：「把那匹小馬給捉住。」

可惜，雪地巨人沒有完全明白傲雲的意思，傲雲只想把小馬王給捉住，但是卻不要傷害牠。傲雲以爲這是風笑兒的寵獸，自然是不敢傷害牠的，生怕使佳人傷心，所以召喚出來的精靈也算是相對溫和的。

我饒有興趣的望著小馬王，看牠怎麼對付這個高大的大傢伙。

雪地巨人身體由冰塊組成，在雪地中行動時發出「嘎吱」的刺耳聲響，小馬王仰起腦袋，歪著頭看著這個高大的傢伙。雪地巨人突然伸出巨手向牠抓來，小馬王靈巧的躲開，雪地巨人看一擊不中，倏地轉身，伸出另一隻手向小馬王抓去。

小馬王再一次靈巧的躲過，幾次後，雪地巨人顯得有些不耐煩起來，揚起手中的雪棒，舞得虎虎生風，向小馬王砸去。小馬王不但沒有畏懼眼前的大個子，反而好似把牠當作一個難得的玩具般，靈巧的在牠周圍跳動。雪地巨人用盡了全身力氣也無法沾到一根馬毛。

小馬王將雪地巨人戲弄了個夠，忽然拍著一對美麗的肉翼飛了起來，彷彿沒有盡興般，在天空中繞著雪地巨人盤旋飛舞。

女孩們也停止了扔雪球，為小馬王加起油來，而我則是自始至終都很有興致的望著牠，牠帶著我的記憶回到了第四行星，我彷彿看到了白色飛馬王的英姿，在天空中縱橫飛翔。

傲雲目瞪口呆的望著自己召喚出來的大個子，被一匹尚未長大的小馬給玩弄於股掌之上。雪地巨人掄著手中的大大雪棒，笨拙的砸向小馬王，小馬王拍打著肉翼，在天空中飛行，彷彿比在陸地還要靈活。

每一次落空，雪地巨人都會憤怒的大叫一聲，小馬王倏地四蹄踏在雪地巨人的腦袋上，眼中露出狡黠的目光，鼻中噴出兩道熱氣，「嗚嗚」的得意叫著。

「似鳳」在我肩膀上低聲叫了一聲，神情有些不爽，彷彿感覺到了什麼，好像從小馬王身上覺察到了一些熟悉的氣味。

笨笨的雪地巨人高舉大雪棒，重重的砸在自己的腦袋上，「嘩啦」一聲開了花，最重要的部位受到自己的重創，頓時化作片片冰塊砸落下來，小馬王得意的仰著腦袋，一縱一縱的向四周飛著。

我心中暗讚，這匹火紅的神駿小馬王充滿了靈性。

女孩兒們一片歡呼，傲雲幾乎把眼睛都瞪了出來，沒想到自己召喚出的戰鬥型精靈，就這麼容易被解決了，實在太讓他吃驚了。

剩下的小精靈們都害怕的躲到我身後，我不知道牠們爲什麼不躲到自己的主人身後，反而來尋求我的庇護，也許我身上的氣味比傲雲更容易讓牠們信任吧。

小馬王俯視在我身後的小精靈們，驀地向我衝了過來，像是一支筆直的箭向我衝過來，牠的眼中又露出剛才的那種狡黠，我知道這個小傢伙只是在試探我，不會真的撞在我身上。

果然在女孩兒們的驚呼聲中，小馬王安穩的落在我面前，離我只有一拳的距離，小馬王仰頭望著我，我幾乎可以感受到牠噴出的熱氣，牠歪著腦袋望著我，我笑瞇瞇的看著牠。

看牠一副不認識我的樣子，看來牠是把我給忘了，我心中道：「小傢伙，我可是看著你出生的哦。」小馬王望著我不爲所動的目光，有些不安的踏動著蹄子。看著牠不安的眼神，我輕柔的將手放在牠的腦袋上，撫摩著牠，嗯，牠的毛真是光滑，如同緞子一樣。

小馬王突然甩動腦袋，把我的手給甩出去，大大的馬眼睛望著我有一絲的憤怒，「似鳳」適時挑動牠的怒氣，在我肩膀上邊跳邊拍打翅膀，嘴中模仿人類發出「嘿嘿」的笑聲。

小馬王怒眼瞪了牠一下，甩動了一下腦袋，望著我身後幾個顫顫發抖的小精靈。突然牠抛動前蹄，高高提起，我洞悉牠的心意，是想嚇得我讓開，我輕輕一揮，一層氣幕在我身前形成，剛好抵住牠的前蹄。

小馬王無奈的落下前蹄，望著我打了個響鼻，倏地向左閃去，想要繞開我，到我背後。牠的速度再怎麼快，在這麼短的距離也沒我快，我驀地移動，又來到牠面前，牠一個把持不住，腦袋撞到我身上。

我呵呵一笑，拍著牠的腦袋道：「小傢伙，要小心嘍。」

小馬王如小孩子般不服氣的瞪了我一記馬眼，甩頭打了個響鼻，突然閃過我又向我右邊閃去，我微微笑著又將牠擋住。

「似鳳」見幾次小馬王都被我擋住，「呷呷」叫著，從我身上飛離，落到小馬王身上，嘲笑似的啄了啄牠的脊背。小馬王猛的一抖身體，想要把「似鳳」給甩下來，卻不料，人精似的「似鳳」早料到小馬王會有這招，早就緊緊抓著小馬王的棕毛。

任憑小馬王怎麼使勁，「似鳳」仍安然坐在牠背上，「似鳳」見自己陰謀得逞，開心的「笑」起來，小馬王猛的打開肉翼，呼地飛了出去，在空中連翻了幾個筋斗，仍無法使空中飛行老手的「似鳳」掉下來。

我忍俊不禁的望著這一馬一鳥，我懷疑「似鳳」是從飛馬王身上得來的經驗，現在卻用到了飛馬王的後代身上。

當時飛馬王和「似鳳」互看不順眼，我猜，牠們肯定背著我互相決鬥過，不過我想，「似鳳」不會是飛馬王的對手，畢竟連級別都差了那麼多，而且飛馬王還可以控制水的力量。

「似鳳」想要搶牠的風頭，還欠火候。

傲雲完全被眼前的場景給弄糊塗了，看了看在空中飛舞的一馬一鳥，又看了看我，有些不知所措。

女孩兒們眼睛都不眨一下的看著小馬王在高空的「花樣表演」，每當小馬王一次高難度的翻身，就惹來女孩子們一片尖叫。

不知何時，曲聲已絕，但是除了我還沒人發覺，每個人的心思都掛在那一馬一鳥身上。風笑兒踩著海棠步輕柔之極的走來，出現在我的視野中。風笑兒黛眉輕蹙，淡淡地道：「傲雲兄……」

剛說一半忽然看到我，先是一愣，隨即眼中閃出喜色，道：「原來是依天！藍妹，依天來了。」

我越過風笑兒，望著她身後出現的藍薇，藍薇眼睛中充盈著難以掩飾的喜悅，我滿含笑意的望著她，道：「地球之事已了，從此天下太平，我們可以永遠的廝守在一塊。」

藍薇沒想到一向對感情保守的我，忽然在眾人面前說出這等情話，立時紅霞滿面，嬌羞萬分的望著我，與我熾烈的眼神糾纏在一塊，想要垂首避開我的目光，偏是又捨不得，如此嬌羞的神情真是我見猶憐，目睹了龍大的香消玉殞，我早把一切看淡，熾熱的感情不再保留在心底深處，而是熱烈的表現出來，我要告訴她，我愛她，我會永遠的保護她一輩子，不讓任何人傷害她！

「似鳳」望到女主人，也開心的飛了過去，放開了小馬王倏地飛到藍薇的肩膀上，親昵的蹭著藍薇的臉頰。

藍薇伸出玉指，輕輕逗弄了牠幾下。

小馬王經過一番折騰，累得直吐熱氣，想要和「似鳳」爭高下，牠還嫩了一點，小馬王來到藍薇的腿邊，不服氣的望著「似鳳」直吐熱氣，藍薇拍了拍牠的小腦袋，小馬王伸出舌頭舔著藍薇的手掌，一馬一鳥別開生面的又開始了一場爭寵的戰鬥。

我淡淡一笑，尖嘯一聲，喚回「似鳳」。說來「似鳳」還算是我和藍薇的月老呢，要不是牠的莽撞，我想藍薇和我之間的這場愛戀，不知道還要經過多久才能成正果啊！

傲雲從旁幾步走上來，望著我和藍薇，失聲對我道：「世兄，你太狡猾了，竟然早已下了手，剛才又裝作不知道的樣子，實在可惡。」

我淡淡一笑道：「我也在想應該給你一個驚喜的。」

傲雲道：「什麼驚喜，明明是驚嚇。」接著壓低聲音在我耳邊道：「你一定要賠償我，兩個美人，你不是都想收入囊中吧，你有了這個冰山大美人，剩下的那個，你可不能和我搶了！」

我好笑的瞥了他一眼，給了他一個肯定的眼神，他得到我肯定的答覆，頓時恢復了一向的瀟脫，搶先一步向院中走去，邊走邊朗聲道：「原來都是自家人，那我和依天世兄就不客氣了。」

我哈哈大笑跟在他身後，心中暗道，追女孩兒，臉皮一定得厚，傲雲看來已深得其中三昧！

第八章　我心依舊

風笑兒大有深意的望了我一眼，別轉螓首，望著傲雲，淡淡地道：「既然傲雲兄是和依天一塊來的，就隨笑兒來吧。」

傲雲本就正在腦中轉著念頭，該怎麼和佳人單獨相處，此時見佳人相約，頓時喜上眉梢，緊走幾步與風笑兒並肩而行。

傲雲邊走邊道：「稱我傲雲即可，稱傲雲兄，總感覺有些彆扭，去了一個兄字，反而更親近些，就如我稱你笑兒一樣。」

望著兩人的背影，我咦道：「風丫頭好像通情達理多了，對我好像也沒了以前的敵意，難道她轉性了？」

藍薇白了我一眼，淡淡笑道：「士別三日當刮目相看哩，笑姐可是心靈剔透的人，只因當初的一點誤會，才讓笑姐對你產生敵意，現在誤會解除，你又對她有救命之恩，自然會對你好多了。」

我輕輕攙著藍薇的小手，藍薇矜持的掙扎了一下，便任由我握著她滑嫩滾熱的小手往前走著，我娓娓的將地球之行發生的一切事都告訴了藍薇，只是隱瞞了我對龍大的感情。唉，龍大，人已死，再說出這段沒有頭結不了尾的感情，徒增傷感啊！

藍薇聽完後，深深的嘆了口氣，眉頭深鎖地道：「唉，爲何世間總有這許多危險。」我見她欲說還休的樣子，知道她在心中爲我擔心，怕我下次再會出現什麼不測，遇到危險。

我忙安慰她道：「以後都不會出現什麼危險了，天下從此就會太平了。」她見我說得這麼篤定，疑惑的望著我，我便把我和傲雲之間結盟的事情全部都告訴了她。雖然這是一件大事，但是夫妻之間自然不應該有什麼隱瞞的事情。

以藍薇的見識，自然曉得其中的意義，面色也逐漸轉和。我道：「從今以後，我每天都陪在你身邊，等我向李老爺子提了婚，由他老人家給咱們完婚，咱們找一個山明水靈的秀氣的地方，然後咱們把那一塊地方給買下來，劃爲私人地方，過著神仙般的生活，無聊時，可以養寵獸爲樂，咱們養很多寵獸，漫山遍野，各種種類。」

藍薇也嚮往地道：「對啊，這些寵獸都好可愛，我要養一群野馬，像棗子這樣的。」只是，藍薇忽然「咭」的笑出聲，道：「買下一座山要很多錢的，你這個窮小子買得起嗎？」

我傲然挺胸道：「可別忘了你夫君乃是『洗武堂』的繼承人，錢多到數也數不完，區區一座山，又怎麼能難倒你夫君呢，再說，就算夫君沒錢，你娘家可是有很多錢的，怎麼也得補貼我們一些吧。」

藍薇笑著白了我一眼道：「原來你在打我李家的主意。」旋又道：「天哥，你怎麼會成為『洗武堂』的繼承人呢？」

我神秘的一笑，道：「好老婆，讓夫君告訴你一個驚天的大秘密，你應該知道四大聖者吧。」

藍薇點了點頭，道：「四大聖者，我當然知道，但是也只是耳聞，並未曾見過面，爺爺不是說你是四聖者的弟子嗎？」

我呵呵笑道：「也算是吧。其實這四大聖者乃是師兄弟，而我的父親和他們是結拜兄弟，只是在我未出生的時候，父親就因為屠龍而不幸去世，於是剩下我和母親相依為命，四位長輩便經常來看我，我更認了大聖者作義父。」

短短幾句話，道出了眾多世人所不知的秘密，說是驚天秘密也不為過，藍薇替我傷心地道：「天哥，你真可憐，竟然和母親相依為命長大。」

我淡淡的一笑，略有些遺憾地道：「那於我來說已經是很久很久的事了，再不會給我帶來一絲的憂傷，只是唯一讓我感到不甘的，我沒見過一面如四大聖者般英雄的父親。」

藍薇彷彿要撫慰我的心靈般，輕輕的向我靠了靠。我望了藍薇一眼，悠然笑道：「其實也沒什麼，父親在我腦海中沒有任何印象，就算我想爲此傷感，也沒有傷感的對象，也許我在孤苦無依的時候，會偶然想到他吧，只是現在我的愛有了寄託，誰還要去想那些令人感傷的事呢，美好的事物難道不更令人嚮往嗎！」

藍薇道：「我從來不知道四大聖者竟然會是師兄弟，他們各居不同的星球，相隔何止萬里，而且從沒聽說過他們有任何親密的來往，沒想到，他們的關係竟然如此親密。四大聖者有沒有傳人？天哥你的功法都是跟哪位聖者學習的？」

我道：「我的功法是來自家傳的武學——九曲十八彎，四位長輩並沒有傳我什麼武學功法，只是有時會和我說一些生澀的武學哲理，另外二聖者教了我煉丹之術，三聖者教了我煉器之法。」

藍薇微微笑道：「天哥，那你豈不是身兼四家之長，爲四大聖者共同的徒弟，要是把你的身分說出去，豈不是四大星球都會沸騰了！」

我呵呵笑道：「藍薇，你把我列爲四大聖者的共同弟子，那四大聖者的真正傳人又該放在哪？」

藍薇訝道：「難道四大聖者都有傳人在世，我從來沒聽說過這事，就連我們李家的資料中也沒有。」

我嘿嘿笑道：「說到底，李家只能算是一方豪強，怎麼比得上四大聖者，如果四大聖者不想讓人知道的事，就算李家花費再多的心力都不可能知道的。」

藍薇略微不服氣的辯解道：「天哥，不要小看我李家哦，李家源遠流長，可不是一般的小世家比得上，存在歷史早已超過五百年哩。」

我呵呵笑道：「如果真要算起來，四大聖者的師門可以追朔到幾千年前，你們李家只是區區五百年，相比之下就像一個五歲的孩童和一個八旬老翁比年齡。這個世界太大了，很多事情都不是我們所能掌握的。即便單是地球，你敢說，地球上每件事，你們李家都能掌握嗎？」

藍薇顯出十分驚訝的眼神，她可能怎麼也料想不到，四位長輩的師門竟然是從幾千年前傳下來的。

而此刻我的思維卻已經回到了第四行星，回想著「長者」告訴我的那個故事，在腦海中描繪著四大聖者師門的壯舉，在幾千年前就飛離了地球，探索著宇宙的奧秘，並把一粒種子種在第四行星，最終形成了今日的「長者」。

藍薇的思維也彷彿回到了幾千年前的古代，幽幽地道：「這世上竟然還有這麼古老的門派，如此來說，我們李家五百年的年齡真的如同小孩子般了，嗯，天哥，四大聖者的師門名字可以告訴我嗎？」

我笑道：「我也很想知道，只是四位長輩很少論及他們的師門，我也是在機緣十分巧合的情況下才知道這件秘辛，就連四大聖者的傳人們也很少知道這件事的。」

藍薇道：「天哥，你還沒說四大聖者的傳人都是誰呢？」

我呵呵笑道：「這雖然沒什麼隱秘的，但是他們自己不向外界說明，我們也不可私自洩露了他們的身分。但你是我的小妻子，自然不在列，」我深深的望了一眼藍薇不勝嬌羞的面頰，接著道：「大聖者沒有親傳弟子，他老人家是我義父，如果要算的話，就算我是他老人家的傳人好了。」

藍薇道：「二聖者和三聖者、四聖者的傳人又是誰？」

我道：「不要著急嘛，」接著我不疾不徐地道：「二聖者傳下『洗武堂』一支，可惜洪海不爭氣，不然他倒算得上二叔的傳人；三聖者的傳人嘛，你倒是見過的，說出來怕你不敢相信啊。」

藍薇狐疑道：「我見過他嗎？」垂首沉思良久，緩緩道：「要是藍薇見過此人，一定可以記起來的，只是在藍薇印象中，並沒有如此傑出的人物，就算是有一兩個，藍薇也很清楚他們的身分絕不可能是三聖者的傳人啊，快告訴我嘛，人家很想知道哩。」

很罕見藍薇也會撒嬌，我目不轉睛的望著她，大大的吞下差點流出來的口水。藍薇敵不過我的眼神，害羞的白了我一眼，垂下螓首。

我道：「你是見過他，不過你萬萬想不到他就是三聖者的傳人。你剛才見的人就是三聖者的傳人。」

藍薇大感意外的道：「你是說蕭傲雲！他竟然會是三聖者的弟子，他幾乎沒有什麼武道的根底，而且留戀花叢，如果不見他在商業方面建樹頗多，倒真的一如紈褲子弟。」

我哈哈大笑道：「要是讓他知道他心儀的佳人，會如此說他，不知他會有什麼表情啊。」

我接著道：「三聖者留下了『煉器坊』一脈，四聖者在后羿星留下了崑崙武道一脈，他有一個女兒，我已經見過，人很好，和四叔一樣是直腸子暴脾氣，和傲雲更是如水火般，他倆一見面就會吵個不停。」我想像著兩人見面的情景，不禁哈哈大笑出聲。

藍薇吃驚道：「原來崑崙武道是四聖者創下來的，難怪能在四大星球中聞名遐邇，獨樹一幟啊！」

我嘆道：「四大聖者都是十分傑出的英雄，否則何來屠龍之壯舉啊！」雖然最終父親在屠龍中喪生，這並不影響我對他們膽量的欽佩。只看我現在擁有的不完全的龍之力就可以推測出來，那完整的龍之力會是多麼令人震撼啊。

以藍薇一向如水不起漣漪般的鎮定，也禁不住吃驚地道：「難道他們真的去屠龍了？

傳說中，龍是擁有無限強大的力量，是最強大的生物，可是很久很久前就已經不存在了，幾位聖者們是如何找到牠的，又如何把牠給……」

我淡淡地道：「你所知道的只不過是傳說而已，傳說往往都不是準確的。四位長輩屠的龍是一隻即將進化完成的異種身具龍種的蛇，而據幾位聖者說，父親是爲了救他們而與龍同歸於盡了。」

藍薇追問道：「那條龍呢？」

我呵呵笑道：「就站在你面前啊。」

藍薇白了我一眼道：「人家是想真的知道最後發生的事情嘛。」

我油然道：「我也沒說謊啊，父親丟了生命的代價，就是搶走了龍的全身精華，也就是龍之精魄，後來，因爲龍的力量實在太大，結果幾位聖者合力將龍之精魄一分爲二，一半由父親的寵獸就是大黑吞了一半，另一半就被我給吞了。」

藍薇驚奇的看著我，道：「那你現在究竟算是人還是半人半龍呢？你會不會因爲擁有龍的不完全力量，而會向龍進化呢？」

我哈哈大笑，道：「嚴格來說，我也不知道，我算人還算是龍，抑或是狼！但總的來說，我還是一個人類。」

藍薇驚訝的望著我道：「天哥，你身體中究竟還隱藏了多少秘密啊？」

我感慨地道：「這些事情的發生，我都是沒得選擇，只有認命的份兒啊！」我簡略的把第四行星我第一次蛻化而吸收了狼的血肉的事給說了一次。

看著她快昏厥的神情，我忙道：「藍薇，不用擔心。如果我體內只有一股力量，那麼不用說，我肯定現在已經是個獸人了，而現在這幾股強絕的力量互相牽制，我反而可以安然的做我的人，當有一天我自身的修爲超過它們時，我就可以從容駕馭它們了。」

藍薇仍有些不相信的望著我。

看著她那質問般的眼神，我馬上發誓我說的都是真話。

藍薇撇嘴道：「以天哥的說法，這幾股力量都非是一般的強，你的修爲究竟要經過多少年才能修煉到可以駕馭它們哩？」

我乾笑兩聲道：「這個嘛，我也不太清楚，不過我會向這方面努力的。就算無法駕馭它們，只要一定程度使用這些力量，也不會受到反噬的，三種力量雖然都在不斷的進化，但是互相牽制，我可以放心的做我的人！」

藍薇嘆道：「要不是天哥活生生的站在我面前，我又怎會想到世上竟有這麼多離奇的事情，實在太不可思議了。只是天哥身爲兩大聖者的傳人，本身就是個奇蹟啊！」

我也嘆了口氣道：「是啊，四大聖者本身就是個奇蹟，雖然現在歸隱，卻仍留下可以制約毀壞世界勢力的力量，而我也算是應運而生吧！」心中回想著母親在世時，經常說的一句話：「孩子，你會成長爲一個偉大的人！」

二叔留下了洗武堂，三叔留下了煉器坊，四叔留下了崑崙武道，何況月師姐的母親是白家一脈，算來月師姐身兼兩大勢力呢。我算是大聖者留下的，義父常與我說國論民，勸我要懷有仁慈之心。三大力量支撐著這個世界的安定，四大聖者造福後人啊！

時至今日，我也算是不負幾位長輩所托，天下因爲四大聖者的歸隱而引起的騷動和混亂，在經過短暫的數年中，總算回歸了往日的安定。

而我和傲雲結盟，也是自然而然的事，爲了四大星球的安定和平與人民的安樂繁榮，這是一件勢在必行的事啊。

天下太平，我頓時感到一陣輕鬆，等我去地球與藍薇定下百年、千年的和好之約，我就可與佳人游山戲水，暢遊天下，賞盡天下美景。

遇到靈山秀水之地，可以出錢買下，在山中蓋上幾間竹齋，生一堆孩子，養一山的寵獸，哈哈，人生若此，不亦樂哉啊！

藍薇見我忽然停下站在那裏傻笑，輕輕推了我一把，嬌嗔道：「傻笑什麼呢，連走路都忘記了。」

我牽著她的小手道：「我在想，天下太平了，我也該關心一下自己的事情了，你說是不是？」

藍薇羞澀的一笑，輕輕的抽回小手道：「那你準備什麼時候去地球向爺爺說呢，還有我的父母，你都應該去拜訪啊。」說著藍薇向我回眸一笑道：「我們該去找笑姐她們了哩。」

我心中大呼，古人云：「一笑傾城，再笑傾國。」此言非虛啊，藍薇剛才不經意的回頭淡淡一笑，直令我的骨頭都酥軟起來，見她如水中蓮花在風中輕擺般搖曳生姿向前走著，我趕緊幾步趕上。

在一個溫暖如春的客廳中，我們見到了風笑兒和傲雲，傲雲正在侃侃而談，而風笑兒則輕托美腮聽得津津有味，見到我和藍薇走進來，起身招呼我們坐下，旁邊馬上有人送來熱呼呼的奶茶。

風笑兒向我微微笑道：「我這裏沒有酒精飲料，只有這種牛奶。」

我入座端起牛奶喝了一口，稱讚道：「味濃而純正，卻無腥味，很合我的胃口，笑姐皮膚這麼好，應是這種上等牛奶所致吧。」

風笑兒見我稱她笑姐，神情微微一愣，看了一眼藍薇，見她嬌羞的神情，立即明白發生了什麼事，淡淡地道：「什麼時候學會哄女孩子開心了，是不是我的藍妹子讓你開竅了？」

我瞥了一眼傲雲，笑而不答，心中卻道：「傲雲不愧是花叢老手，只一會兒工夫就把風笑兒哄得這麼開心。」

傲雲笑著開口道：「依天，這就是你的不對了，這種美事早就應該公開天下嘛，準備什麼時候結婚，我這個世兄一定幫你昭告天下！」

我哈哈笑道：「那你最好準備好你的禮物，天下大定，不日我就會和藍薇前往地球，估計不久就是我們的大喜之日了。」

傲雲也笑著道：「原來你早有準備了，要什麼禮物，儘管說吧，只要你開口，上天入地，也要找來給兄弟慶賀。」

我看了一眼藍薇，淡淡地道：「那我就不客氣了，你給我找一個天地鐘靈秀之地，給我買下一座山來。」

傲雲故作吃驚狀道：「你真是獅子大開口，一句話，就要了我一座山。不過沒問題，既然世兄開口了，我一定辦到，必在世兄大喜之日獻上。」

我道：「世兄剛才在和笑姐談什麼呢？惹得我們的大小姐這麼開心，聽得那麼專注。」

風笑兒眼中射出熱烈的神色道：「剛才傲雲兄在和我說著太陽海的種種，讓笑兒非常神往，真想有一日可以前去親身體驗傲雲兄所說的種種奇妙景色，一定很美的！」

「太陽海？」我納悶道。

傲雲用他那富有磁性的聲音道：「太陽海乃是在方舟星的一個大海，約占方舟星的四分之一，在太陽海中，不但具有種種讓人爲之驚嘆的美景，更有成千上萬的各類異獸，年幼時，我曾和父親暢遊了不到三分之一的太陽海，那種神奇的經驗，時至今日仍時時懷念！」

見他完全把太陽海形容成一個神秘得好似仙人的國度，我都有些心癢難耐了，我瞥了一眼也十分感興趣的藍薇，我道：「藍薇，你覺得我們把太陽海作爲我們的蜜月如何？」

藍薇感慨道：「好啊，這種神秘的地方確實令人嚮往。」

我道：「連三叔都要親身前往的地方，一定有它不凡之處，不如在我們完婚後，還是我們四人一同結伴前往太陽海。」

傲雲悄悄的向我伸了伸大拇指，誇我果然知道他的心思，傲雲適時的道：「太陽海號稱是太陽升起的地方，在太陽升起的一刹那，金紅色的淡光，將遠處的海邊渲染成一片晚霞，一些神奇的海獸此時會從海中躍起，在柔和的金光中，這裏彷佛是人間仙境，美得不可方物，非人間世俗的美可比，當然如笑兒和藍薇這般嬌嬈才可堪一較高下。我想在這種充滿靈氣的地方，笑兒或許會對音樂產生新的靈感哩。」

我早知道這傢伙打的什麼心思了，不過人多也確實熱鬧，一邊是我的兄弟，另一邊是藍薇的姐妹，成人之美實在是一件很不錯的事情。

風笑兒顯然也十分心動，只是仍有些猶豫不定，美眸閃動兩下，半晌始道：「好吧，也許這種美麗的地方我真的會在音樂方面有更大突破。」

風笑兒剛鬆口，傲雲緊張的神情也一下子放鬆下來，欣然笑道：「既然笑兒答應了，那咱們就定在世兄完婚的大好日子之後。所有此次行程所需的東西，都由我來準備了。」

我哈哈笑道：「不要光顧這個，送我的賀禮，你也不要忘了。」

第九章　百年安定風

幾天後，傲雲派出去的那幾個人回來了，同時給我帶來了一顆人頭。這顆人頭是洪曆的，顯然這顆人頭經過處理，乾淨沒有一絲血跡。

我望著他那死不瞑目的雙眼，心中彷彿掛了個鉛塊般沉重。我只能用「天作孽猶可爲，人作孽不可活來」這句話來安慰自己。我輕輕將他死都睜得大大的雙眼給合上，就算是不看二叔的面子不看洪海的面子，我也要顧及他曾經和我出生入死，並肩剷除飛船聯盟。

我嘆了一口氣，將人頭還給傲雲，淡淡地道：「世兄，念在他也曾經服侍過二叔他老人家，就把他葬了吧。」

傲雲看也懶得看一眼的就把人頭拋給黑衣人，訓斥道：「人殺了就算了，誰讓你們把人頭帶回來髒了我們的眼睛，照依天的話去做，拿出去葬了吧，葬得遠點，我不想再看到這個叛徒！」

黑衣人順從的躬身退去，傲雲給我倒了杯紅酒，向我嘆道：「我現在知道，爲什麼二師伯會把『洗武堂』傳給你了。」

我心中正想著落得悲慘下場的洪海和洪曆，聞言茫然道：「爲什麼？」

「爲什麼？」傲雲輕品了口酒，悠然道：「理由再簡單不過了，你和二師伯的性格最相近，太善良了！善良到別人給你個耳光，你甚至會把另一邊臉遞給他，讓他再打你一個耳光。」

我搞不清楚他話中什麼意思，道：「我不明白。」

傲雲笑了笑道：「不可否認，你很聰明，且修爲很高，但是你有一個致命的缺點就是過於善良了，說得難聽點就是太蠢了，不要信任佛祖那套，什麼『我不下地獄誰下地獄』，這都是屁話！」

我嘆道：「我只是憐惜他們師徒倆被利慾薰心，服侍了二叔大半輩子，至落得今天這麼慘的下場，心中有些悲涼之感。」

傲雲哈哈大笑，連眼淚也笑了下來，前仰後合的笑了半天，才漸漸停下來，伸手抹了抹眼角的淚水，嗤笑道：「你把二師伯當作什麼人，笨蛋嗎？告訴你，二師伯是幾位長輩中最具智慧的一人，甚至連大師伯都不如二師伯。而爲什麼在修爲上二師伯超不過大師伯，就因爲他太善良，憂心的事太多，沒有餘力顧及武道，而大師伯性情淡泊，不把事情放在眼中，顧而修爲在四人中是最高的一個！」

我道：「二叔確實非常具有智慧。」

傲雲又道：「你覺得，以二師伯的智慧，會不知道洪海的小把戲，他那點小動作在二師伯眼中根本無所遁形，可是爲什麼他一直沒有揭穿洪海自作聰明的小把戲？」

我道：「那一定是顧及多年陪伴的情分吧。」

傲雲微一點頭道：「你說得沒錯，洪海這種人之所以可以活到今天，全是因爲二師伯念及幾十年生死陪伴的情分，可是洪海瞞著他老人家的所作所爲，不但是與他老人家爲敵，更有甚者，他的行爲嚴重危害到普通公民的安全，這與二師伯一向慈悲爲懷的意識相違背，一邊是無數的人民，一邊陪伴他多年的僕人，你覺得二師伯會怎麼做？」

我驚道：「你是說，這是二叔老人家……」

「沒錯！」傲雲接道：「我幾乎可以肯定，這是二師伯故意留下讓你處理的，兩相比較，自然無數人的性命要強過洪海一個人的性命，而他顧念情分又不忍下手。」

「所以就由我來代手？」我喃喃地道：「這一切都是二叔布好的局，我與洪海素無瓜葛，又有善良的心，查出洪海的罪行，自然會毫不手軟的將他給解決掉。可是卻死了這麼多人！」

「啪啪！」傲雲拍手道：「你總算學會思考了，說得沒錯，確實死了很多人，就拿飛船聯盟來說，從黑道一個默默無聞的小組織，發展到可以和一個政府相抗衡，這中間得有多少人的血肉給他們墊底啊，如果當初二師伯不存婦人之仁，直接殺了洪海，將罪惡扼殺于萌芽，你覺得現在還會出現這些事嗎？」

我嘆了口氣道：「善良是要不得的了？」

傲雲淡淡地道：「善良自然是要的，不過那得看對誰了。像洪海這種人危害政府危害人民，而且還妄想弑主，殺了他就像殺了一條咬主人的狗，一點都不會憐惜，這樣的人已經喪失人性了，殺了他一人，卻有利於天下眾生！」

我強打精神道：「不要再說教了，以後再遇到這種事，我會仔細權衡的了，死了的就讓他隨往事而去吧，畢竟天下又恢復太平了。」

傲雲哈哈笑道：「這兩天，你向我說教說得少嗎？就拿昨天來說吧，你教育我看到女人要溫文爾雅不可色迷迷的，你整整教訓了我五個小時，我天天都是這副模樣，也沒看到哪個女人不高興，反而個個被我迷得暈頭轉向，投懷送抱！今天好不容易逮到機會，讓我教育教育你，你就一副不耐煩的樣子，這下你該知道我平時被你教育得多辛苦了吧，要不是看你是我世兄，修爲又比我高，我早就……」

相處了這麼多天，我也漸漸摸到他的脾性，有時也和他開開玩笑，我瞪他一眼道：

「你早就怎麼樣？」

他乾笑一聲，向我攤手道：「我能怎樣，說也說不過你，打也打不過你，錢也不比你多，正在追的一個心儀女孩還是藍薇的姐妹，我還能如何，只能被你吃得死死的。」

我倆正在嬉笑著，忽然兩扇木門一聲巨響，接著一個人被拋飛進來，見他快要重重的跌在地上，我忙一個箭步躥至他背後，將他扶住。

接著就是一個讓我十分熟悉且潑辣的聲音，「傲雲那個小混球也不敢擋我，你竟然敢攔我，姑奶奶不給你一點顏色看看，還以爲姑奶奶是吃素的呢！」

我望向傲雲，他也正望向去，苦笑一聲，長身站起，向門處走去，邊走邊道：「你姑奶奶是吃素的，哪還有人會是吃葷的呀，看在我的面子上，就饒了我的手下吧。」

「還你，可要接好了！」又是一個人被拋飛進來，直向傲雲撞去，傲雲不慌不忙的念了幾句魔法中的咒語，一陣風忽然出現穩穩的把那個下人給接住了。雖然毫髮無傷，但是起身來時，已是臉色煞白，看來是被來人嚇得夠嗆。

我苦笑搖搖頭，看來傲雲說得真的沒錯，月師姐和他真像是冤家對頭一樣，見面就打，我該出面了，不然月師姐還會鬧下去的。

我遙遙的道：「月師姐怎會來這裏，莫非是怕小弟跑了不成，放心，你煉劍的事，小弟不敢有一天忘懷的。」

月師姐聽到我說話，果然停止了動手，只聽到外面又幾聲重物落在地上的聲音，接著傳來幾聲哀叫聲。月師姐大刺刺的出現在門口。

見到傲雲，月師姐沒好氣的瞪了他一眼道：「最近又壞了多少女孩家的名節，和多少有夫之婦搞過？」

傲雲苦笑不已，舉雙手投降道：「天地公理啊，我蕭傲雲都是清清白白做人，不信你問依天，他可以作證啊，我可是老實人啊。」

月師姐視線向後望來，與我目光相遇，欣然道：「小師弟，你可千萬不可跟這個小混球學壞了，不然師姐我一樣不會放過你。」

傲雲跟在她身後向我走過來，聞言喊冤道：「我能把他帶壞嗎？我看是他把我帶好吧！他一天到晚向我說教，簡直比二師伯還囉嗦。」

我道：「月師姐，你怎麼知道我在傲雲這兒？」

月師姐道：「『洗武堂』新任繼承人出現在夢幻星的消息，早就傳得沸沸揚揚了，還有幾個人不知道你在這？」

我納悶道：「可是我一向都不喜張揚，應該很少人知道我就是『洗武堂』的繼承人，怎麼會搞得現在全天下人都知道我是誰？」

月師姐道：「如果你單獨一個人出現在夢幻，自然沒什麼稀奇的，關鍵是，偏你和他待在一起，想不讓人知道都難。」
月師姐指著傲雲，我望了傲雲，道：「這有什麼關聯？」
月師姐哂道：「關聯可大了，這個小混球可是四大星球的風雲人物，繼承了『煉器坊』後，大刀闊斧的進行改革，不到一年吞併了兩家在夢幻星頗具規模的兵器生產廠，現在生意做得更大！兩大產業的龍頭聚在一起，你說會不引起別人的注意嗎？」
我呵呵笑道：「原來如此啊！」
月師姐不滿意地道：「什麼原來如此，我就是聽到消息，生怕這個小混球對你有什麼不利，才馬上趕了過來。」
傲雲聞言，乾笑兩聲道：「我會對世兄有什麼不利？不要忘記，我們可都是一家人。」
月師姐白他一眼道：「就你那德行，誰和你是一家人哩，小師弟和我才是一家人，如果你要是改了那貪花好色的毛病，我會考慮讓你重返這個大家庭的。」
看樣子傲雲對月師姐是一點辦法也沒有，他保證道：「我發誓以後一定會從一而終，再也不會貪花好色！」
看他哭笑不得的模樣，我還真是有些可憐他了。
月師姐一點也不客氣的坐了下來，一大口將傲雲給我倒的甜酒喝乾，道：「小混球，你的手下太弱了，三師伯怎麼能夠放心你的安全。」

傲雲揮揮手讓兩個無所適從的被月師姐打進來的人出去，坐在月師姐身邊嘆道：「我的姑奶奶，下一次再出現能不能不要再這麼驚天動地的。小弟心理承受能力有限，受不了這麼大的刺激。」

月師姐瞥了他一眼，道：「死了正好，省得壞那些一看到小白臉就受不了的笨女人的貞節，倒酒。」

傲雲的臉色有些不大自然，嘴角抽搐兩下，想要發作，但最終還是忍下來了，俯身給月師姐斟滿。

我心中偷笑不已，傲雲這傢伙這麼好的脾氣，看來是縱橫花叢時練出來的，否則也不至於在月師姐面前這麼忍氣吞聲。我在另一邊坐下，饒有趣味的道：「傲雲，你怎麼這麼怕月師姐？」

傲雲望了我一眼，又看了看月師姐，良久始感慨地道：「人真的不能欠別人的債，有些債一輩子也還不清的，唉，真是倒楣啊！」

被他這麼一說，我更有興趣想知道究竟發生了什麼事了，看樣子好像是傲雲以前欠了月師姐什麼人情債。我望向月師姐。

月師姐得意的望了一眼傲雲，始緩緩地對我道：「其實也沒什麼，就是在很久前，他還很小的時候，三師伯帶他這個小混球來到后羿星，父親讓我帶著小混球在崑崙武道中走走，誰知道在一片湖泊上，他看到一個面相清秀的小女孩兒，小混球頓時起了色心，要去勾搭人家，結果不知怎麼就被小女孩兒給推到湖中，又恰好他不會游泳，要不是我把他給救上來，這個小色狼早就歸西了。早知道他是個色胚，我就讓他死了算了！」

傲雲望著我苦笑道：「就因爲那時候我不小心失足，從此一直被這個惡婆娘欺壓，抬不起頭來，唉，人情債啊！」

我哈哈大笑道：「還有這麼好玩的事，要是那時候小弟我也在場的話，就不用勞月師姐大駕了，小弟可是在河邊長大的，水性好那是不用說了，最好的就是救人不求報答。」

月師姐淡淡地道：「師姐我通常呢，也是救人不求報答，可是對這頭發情的小色狼，長大後變成大色狼的傢伙來說，報答是一定不能少的。啊，對了，你給我的清單上的那些材質，我都沒找全，這次正好，小混球，你負責給我準備材料，小師弟，你準備給我打造。」

傲雲道：「哪些材質？」

我把告訴月師姐的那些鍛煉所需要的材質給傲雲又說了一次，傲雲道：「這些材質，以前老頭子沒歸隱之前也是經常用到的，我這很全，但是不在本城，得從其他幾個城調過來，恐怕需要兩三天的時間。」

月師姐道：「不急，我還得待幾天呢。」

傲雲一聽她還要待幾天，哭喪著臉哼了幾聲。

月師姐白了他一眼道：「你以爲我想在你的狼窩裏待嗎？要不是小師弟在這，我早就走了，我一聞到空氣中這些濃重的脂粉味，就覺得噁心，我待在這完全是看在小師弟的面子上。小師弟，咱們出去住，不要待在他的狼窩，我們白家在這也有不少產業，難道我會連個落腳的地方都沒有嗎？」

傲雲一聽他要把我帶走，馬上道：「好了，我的姑奶奶，我怕了你了，你愛在我這住多久就住多久，小弟我一定熱忱的歡迎你！」這幾天，傲雲一是要和我談結盟的各方面事宜，另一方面還要和我談出遊的事。

商量在我和藍薇完婚後，我們一行四人去方舟星的太陽海旅行的事，當然話題總是圍繞著風笑兒進行的，計畫好後，他就可以讓我在旅行中配合他，成全他和風笑兒。

可現在月師姐要把我拉走，那不是一切都泡湯了嗎？

月師姐聽了傲雲的請求，表現出不是十分滿意的神情，但還是點頭道：「也好，這樣小師弟煉劍也方便些，我就勉強住下來吧。」

我呵呵笑道：「既然大家都談妥了，就都不要繃著臉了，來爲我們三人能夠聚在一塊，乾一杯。正所謂父往子交，四位長輩要是知道我們幾人能歡聚一堂，一定非常開心的。」

傲雲嘀咕道：「什麼歡聚一堂，恐怕只有她一個人開心。」

月師姐瞪了他一眼，嚇的傲雲趕緊將杯中酒喝乾，裝作沒看到的樣子和我打了個哈哈。

月師姐問我道：「小師弟，你不是在地球的嗎？怎麼會來到夢幻星呢？地球的事解決了嗎？看你這麼輕鬆的樣子，想必是解決了。」

我嘆了口氣道：「月師姐，我看起來像很輕鬆的樣子嗎？我其實一點都不輕鬆。」在月師姐詫異的追問下，我把地球之事又復述了一次。

月師姐驚訝道：「沒想到洪海看起來那麼和善的人，竟然會做出這種事，知面不知心啊，小師弟你不會弄錯了吧？」

我嘆了口氣道：「我怎麼會弄錯，最後和他一戰都不知道多辛苦，要不是小弟有龍丹保護，差點就被他給殺了，而且就算我死了，他都要把我的身體給吞下去，來增長他那隻怪獸的威力，你總不希望小弟被他給幹掉吧。」

月師姐臉紅了一下，訥訥道：「我們是一家人，師姐怎麼也不會希望你輸的，只是師姐有點驚訝，爲什麼二師伯那麼聰明的人，會沒有覺察到洪海的狼子野心呢？」

傲雲在一邊哼道：「女人就是頭髮長見識短，洪海那種僞善之人，就你這種小女人才會被騙。二師伯不收拾他，是爲了給依天一個歷練的機會，好讓他能夠快速成長，塡補四大聖者歸隱之後的空缺。」

月師姐沒好氣的白他一眼道：「要你多嘴！」

我接著道：「所以我解決了這件事後，就來到夢幻星，一是完成自己答應三叔的條件，來看看他老人家，雖然他歸隱了，還有世兄在啊，另一個就是去見藍薇。」

月師姐喜道：「弟妹也在啊，當初在后羿星的時候，因爲一些事錯過了，沒有見到，這次師姐不能再錯過了。俗話說，長嫂爲母，我雖不是你嫂子，但是你師姐啊，長輩們統統歸隱，只剩下我們幾個小的，我也算得是你長輩了，完婚那天，我和傲雲都要作爲家人出席的。」

我感動地道：「既然師姐願意充當小弟的家人，那就再好不過了。」

傲雲淡淡的對月師姐道：「月姐，參加婚禮可是要有禮物的，不知道你準備送給依天什麼禮物？」

月師姐想也沒想的道：「你送什麼我就送什麼。」

傲雲哈哈笑道：「口氣還不小，我送給依天的可是一座山，你準備送什麼？莫非你要買下一片湖送給依天。」

月師姐哼了聲道：「你既然送一座山，那我就將山腳下的四周百畝之地買下來，送給小師弟作爲賀禮。」

我忙道：「月師姐，有一座山我就足夠了，小弟孤身一人，有您願意充當我的家人，我已經非常感激了，那個……」

月師姐斷然道：「師姐送給你的禮物一定要收下，不然那個小混球又要在一邊囉嗦了，再說，這百畝地的錢，師姐還出得起。」

我起身道：「那小弟我就卻之不恭了。」

月師姐也站起來道：「小師弟，帶我去看看未來的弟妹吧，這位弟妹的大名，我可是早就有耳聞了，據說人比花嬌，卻冷冰冰的像座冰山，修爲十分高強，是李家年輕一代的佼佼者。」

我道：「既然月師姐想看看藍薇，那咱們就一塊去吧，她和星際著名的大明星風笑兒住在一塊。」

說著話，傲雲也起身安排了氣墊飛車，我們三人坐上車，一會兒工夫就來到了風笑兒的住處。

開門的幾個小丫頭，笑嘻嘻的打開門讓我們進去，自從那天和她們打了一場雪仗後，她們已經和我們混得很熟了，尤其是傲雲，略施展手段，這群小丫頭就全被他給迷住了。

再往裏走，剛好看到肥豬王匆匆向我們走來，見到我們，笑著道：「我家小姐和藍薇姑娘正在花園賞雪景呢，知道你們也差不多該到了，就讓我來引你們過去。」

前幾天，我和傲雲都是這個時間來到這裏，所以她們猜到我和傲雲差不多是這個時候到。

我道：「朱伯伯，你太客氣了，我們認識路，就不用您帶路了，您有事先忙著吧，我們自己過去就可以了。」

肥豬王不留痕跡的望了月師姐一眼，笑著向我道：「小姐吩咐的，當然要完成，跟我來吧，小姐她們正等著呢。」

以肥豬王的犀利目光，一定能看出月師姐的真實身分。

我們跟在肥豬王的身後向花園走去，來的時候，我已經給月師姐介紹了風笑兒的身分，以及她和藍薇的關係，連帶把肥豬王的真實身分也說了，並讓她和傲雲保密。見識過月師姐大大咧咧的態度，還真怕她一不小心把關係給搞僵了，而且肥豬王五大強者之一的身分，月師姐怎麼也得尊敬一下。

我們三人來到花園處，我遠遠看到藍薇和風笑兒都穿著白色貂皮大衣，如果不是因爲她們的髮色，還真以爲她們兩人和雪色融在一塊了。

藍薇是黑色的頭髮，與白雪形成鮮明對比，而風笑兒的紅色長髮也是異常顯眼，兩人聽到腳步聲回頭向我們望來。兩張絕世容顏亦笑亦嗔的出現在我們的視線中，以我的鎮定之心也爲之神奪，失守了那片清明。我甚至隱約聽到傲雲低聲驚呼道：「我死了！真是讓人眼花頭暈。」

我將兩人引見給月師姐，月師姐笑著道：「兩位妹妹真是漂亮。難怪能把這兩個小子迷得暈頭轉向。」

藍薇非常熱情的把月師姐拉了過去，這麼熱情的主動對人，對藍薇來說可是開天闢地第一次啊，可見她愛我之深。

風笑兒在交際方面可是非常熟絡了，她能紅遍四大星球，交際手腕是不可缺少的，不大會兒，三個女孩兒就已經非常熟悉的開始談笑風生了，不時笑著向我們這邊瞟上一眼，讓我和傲雲都是心癢難耐。

肥豬王陪著我們聊了幾句，我向他請教了些武道上的問題。傲雲對此一竅不通，心不在焉的聽著我們的談話，目光卻一直停在另一邊的女孩子們身上。

再聊了幾句，肥豬王便以辦事爲由離開了，園子中只剩下我們五人。以我現在的修爲，恐怕比起五強者也相差不多了。

等我過了第四曲的第一劫，我的功法應該就與肥豬王相若了，過了第四曲，進入第五曲的境界，我才算是真正躋身高手之列。

這句話是四位長輩們說的，他們口中的高手，恐怕四大星球加在一起都不會超過二十人。

肥豬王一走，傲雲就心癢癢的招呼我一聲，先一步向三女走去，我微微一笑，跟在他身後走過去。傲雲剛走過去，正要說話。月師姐劈頭就質問：「好啊，兩個臭小子，有這麼好的事情都不跟我說，是不是皮癢癢了，說好了我也要去的。」

我和傲雲被她問得茫然不知何事，藍薇看我呆若木雞的傻樣，向我笑道：「月師姐是在說我們幾天前商量好要去太陽海旅行的事。」

「哦！」我恍然大悟，「月師姐，你不是才剛到嗎？我和傲雲一時沒想到這件事，所以沒說，你要來的話，我們可是求之不得，人多熱鬧，要不要把姐夫一塊帶來，這種旅行很難得的哦。」

傲雲見我一口答應下來，恨恨的瞪了我一眼，壓低聲音道：「你想把我害死啊，月丫頭和我們一塊，你讓我還怎麼活啊，最怕她會壞了我的好事，我和風笑兒要是完了，你就完蛋了！」

我呵呵笑道：「放心，把姐夫也一塊帶上，她還哪有時間來管你啊。」

傲雲眼珠一轉，嘿嘿笑道：「沒錯，那個，姐夫是誰啊？」

我低聲道：「沙祖世家你總知道吧，沙祖世家的大公子沙祖樂就是。」

傲雲眉開眼笑的湊在我耳邊正要說話，月師姐忽然瞪著我倆道：「你兩個小子賊頭賊腦的在嘀咕什麼呢？」

傲雲手中有了王牌，乾咳了一聲，道：「我正在和依天商量，什麼時候去通知沙祖樂姐夫呢，放心，月姐，這次旅行的所有必備東西，都由小弟來準備，保證給你們一個難忘的旅途。」

月師姐見傲雲忽然提到沙祖樂，臉上難得的升起一片紅暈，隨即又秀眸怒睜望著傲雲道：「要你管，再敢亂喊姐夫，小心我敲你的腦袋。」

我和傲雲對視嘿嘿一笑，這恐怕就是天不怕地不管的月師姐的死穴吧，我們五人在亭子中圍坐一圈，風笑兒望著月師姐道：「月姐，今天就讓小妹做東，在小妹我這用午飯吧。」

說著已吩咐下人去準備午餐，我笑道：「現在就說午餐，是不是太早了點啊？」

月師姐笑吟吟的道：「你們兩個小子早上吃得好喝得好，還有美酒可喝，就沒問問我這個姐姐用了餐沒，沒良心的小子。」

藍薇微微皺眉道：「要注意身體健康，尤其我們修武之人，身體狀況直接影響修爲的進步，下次要多注意。」

我微微笑著，向她傳音道：「老婆，你還沒過門，就已經開始管我嘍，不過老婆放心，我一定會照看好自己的身體。傲雲給我喝的只是各種果子製成的天酒，很少酒精的。」

藍薇臉色稍霽，白了我一眼，加入了月師姐她們的話題。我嘿嘿一笑，拿起牛奶喝了一大口，端詳著藍薇俏麗的面孔，回憶著我們的愛情，漸漸的彷彿癡了般，一直回憶到當年我甫從小村子出來的情況。

初見藍薇時，驚爲天人，卻自慚形穢，不敢妄想，更不敢有癡念。我與她愛情的產生就在清兒那個小丫頭請我爲她報仇的那次吧，那場戰鬥，藍薇被我失手打傷，而愛情的火花也就在那刹那出現。

「嘿，想什麼呢，口水都……啊……！」

一聲慘叫傳入耳中，我馬上回過神來，轉頭看去，傲雲正躺在廳子外的雪地中一手捂著自己的屁股，另一手撐著地，齜牙咧嘴的努力爬起身。

月師姐笑嘻嘻的望著我道：「小師弟，我就知道你不會和那個小混球同流合污的，不過他只是拍了你一下，你就把他震摔出去，也有點狠了吧。嗯，你的修爲非常高了，已經達到氣隨意動的境界了。」

月師姐一通話讓我明白過來，定是我想得出神，傲雲走過來拍我肩膀想把我喚醒，結果我一驚，內息隨即隨著心念而動，把他給震飛出去了。也就是他，修爲太差，換一個強一些的，比如是月師姐，肯定不會被震飛出去，我發出的彈力並不是很大。

我呵呵一笑，走過去將他扶起來，道：「對不起，剛才我想事情想得出神，沒有留心，你沒傷到吧。」

傲雲瞪了我一眼，道：「還好我從老頭子那學過四兩撥千斤的功法，不然今天非被你震到吐血不可。」說著話，神情忿忿，卻認了命似的坐了回去，我的無心之失，他能將我怎麼樣呢。

月師姐湊過來問我道：「剛才你在想什麼呢，怎麼小混球一拍你，你頓時臉色大變，好像是作小偷被人抓住一樣。」

「唔，」我支吾了半天，我偷偷瞥了一眼藍薇，冰雪聰明的藍薇馬上知道我在想什麼，俏臉一紅，羞臊的把視線移開，假裝什麼也沒看到的惹人心動的樣子，我道：「沒什麼，我剛在腦海中模仿煉劍的步驟。」

月師姐道：「是給我煉的那柄嗎?真是好孩子，不愧是讓師姐我心疼的小師弟。」搪塞了過去，我也嚇出一身冷汗，原來說謊話是這麼困難的一件事，如果月師姐再多看我兩眼，差點我就招了。

我偷偷抹了把額角的冷汗，剛一抬頭，就碰到風笑兒的目光，在她似笑非笑的目光中，我知道她已經看破了我的假話，我勉強一笑，將視線轉到另一邊，卻看到傲雲在向我嘿嘿笑著。

我咽了口唾液，心中曉得這等假話，也只能瞞住如月師姐這種心性淳厚之人，我望了望月師姐笑眯眯的笑容，怎麼有些覺得，月師姐是故意裝作什麼都不知道的樣兒。

轉念一想，我不過是想自己的妻子而已，有什麼好隱瞞的，我又不是作賊，可是一抬頭見到傲雲那曖昧的眼神，到嘴邊的口水又生生咽了回去，唉，我在心中嘆了口氣，算了就這樣吧，讓他們去笑吧，等我和藍薇完了婚，看你們還笑。

月師姐漫不經心的問傲雲道：「小師弟要的那些煉劍材料，你都準備好了嗎？」

傲雲隨口道：「隨時都可以拿來，這些材料，倉庫裏還有很多老頭子用剩下的，打十柄劍的分量都夠了。」

剛一說完，他馬上意識到自己說錯話了，緩緩轉過頭來，剛好看到月師姐正望著他冷笑呢，沒等月師姐開口，傲雲馬上認罪似的，乾笑兩聲道：「月姐，你放心，你要的那柄劍的材料包在小弟身上了，馬上就命人送來。」

說完，他馬上露出手腕上的精密通訊器，道：「叫人去二號倉庫把老主人留下的煆劍材料給我送來一份，馬上就送來。」

「是，主人，十分鐘內送到。」通訊設備那邊一個蒼老的聲音答道。

傲雲收了通訊器，不甘的向月師姐道：「滿意了吧。」

月師姐淡淡的瞥了他一眼，道：「早上我好像聽到有人跟我說，得要好幾天還要從別的城市調過來。」

我嘿嘿笑道：「時間過得真快，咱們用餐去吧，我還真有點餓了哩，吃完飯，我給大家表演一下真正的大師鍛造術。」

藍薇笑著白我一眼道：「不要說大話，萬一要煉不成，會很丟臉的。」

我拍胸脯道：「誰何曾看過我說大話呢，保證煉出的劍一定讓所有人都滿意，但是大家要給我一個保證，不然我不能在大家面前施展鍛造術。」

藍薇納悶道：「什麼條件？」

我嘴角露出一絲微笑道：「萬不可因爲發現我的鍛造術很棒，就要求我幫你們再製造，鍛造術是很費體力的，要是每人都鍛造一柄，我恐怕自己都得脫力了。」

風笑兒和藍薇兩雙四對秀麗之極的美眸沒好氣的白了我一眼，頓時令我心臟「怦怦」狂跳了幾下，美女的威力真是無人可比。

風笑兒輕身而起，領著我們向用餐的地方走去，傲雲幾步趕上來，走近我身邊，低聲威脅我道：「別以爲我沒看到，你小子太不仗義了，還想兩個通吃嗎！」

我和傲雲故意落後幾步，我低聲道：「是她看我，又不是我看她。」接著又學他的語調道：「放心了，我對風笑兒一點感覺也沒有，要是我想和她怎麼樣，早在后羿的時候就做了，還會等到藍薇在身邊的時候嗎？再說了，風笑兒在我心中，早就被我認爲是世兄的人了。俗話說，朋友妻不可欺，何況我們的關係哩。」

傲雲拍了拍我，滿意的道：「但是等一會兒用餐後，你鍛造時不可表現得太好，明白嗎？你越是表現得好，越是給我增加困難，你不是想兄弟我天天活在愛情的折磨中吧！」

我故作疑惑的望著他，道：「你感覺很痛苦嗎？可是我每天都看到你和家中的那幾個小貞什麼的女孩兒玩得很開心啊。」

他一把捂住我的嘴巴，低聲緊張的望著前面幾人，在我耳邊道：「行了，我服了你了，千萬不可把這件事告訴笑兒，就連藍薇也不能說，更不能告訴月丫頭。」

我輕瞥了他一眼，安慰他道：「放心吧，一世人兩兄弟，我怎麼都站在你這邊的，我可是很希望你能夠和風笑兒百年好合的。」

傲雲呵呵笑道：「那就要麻煩世兄讓藍薇經常在笑兒耳邊吹吹風啊。說說兄弟的好話。」

我呵呵笑道：「沒問題，大家兄弟，這點小要求沒問題，不過我想知道你對風笑兒是不是真心的，要知道，藍薇和風笑兒的關係非常好，而且別怪我沒告訴你，剛才引我們進來的那個胖胖的中年人，事實上他的真實身分是五強者之一。五強者究竟有多強，不用我告訴你了吧，你要是辜負了風笑兒，即便有三叔訓練的那幾個人保護著你，恐怕你也很難逃過他的暗殺，你不想每天活在恐懼中吧。」

傲雲臉色發白的望著我，說不出話來。半晌道：「風笑兒確實讓我有一種戀愛的感覺，這種感覺只在我初戀時才有，但是會不會和她生活一輩子，我還拿不準，看來，我得好好想想啊。我可不想被人給暗殺了，神秘的五強者可不是鬧著玩的。父親曾經跟我提過五強者，這些傢伙實力不可小覷。我得仔細想想。」

我淡淡的道：「我也希望你可以在風笑兒的事情上慎重考慮考慮，她可不是一般的美人那麼簡單。畢竟她的牽扯很大，否則我們作兄弟也會有問題啊！」

傲雲嘆了口氣，正容道：「我知道了，容我仔細想想，雖然她給我的感覺很特殊，但是讓我一下就放棄自己的浪子生涯，很難做選擇啊！」

我道：「聽到你說這句話，我就放心了，風笑兒確實是個不錯的女孩，除了有些較大些的脾氣，倒沒什麼缺點，你應該把握住。」

莫名其妙的勸了他幾句，我們兩人即跟了上去。我心道，自己的事還未完全搞好，哪有閒工夫管別人的事啊！

正走著，忽然月師姐故意落後走到我倆身邊，神色古怪的望了我倆一眼，我納悶道：「月師姐有什麼事嗎？剛才傲雲不是已經答應師姐了嗎，煉劍的材料馬上就可以送來了。」

月師姐氣呼呼的白了我一眼，道：「你倆結盟的事怎麼沒告訴我，嫌師姐是個累贅嗎？要不是藍薇告訴我，差點被你們給騙過了。」

我恍然道：「月師姐是說結盟的事兒，我倒是忘了和您說了，我怎麼會瞞您呢，我們可都是一家人啊。再說結盟的事兒，我和傲雲也只是初步的想法，一些具體的事還都需要進一步商議。」

月師姐道：「我身為四大聖者的後人，這種事情怎麼可以少了我呢。我們白家的勢力也非普通，還有父親的崑崙武道，加在一起雖然比不上你二師伯與三師伯的『洗武堂』、『煉器坊』，但是實力也相差不了多少，總能為天下的太平貢獻些力量吧。」

傲雲見月師姐這麼努力的想加入我和他的結盟，眼睛頓時亮了起來，道：「月姐，我與依天結盟，互相送給對方自己十分之一的股份，而且經營權都交給我的喲，你要是結盟可要想好了，我們三方結盟，到時候我使用盟主的權力，你得全力配合我的。」

月師姐瞪了他一眼對我道：「小師弟，你怎麼放心把經營權交給這個傢伙，那『洗武堂』的女性職員不是要遭殃了！」

我苦笑道：「月師姐，我想傲雲不會像你說的那樣吧，何況他在經濟方面很有頭腦，而我對這個一竅不通，最好的方法就是交給傲雲打理，也省得我為此事煩惱。」

傲雲邪笑道：「嘿嘿，還是依天瞭解我，有句話不是這麼說的嗎，『兔子不吃窩邊草』，我怎麼會對自己的員工下手呢，當然她要是自己對我產生好感，我是不會輕易放過的。嘿嘿，以後崑崙武道所需要的一切道具和兵器全部由我『煉器坊』訂購，聽說白家擁有十幾個礦山，這些地方由我『煉器坊』來開採會比較好一些……」

我和月師姐目瞪口呆的望著傲雲沉浸在興奮的幻想中，看來我還真的要好好深思一下，究竟要不要把經營權交給這個傢伙，看著他傻笑的臉孔，我忽然有些爲二叔的「洗武堂」擔心了。

我搖了搖頭，嘆口氣和月師姐向前走去。留下傲雲一個人站在那兒傻笑。

在風笑兒的指揮下，一碟碟精美的食物流水般陸續端上餐桌。

望著幾米長的餐桌，我對風笑兒道：「我們幾個人能吃完這麼多東西嗎？」

風笑兒道：「誰告訴你，只有我們幾個人的，姐妹們大家都就位吧。」

風笑兒說完，就看到那天和我們打雪球的那群小姑娘一個個笑嘻嘻的坐到剩下的位置上。藍薇告訴我，這群人其實都是因爲種種原因喪失了家庭，無父無母的孤兒。被風笑兒收養了，然後供她們讀書，教會她們唱歌與舞藝，使她們在以後有能力自己養活自己。

女人一多，客廳中頓時如麻雀窩般，嘰嘰喳喳的響起來，我正深情望著坐在我正對面的藍薇時，忽然傲雲靠近耳邊蓄意壓低聲音，語態認真的道：「依天，看來我別無選擇，一定要娶了風笑兒了。」

我見他終於想開了，微笑著拍著他肩膀道：「是該浪子回頭的日子了，希望你以後會好好的待她。」

傲雲忽然洩了氣道：「不是我不想過浪子的日子，而是我逼不得已，只能這麼做。」

我皺眉道：「你話中的意思究竟是什麼，我怎麼有些不明白。」

傲雲嘆氣道：「你想想看，月姐既然知道我倆結盟的事，那麼很有可能風笑兒也知道了此事。」

我道：「那又有什麼關係，知道就知道了，咱們倆結盟難道有什麼見不得人的事嗎？」

傲雲正在痛苦的嘆氣，聞言道：「正是，我倆結盟正是一件見不得光的事，現在加上月姐，就更見不得光了！你想啊，我們三人的所有力量加在一起，四大星球還有誰能抗衡？恐怕就是顛覆政府也不是什麼難事。」

我點點頭道：「我明白了，你是說我們的實力加在一起實在太大了，很容易引起其他人的猜忌，一般的財團、世家還好說，如果政府也對我們有了其他的想法，大概會發生與我們意願相反的事。」

傲雲顯出孺子可教的神情，道：「你終於明白了，事情就是這樣。看來爲了我們大家，我不得不犧牲我自己，來成全大家了！」

見他一副視死如歸的樣子，我笑罵道：「你以爲我們成全你和風笑兒是你吃虧了嗎？你不知道多幸運！」

「唉，」傲雲嘆道：「風笑兒當然是不錯的，只是一想到萬一我想出去換換口味，背後有一個五強者之一的人虎視眈眈的盯著，我就有點不甘心啊！」

我瞥了一眼站在風笑兒身邊的肥豬王，肥豬王正慈愛的望著她，目光中儼然是慈父的模樣，我嘆道：「看來你真的要改邪歸正了，萬一你真有對不起風笑兒的地方，我怕誰也救不了你啊。」

傲雲望著肥豬王，頗有同感的點了點頭，半晌忽然猛下決心似的道：「我豁出去了。」

我欣然的望著他一副浪子回頭的樣子，然而他後半句話卻令我失笑不已。

「今日有酒今日醉，明日愁來明日擋。以後偷嘴的時候，我一定要想辦法把他給支開。來，爲今天乾杯啊！」

看他一副死豬不怕開水燙的氣勢，我也只有搖頭苦笑。

第十章　我心唯劍風

氣氛融洽的用過了午餐，傲雲也向我信誓旦旦的保證，他一定會對風笑兒很好的。我本不想管別人的家務事，正所謂清官難斷家務事，何況我自己還糊塗著哩。奈何風笑兒和藍薇姐妹情誼深，而傲雲又是我的世兄，我不事先警告他，只怕以後有我煩的。

煉劍的材料早就送來了，我們在用完餐後休息了一會兒，月師姐就迫不及待的讓我給她煉劍。

遣開了眾人，只剩下我、藍薇、風笑兒、傲雲、肥豬王和一個送材料的老頭，傲雲微笑著對他道：「李叔叔，麻煩你親自送東西過來，這邊不勞李叔叔親自操刀，如果李叔叔不放心倉庫的安全，可以先回去。這個是父親的徒弟，父親把鍛造術都傳授給他了。」

我們幾個人驚訝的望著傲雲和那個老頭，想不明白以傲雲的身分何至於要對一個名不見經傳的老頭子這麼恭敬。

傲雲向我們介紹道：「這位就是我『煉器坊』的當家大師，李大師！父親所用的材料都是由李大師看管的，李叔叔是父親最信任的人。」

真是十月債還得快啊，我幾天前初來夢幻星時，還批評過他製作的一柄劍，沒想到這麼快就見面了，我伸出手，道：「原來是『煉器坊』的首席鑄劍師，小子久仰。」

可惜，老頭子不爲我所動，炯炯有神的雙目像是兩道極銳利的劍光，緊緊逼視著我，令我有些發虛的感覺。我見他半天也不伸出手來和我握手，只有訕訕的收回手，藍薇見我受辱，馬上不樂意了，兩道寒光直刺而去。

夫妻本是連理枝，同爲一體。藍薇的做法令我心中一陣熱呼呼的。

老頭子短短的頭髮，根根向上直豎，五官稜角分明，一看便知是個倔強的老頭，雙手佈滿老繭，想來是因爲煉劍所致。

大廳中的氣氛一下子凝重起來，傲雲表情有些不自然，乾咳了一聲，道：「那個，大家都是自家人，不用太客氣。」

我抓著藍薇的小手，既然傲雲已經說話了，我輕輕捏了捏她，藍薇才不甘心的收回目光。老頭子像是鬥勝了的公雞，先是驚訝的「咦」了一聲，始緩緩的道：「小女娃修爲不錯，有鬥氣，不像男娃。煉劍要求的是心性，要有爭強之心，如出鞘之劍，寒光四射，不勝無歸，如你這麼易妥協的心性，如何能煉製好劍，不要浪費了老主人寶貴的煉劍材料。」

我一愣，心中苦笑不已，老頭子這麼大年紀，竟然仍有爭強鬥勝之心，而剛才那麼瞪著我給我難堪，竟是想試探我的心性是否和他一般有鬥勝之心。真是一個吃硬不吃軟的倔老頭子啊！

我知道和這麼一個倔老頭說道理恐怕是說不通的，只有以事實來讓他屈服，我悠然的望了他一眼，淡淡的道：「正如大師所說，煉劍要求心性，只是大師說得太片面了。如果是爲某一個人量身打造，就要考慮對方的內息屬性，一般來說，內息的屬性和他的心性是一致的，有暴躁如火的，有悠然如風的，有平淡如水的。所以這才會有神器認主的說法，之所以認主，就是看人與劍的屬性是否能一致，如果不是一致，而因爲其他原因強行收服的話，便無法發揮神劍的全部威力。」

李大師不屑的望了我一眼，道：「全是狗屁，人可以擁有萬千種性格，何曾聽說過劍有萬千屬性的。劍便是劍，不論是人怎麼變，劍卻是不變的，依然是鋒利的，充滿殺意的。你以爲劍是什麼，小孩子玩辦家家酒的玩具嗎？劍是真正的武士才能擁有的武器，他們用劍來保護自己，用劍來打敗敵人，用劍來獲得無上的榮譽。劍是他們的一切。」

我嘆了口氣，倔強的老頭子啊，我不再說話，看了一眼腳邊堆放的材料，材料很全，都是我需要的。和這個老頭子辯解就像和一個盲人聊五彩世界。我心中默默召喚靈龜鼎，我決定用事實來證明！

靈龜鼎一出來就大放異彩，在場之人沒有一個見過我的靈龜鼎，頓時都被靈龜鼎的寶光異彩給震懾，巴掌大的靈龜鼎落在我手上，在我的意念下不斷長大，漸漸長到半人高的程度。

老頭子兩眼死死的瞪著靈龜鼎，口中喃喃的道：「神器啊，這是煉製兵器絕好的鼎爐啊！」

我伸手一揮，發出一道護罩，將靈龜鼎放出的寶光與外界隔離，防止有異獸被寶光所惑，趕來找我的麻煩。寶光打在護罩上被反射回來，護罩中氤氳繚繞，寶光四射，護罩中的我和鼎也亦真似幻的變得不真實起來，靈龜鼎漸漸變得透明，幾隻可愛的小黑龜快樂的在鼎中游弋，戲耍著，這是我三昧真火所幻化。

我雙手扶鼎，持續著給鼎加溫，保持著三昧真火的力度不會減退，在我的吩咐下，一樣樣材料被投到鼎中。

在靈龜鼎外的眾人可以清晰的看到鼎中的變化，眾人目不轉睛的望著一件件材料逐漸融化在鼎中，三隻可愛的小黑龜，游弋的更歡暢了，在半固體半液體的材質中上下游動。

我一直目不轉睛的望著靈龜鼎內的變化，直到所有的材質都如我希望的那樣化作液體融合在一起，變成一種新的物質，我閉上眼睛，全憑自己的神識，去感覺它，讓它變我所希望的樣子。

不知名的液體在咕咚咕咚的不斷冒起陣陣熱泡，三隻小龜不斷的游進游出，我感覺到這種液體仍有一些雜質，不能去除。

這在我以前是不可思議的，我煉劍的經驗也算是不少了，從來沒遇到過這種情況，三朵紫色三昧真火竟然無法把材質中的雜質給剔除。

我進入第四曲的境界，修爲得到了極大提升，而且真氣的純度也得到了進一步提高，但是卻還不能使我的三昧真火得到進一步純化，因此還只能停留在紫色的階段，無法向更高的藍色進化。

不過雖然無法施放出更高階的三昧真火，但是在量的累積上，卻可以增加了。我一邊分出小部分神識控制三隻小黑龜，一邊用另外部分的神識催發體內的真氣，儘量再放出幾隻小黑龜。

希望更多的三昧真火可以將這其中的雜質給除去。

我催動陰陽二氣在體內流轉，當純陽真氣經過一個循環後，在我即將要將它引出時，忽然兩道真氣逆轉，純陽化至陰，至陰真氣源源不斷的流出，我頓時愕然，不曉得怎麼會出現這個偏差。

可是至陰真氣已經流出很多，我只好硬著頭皮按照至陰真氣化爲三昧真火的法門用至陰真氣催發出三昧真火。

我心中不斷祈禱，希望兩種截然不同屬性的三昧真火放在一起不會出現什麼異常情況，我現在幾乎不要求它們可以除去雜質，只要它們別出現異常就好。

我睜開雙眼，惴惴不安的望著靈龜鼎，額角冷汗直冒，兩種截然不同屬性的三昧真火同時用來煉化雜質，這種情況誰也沒有試過，誰也無法猜測這個後果會是什麼！

不大會兒，兩隻白色小龜在鼎中出現，小白龜出現在鼎中有些傻愣愣的不知該做些什麼，正在此時，三隻小黑龜突然從液體的底下冒出頭來，望著憑空出現的兩隻小白龜。

兩隻白龜就是至陰真氣所化的三昧真火，通體白色，在黑色的液體中仍能保持顏色不變，黑糊糊的液體中出現兩點白，格外惹眼，濛濛的白光更是惹得三隻小黑龜游了過去。

我幾乎不敢看了，真怕兩種截然不同屬性的三昧真火遇到一起，會發生意想不到的事。

三隻小黑龜轉動的小黑眼珠幾乎是纖毫畢現，呈現在眾人視線中。

徐徐的三隻小黑龜湊到兩隻小白龜身前，我緊張的望著牠們，希望牠們可以安然無恙，忽然五隻小龜脖頸相交，神態十分親密的蹭著對方的身體。

我幾乎可以看到領頭的小黑龜歡呼一聲，一頭鑽進黑色液體中，其餘幾隻小龜也爭先恐後的鑽了進去。

再升起時，我清晰的看到一隻白龜嘴中含著一小團雜質，其他幾隻小龜升起時，也都含著一些或大或小的雜質，我噓出一口氣，再次閉上眼睛，封閉六識，用神識來控制。

心也漸漸的平和下來，雄厚的內息源源不絕的輸送內息，五隻小龜在鼎中勤勞的剔除材質中的雜質。

因爲我封閉了六識，無法看到鼎外眾人的情況，更不曾注意到眾人嘖嘖稱奇的樣子，尤其是那個倔強的老頭，看得羨慕不已，只不過他好像把所有的功勞都歸功於我的靈龜鼎了，口中不斷的讚嘆：「好鼎，好鼎。」

彷彿我的所有努力都白費了一樣，任何功勞都是靈龜鼎的。

要是他知道這個靈龜鼎是我煉製的，不知道會有什麼樣的表情。

時間一分一秒的度過，我專心的去除雜質，只有剔除所有雜質，才能煉製出更好的劍來。

我有一個感覺，彷彿兩種不同屬性的三昧真火同時運行，效率被提升了好幾倍。

隨著時間的推移，一柄劍狀雛形逐漸成型，五隻小龜圍繞著劍的胚胎游動著，一柄簡樸的劍的形狀在我腦海中浮現，長不及手臂，寬約四個指頭，從柄到劍尖寬度逐漸減小，平滑的線條，劍身留下一個寬約兩指的鏤空，可以用來鎖住對方的兵器，劍柄稍下刻了幾道鱗刺，增加劍的美感，柄首是一個振翅欲飛的美貌天使。

傳說中的天使是正義的使者，而且男性英俊，女性美貌，非常符合月師姐使用。

再經過一段時間，劍經過我的仔細打磨，終於成型，劍光四射，鋒芒畢露，散發著強大的壓力。靈龜鼎漸漸打開，我手微微上揚，短劍隨著我的手勢漸漸從鼎中冉冉升了起來。

甫一出鼎，眾人眼前大亮，如同黑暗中突然出現一道刺眼的光束，逼得連眼也睜不開。沒有了靈龜鼎的束縛，劍肆無忌憚的射出道道強烈的白色劍光，沒有經過主人的內息催發，就可以散發出如此驚人的劍光，已經不是普通凡劍可媲美的了，堪作準神劍。

現在我要進行最後一項煉製程序，劍虛浮在空中，我另一隻手招了招，五隻小龜化作五朵跳動著的美麗火焰，我彷彿感覺到這五朵火焰好像生物的心臟一樣，有力的跳動著。

上一次幫愛娃煉劍，雖然也是把三昧真火給打到劍中，並且使劍與三昧真火融合在一塊。但是這一次的數量卻比上一次多了很多，而且陰陽兩氣化作的兩種截然不同的三昧真火同時打到劍身中，還要使它們與劍融合爲一體，難度很大！

我小心翼翼的先是把三朵陽性三昧真火按部就班的給輸到劍中，很謹慎的使它們與劍融合在一塊，這一個步驟比前面所有的步驟都要困難，彷彿一個世紀般的漫長，當劍與三昧真火相融後，激射的劍光，忽然帶著一絲絲火焰的熾熱，雖然劍光被護罩給阻擋，但是熾熱的溫度卻一波波的向外面的眾人傳去。

第一步成功，我深吸一口氣，集中全部精神力，這使得我看起來寶相莊嚴，我更小心的將剩下的兩朵陰性三昧真火傳到劍中。我一點點的將陰性三昧真火給打散，希望它們也可以很好的與劍融合。

點點三昧真火的火星聽話的一點點與劍融合在一塊兒，我放心的呼出一口大氣，就在此時，異變突生，劍身劇烈的震動起來，原本已經融合在劍身的陽性三昧真火，忽然紛紛脫離出來。

億萬的火星聚集在一起，我冷汗直冒，眼看即將成功了，卻在最後一刹那功虧一簣。

就在我以爲，此次煉劍將以大敗告終時，突然又有了新的變化，陰性與陽性的火星碰到一起，沒有發生激烈的爆炸，反而融合到一塊，在劍身組成了一個循環，就彷彿我體內的循環一樣。

這個意義可重大了，可以說，使劍之人將會像我一樣擁有陰陽兩氣的屬性，天下高手眾多，卻很少有人能夠煉到如此境界的，以四大星球之巨，達此境界的人不會超過五十人。以月師姐的名月殺法，再配合此劍，可以想像，天下第一武道大會的冠軍，如無意外，已經是月師姐的囊中之物了。

我也沒想到自己會煉出如此神奇的劍來。揮手收了靈龜鼎和護罩，眾人立即感到劍的靈氣，劍的好壞並不是看劍有多鋒利，而是看它富含的能量有多大，它的靈氣有多少，靈氣越多，在使用它的時候，就越會得心應手，就像是神劍可以和主人水乳交融，並且能夠和主人融爲一體，隨時等待主人的召喚。

倔強的李老頭兒，傻傻的望著我手中之劍，喃喃的道：「這種極品劍，我只看到主人鍛煉過，今天有幸又能目睹如此神乎奇技，難道是上天讓我在寸步不進的煉造術上再跨一大步嗎？」

因爲劍中有極爲霸道的烈炎如同力場一般循環，在劍身周圍的空氣和力場均受到極大影響，扭曲不真實起來，這似乎讓人難以分辨出劍的準確位置，這在與人對敵時將會取得極大優勢。

以月師姐的眼力，自然是滿心歡喜，知道撿到了寶，見我揮開護罩，頓時欣然的走過來向懸浮在空中的劍抓去。

第一次卻抓了個空，雖然有些莫名其妙，卻隱約猜到了一些，第二次又從劍的身邊擦過，第三次抓的時候才真正的將劍給握在手裏。

除了我和藍薇，其他幾人都一臉羨慕的望著月師姐手中的準神器。因爲我和藍薇都有神器，而且我還不止一件神器，又怎麼會羨慕一個準神器呢，但是我仍然是很有成就感的望著月師姐手中的劍。

突然，劍身一陣顫動，突然向四周射出條條帶著很高溫度的劍氣。

「啊！」月師姐杏眸圓睜，一臉又愛又怕的表情望著這把她不情願放開的劍。

原來在剛才劍射出劍氣的時候，一股至熱的溫度傳來，月師姐沒來得及提氣護身，嬌嫩的小手已經被燙出了幾個大水泡，這才不甘願的放了手，同時用另一手運氣彈開劍氣。

還好沒有主人的內息催動，劍氣也強得有限，其他幾人也紛紛避開或者擋住劍氣的襲擊。

望著懸浮在空中的那柄秀氣的短劍，我彷彿看到一個調皮的孩子在為自己成功的惡作劇歡欣跳躍。這柄劍居然還要認主，這是我煉過的劍中最高等級的了。

我伸手將劍給抓到手中，向月師姐道：「月師姐，借一滴你的血來用用。」月師姐疑惑的望著我，不過還是按照我的話，用隨身的兵器在手指上劃開一道口子，把一滴血珠滴到劍身。

血珠一到劍身，竟然馬上消失了。好像被劍給喝了一樣。我呵呵一笑，運勁迫出一滴血，也滴落在劍身，這一次，我的血珠沒有如月師姐的那滴血珠一樣被劍身吞噬，而是順著劍身一直滾了下去，從劍尖滴落到地面。

「成哩！」我喜道，在三叔傳我的鍛造術中曾經提到這種事情，這叫作滴血明主，這是很高級的鍛造方法，只有鍛造出具有很強靈氣的劍才會需要這種方法，否則只有鍛造之人可以使用。

我將劍拋給月師姐，同時道：「這柄劍是師姐的了。」

吃了一次苦頭，月師姐望著向自己拋飛來的劍，有些遲疑的不敢去接，不過最後還是咬牙給接了下來。

這次果然沒有出現剛才的情況，一道紅線一直從劍尖延伸到把柄，月師姐的手一搭在劍柄，本來劍光沖天的準神劍一下子失去了所有的銳氣，變為普普通通的一柄短劍，不時反射的寒光，頂多只算是一柄較為鋒利的劍而已，眾人驚異的看著劍的轉變。

月師姐在確定這柄劍不會再像剛才那樣襲擊她的時候，驚喜的抬起頭來望著我道：「小師弟，你看，行了，呵呵，它真的不再反抗我了呢，我握在手中，好像有種血脈相連的感覺，好奇怪哦。你看這柄劍叫什麼好呢？天使劍這個名字好不好。」

我呵呵笑道：「名字不錯，很配這柄劍。這柄劍中有你的血，所以你會有血脈相連的感覺，而且在日後你還會感到它會和你一塊呼吸，它的生命已經與你連在一起了，這柄劍除了你以外，沒有別的人可以用。當然如果你不幸離開了人間，這柄劍再經過一次認主就可以為別人所用。」

傲雲嘖嘖稱奇的站在月師姐身邊看著她手中的天使劍，嘆道：「原來煉劍也並非那麼枯燥乏味的一件事，蠻有意思的！為什麼如此有趣的東西，到了父親那裏，總會讓人感覺到很沉悶呢。」

我呵呵笑道：「世兄是不是有些後悔呢？三叔可是因爲你不願接受他的衣鉢才傳授給我的。你雖然看我煉得有趣，可是這需要很強的內息作後盾的。」

月師姐一臉幸福的摸著手中的天使劍，忽然一催發內息，一道熾熱無比的劍氣如同鞭子一樣甩了出來。天使劍又恢復剛出鼎爐時的鋒芒畢露的情形，月師姐一收回內息，它又變成普通利劍的樣子。

傲雲望著月師姐手中的劍，乾咳了兩聲，道：「劍是很不錯，可是這些煉劍的材料可都是很昂貴的，有些是有錢也買不到的，你看，你用了我這麼多珍貴稀有的材料……」

沒等他說完，我馬上打斷他道：「你以爲我煉造一柄劍是一件很容易的事嗎？只那些三昧真火就耗去我三成多，接近四成的內息，沒有幾天的工夫是休想恢復的，而且我剛才在煉造時，用去了大量的精神力，這可不是能夠輕易恢復的事啊，想讓我再煉造一柄，等我恢復了再說吧，你要是想要回那些珍貴的材料，或者收一筆什麼費用，你可以向師姐要去，我可是一點好處沒得到。」

傲雲看了看月師姐，又看了看她示威似的抖手發出幾朵劍花，到嘴的話又咽了回去，道：「沒事，沒事，我隨便說說而已。」

月師姐新得趁手的天使劍，正躍躍欲試的想找一個人試試劍呢，如果傲雲想找碴什麼的，可不正好合了她的心思。

第十一章 大婚一醉

四大星球一片安定，犯罪活動也因爲魔羅等幾大凶人的死亡而銳減，而處在黑暗中的勢力，在飛船聯盟消失後都在默默擴充自己的勢力，填補這一塊勢力空白。但總體來說，人民的生活都是平安的。

日出日落，時間在莫名的擔心中一天天的在眼前劃過。

告別了月師姐、傲雲、風笑兒，我和藍薇回到了地球，求婚出乎我意料的輕鬆，也許是因爲我的身價大漲，在李老爺子眼中是一個門當戶對的人，所以很快婚禮就定下了日期。

藍薇的父親也對我很滿意，每個人對我都很好。本來李老爺子是想大張旗鼓的給我和藍薇舉辦婚禮，用他的話說，這樣才能體現出世家的氣派，不過出於某方面的考慮，我還是推辭了。

我與傲雲以及月師姐的結盟雖然沒有人知道，但是有心人已經注意到了我，我和太多勢力有過密的接觸了，我可不想成爲一些人的眼中釘，還是小心好，平平淡淡的過生活才是我想要的。

我不知道怎麼向李老爺子說出我不想大張旗鼓舉辦婚禮的理由，出奇的老爺子並沒有詢問理由，直接按照我的意思辦了。也許是因爲前幾天藍薇告訴他，大聖者是我義父、四聖者是我師父的時候，他已經開始對我變得有些「言聽計從」了。

他對我這麼好，我有些懷疑，老爺子是不是以前受過我哪位長輩的恩惠了。唉，管誰呢，反正婚禮辦得很安靜也很熱鬧，除了月師姐等有限幾個和我關係非同一般的人來參加婚禮外，就只是李家本家的人了。不過雖然這樣，仍然讓老爺子大感有面子。

原因無他，因爲來的都是首屈一指的大人物，不論是在武道界、政界、軍界、經濟界還是世家都可以算是非同小可的人物，這都讓李老爺子甚至李家上上下下的人高興得合不攏嘴。

月師姐代表崑崙武道，塔法將軍不知何時開始從政了，還是一個不小的官階，當然他還是一位代表軍界的將軍，傲雲雄厚的經濟實力更是每個人都無法小覷的，未來的姐夫沙祖樂代表沙祖世家，梅家的梅妙兒，還有四大星球的風雲人物風笑兒。

這裏的每一個人物都擁有非凡的實力，老爺子見我和藍薇與這些風雲健兒們談笑風生，不禁對我這個女婿更是青睞有加。

這些傢伙雖然每個人都帶來令人側目的賀禮，不過我知道他們還有個更大的目標，就是在我大婚之夜將我灌醉。

看著他們一個個輪流來到我面前，嘴裏說著賀詞，手中的烈酒卻一杯杯不客氣的向我灌來。大婚之日，當然不能示弱，來者不拒，他們敬我一杯我就喝一杯。看他們眼中隱藏的奸詐笑意，我心中早就笑得打跌了。哈哈，我早料到你們就會這麼做！

我早有準備，烏金戒指中還有大把的鞭樹汁，嘿嘿，之前我已經狠狠的灌了幾大口，有它給我撐著，區區幾杯酒怎麼能難倒我。

「噹！」

我和傲雲一口氣喝乾口中的酒，加上這一杯，這些傢伙已經輪流來灌了我三圈了。這幾個傢伙肯定早有預謀的，不然怎麼只見他們來敬我，不見他們互相敬呢，還好我機靈。

李獵、李雄等幾個很熟悉我的人早就開始驚訝我的酒量了，不曉得爲何平時不喝酒的我，今天竟然能夠喝下這麼多。

我心中偷笑不已，鞭樹汁的副作用，今天來說卻根本就是增加情趣吧。誰不希望自己在新婚之夜能夠更持久呢，呵呵。

當我喝完面前第十二罈酒時，傲雲幾人終於不支的一一倒下了，看著他們歪七橫八、極不雅觀的躺在面前，誰又會猜得到他們都是極爲重要的人物呢！

我哈哈大笑，橫刀立馬的坐在那兒，又給自己倒了一杯酒，道：「誰還來！」旁邊無人響應，只有一個李家的小丫頭，在我身邊低聲道：「姑爺，他們都喝醉了。」

我醉眼朦朧的望了一下地面，咕噥道：「原來都醉了，沒人來陪我喝，我自己喝。」剛把酒端到嘴邊，頭一歪，我也趴在桌上，神情恍惚中，只知道幾個人把我抬到我和藍薇的新房中。

抬著我的幾個人一邊抬一邊在嬉笑閒扯，「看不出，姑爺斯斯文文的，酒量竟然那麼大，一個人喝了近二十罈酒，真是酒仙啊。」

另一個人嘻嘻哈哈的道：「也看不出，姑爺的身體竟然這麼重，我們三個人抬，都還嫌累。」

「聽說姑爺那幾個來祝賀的朋友都是很厲害的人物哩。你說姑爺這麼年輕，怎麼就有那麼強的修爲，難道他是打娘胎就開始練的！」

我半睡半醒的喃喃道：「當你經歷過幾次生死大劫後，你就知道我是怎麼練成這麼高的修爲的了。」

剛剛說出那句話的傢伙嚇得手一哆嗦，差點就把我給扔到地上。我呼呼的吸了幾口氣，又睡了過去。三個傢伙互相看了一眼，緊緊閉上嘴巴，飛快的幫我抬到新房中。

不知道過了多長時間，我感到臉上一陣溫暖，是陽光的味道，我全身發軟，有些懶懶的翻了個身。一個輕微的腳步走來，隨即頭上一陣涼暈，是一個涼涼的濕毛巾，我舒服的呻吟出來。

微微睜開眼，藍薇可以融化冰川的笑臉出現在視線中，藍薇挨著我坐下，愛憐的望著我，道：「天哥，你昨天喝得太多了。」

望著她那秀美俏麗的絕倫容顏，我心中一陣衝動，眼前美麗溫柔的女人從此以後就是我的小嬌妻了，並且成爲我生命中最重要的一部分，我在世界上再不是孤零零的一個人了！

想著想著，眼角不可抑制的流出了眼淚，三叔說過好男兒流血不流淚，我暗罵自己不爭氣的眼淚，輕輕的將眼睛合上。

「怎麼哭了。」溫柔的聲音縈繞在耳畔。我幾乎可以感受到藍薇的呼吸，如絲綢般嬌嫩的皮膚觸及我的臉龐，我和藍薇的臉頰緊緊的貼在一塊。

時間彷彿在此刻停止了，那種久違的醉人的溫馨再次出現，迴盪在我和藍薇之間，我和藍薇靜靜相擁，享受著那種寧靜、和諧的幸福感。

幾聲清脆的鳥鳴聲，將沉浸在幸福中的我和藍薇吵醒，藍薇望著我道：「天哥，爺爺還在等我們呢。」

我抓起頭上的毛巾擦去臉上的淚痕，收拾心情，親了親藍薇嬌美的面頰，心情頓時大好，笑著道：「李雄他們幾人呢？」

藍薇抿了抿嘴，忍俊不禁的道：「妙兒還在照顧他們呢，你昨天一個人把他們全喝醉了，李獵、傲雲，還有你的那個師兄，現在恐怕還在呼呼大睡吧，算起來，你是醒得很快的了。都怪爺爺，把珍藏了很多年的烈酒都拿出來了，讓你們都喝成醉貓一樣。」

我立即興起一種成就感，忽然我好像想起了一件事，老爺子昨天好像是和他們一起來灌我酒來著，後來突然消失了，真是狡猾的老狐狸啊，一定是見我沒有他想像中的酒量那麼差勁，就逃了！

我道：「我這就起來，咱們去看看父親和爺爺他們，不要讓別人以爲我這個窮小子沒有禮數。」

我剛想動，頭部神經一陣酸疼，昨天的烈酒還真是厲害啊，竟然連我喝了那麼多鞭樹汁都撐不住。藍薇責怪的扶我起來，道：「不知道愛惜點自己的身體。」

我笑嘻嘻的正要說話，忽然耳邊一陣「撲稜稜」的響聲，「似鳳」那個傢伙停到我面前，對著我一陣唧唧喳喳的叫喚。望著牠拿綠豆大小的眼睛，顯出很人性化的譏笑，我沒好氣的白牠一眼道：「你以為我喝的是水嗎，那可是十幾罈烈酒。」我一邊盤膝坐下準備運功讓自己精神點，一邊暗罵這隻臭鳥竟然敢譏笑我酒量小。

「似鳳」見我有氣無力的罵了牠兩句，於是更加來勁了，站在我面前，邊拍著翅膀邊叫著，然後就直接飛落到我肩膀上，啄了我幾下，在我耳邊哇啦哇啦的一陣聒噪。

我向牠露出了個比哭還難看的笑容，沒辦法，神經被酒精充斥不太聽使喚。牠直覺的感到危險飛離開我，圍繞著我「呷呷」尖叫著。

我心中嘿嘿的笑著，欺負我喝醉了手軟抓不著你，就敢跟我做對。

我閉上眼睛默默召喚七小，七小一下就出現在新房中。

我望著「似鳳」尖叫著向外逃離，我笑道：「賊鳥，我的內息還是可以熟練使用的。七小給我抓住這個賊鳥，抓到有獎勵，讓你們在外面玩一個星期。」

因為牠們早已長大到可以封印，又因為牠們的力量過於強大，所以我一般都把牠們封印在神鐵木劍中的，難得出來。見我許下一個星期的諾言，七小個個奮勇當先，很快就把逃跑中的「似鳳」給圍在當中。

任「似鳳」狡猾如狐，也逃不過七小的追捕，七小不但速度快，而且也同樣會飛，並且嗅覺超靈敏，「似鳳」遇到七小，只有束手就擒的份兒。

七小將「似鳳」交到我手中，我一手抓著「似鳳」的翅膀，一手拍拍七小的腦袋道：

「做得好。」七小溫馴的用腦袋蹭蹭我。

我首先給了「似鳳」一個暴栗，然後又給了牠二、三、四、五個暴栗，我不理牠的抱怨，向牠嘿嘿笑道：「賊鳥，你以為可以逃過我的手掌心嗎？嘿嘿，竟然膽大包天的來消遣我，真是找打。」

藍薇見我們一人幾獸的鬧得開心，從我手中將「似鳳」拿了過去，放在手中將牠的凌亂的羽毛給拂平，道：「幹嗎費那麼大勁，讓七小出來抓牠，只要你召喚牠，牠就算飛到天邊也逃不了啊。」

我拍拍腦袋傻笑道：「酒喝多，腦袋不靈光了。」

藍薇笑著白我一眼道：「你以為『似鳳』喝得少嗎，牠至少喝了十罈烈酒，真搞不懂，這麼一隻體態嬌小的鳥，怎麼能盛下那麼多的酒。」

我道：「誰知道這個賊鳥怎麼會盛放得下那麼多東西，是有點變態。」

「似鳳」不滿意的拍打了兩下翅膀，我瞪了牠一眼，不再理牠，心中想，這個傢伙喝了那麼多，怎麼不會醉的！我沉下心去，運起陰陽二氣在體內運轉開，將酒精紛紛排到體外。

等收功時，已經生龍活虎、神清氣爽了，沒想到修為精進到第四境界，居然連腦部的酒精都可以輕而易舉的清除了。

我們兩人、一鳥、七狼，浩浩蕩蕩的走出我和藍薇的新房，剛走出沒幾步，就看到李雄在梅妙兒的攙扶下向我們走過來，李雄一臉愕然的望著好像一點事也沒有的我，苦笑道：「真是搬起石頭砸自己的腳，沒想到依天竟然是深藏不露，讓我們幾個自以爲計謀得逞的傢伙吃了大大的苦頭，他們幾個除了我，都還在睡著呢。」

我笑道：「大哥是來找我和藍薇的吧。」

李雄道：「唉，我沒你們好命，一大早老爺子就把我叫去了，讓我來通知你們，讓你們多休息一會兒，不用去看他老人家了。」

我心中笑道，老爺子恐怕不止是體諒我們這麼簡單吧，他可是昨天我們幾兄弟拚酒的罪魁禍首啊，他自己中途開溜，是怕我今天去找他算昨天的帳吧。

我淡淡笑道：「老爺子昨天好像喝得不是很多啊！」

李雄一愣，隨即捶胸頓足的道：「啊，被老爺子坑了！我說怎麼今天看他的時候，發現他一點都不像醉酒的樣。原來是中間趁我們拚酒的時候溜了。不行，我得去找老爺子！」

望著李雄的背影，我忽然有種惡作劇的快感。

我抓著藍薇的小手道：「既然爺爺不讓我們去拜訪他老人家，咱們就順著園子走走吧。」

我和藍薇手挽著手親昵的在園子中走著，「似鳳」在我們頭頂飛來飛去，幾隻小狼玩性不去的在我們身後蹦跳著，不時廝打著，發出「呼哧，呼哧」的喘息聲。清晨的泥土混著露水的味道在空氣中飄溢。四周一片祥和，靜謐的空間只有我和藍薇的心跳聲。

突然我被一股幸福感包圍，我望著藍薇嘿嘿傻笑道：「你今天開始就是我的妻子了。」

藍薇看著我的憨樣，笑道：「那你以後要不要疼我，你要是敢欺負我，我就讓你找不到我，傷心一輩子。」

我摩擦著她的玉手，望著她那張秀色可餐的臉頰，我嘆道：「有了你，是我今生最大的幸福，我怎麼捨得欺負你，疼還疼不過來呢。」

藍薇欣喜的白了我一眼，道：「是不是和你那個傲雲世兄待的時間長了，也變得油嘴滑舌起來。」

時間又過了幾天，傲雲、月師姐他們每個人都有很多事等著他們處理，所以無法在地球多待幾天，因此陸續在一個星期內離開了地球，回到各自的位置上去。

我和藍薇在李家又待了一個星期左右，老爺子提出讓我們回家看看，這個家當然是我的家，雖然家中已經沒有親人了，但是依然讓我惦念。何況我也早就想回去，我要把藍薇帶去給母親看看，讓母親知道兒子已經給她找了個很漂亮很好的兒媳婦。

好在高老村離這裏並不遠，如果想快的話一天就可以到。告別了老爺子和藍薇的父母，我和藍薇踏上了去高老村的路。我和藍薇懷著兩種不同的心情，卻同樣的有些忐忑不安。

近鄉情怯，我已經很多年沒有回來了，還記得若干年前我從村子裏跑出來的時候還是一個不折不扣的傻小子，而現在卻是飽經滄桑了。而藍薇可能正爲見自己的婆婆而擔憂吧。

我拍拍她的小手，微微笑道：「放心吧傻孩子，母親會喜歡你的。」

沒有驚動任何人，我和藍薇悄悄的來到了高老村，夜幕降臨，村中的點點燈火清晰的表明了村落的位置和範圍。熟悉的鄉路，令我閉上眼睛都可以找到回家的路，我領著藍薇逕自回到了自己的位置。

進門入屋中，點上一盞羊脂油燈。望著四周經常出現在我夢中的家，出乎我的意料，幾年沒人住的房屋雖然算不上是一塵不染卻很清潔，我想應該是里威爺爺做的吧，我給村子裏惹了那麼大麻煩，里威爺爺這個睿智的老人仍然這麼照顧我。

到裏面，一張小木床靠牆擺放，這就是我的臥室了，雖然非常簡陋，卻讓我很感動，幽幽思念之愁緒淡淡的縈繞在身周。我在心中深深的嘆了口氣，感嘆道：「這是我的家呵，我真的離開了很久啊！」

今晚的夜空格外美麗，漫天的星斗燦發著耀眼的星光，天空一片蔚藍，只有幾片薄薄的白雲漂浮在天邊。

我和藍薇躺在小木床上，相擁而眠，透過木窗，我和藍薇都凝望著無邊無盡的夜空，彷彿無有窮盡的天空充滿了誘惑力，使人抵受不了它的吸引。我心潮起伏，怎麼也睡不著，我想藍薇應該也與我一樣的吧。

我將藍薇擁在懷中，輕輕的撫著她華嫩的臉蛋，我望著窗外的天空，將小時候的經歷娓娓道來。

……

不知何時，我和藍薇都沉浸到美夢中，在夢裏，我見到了母親和父親兩人親密的手牽著手向我走來，母親一如往日的美麗慈祥，父親也如我想像中般充滿男子漢味道，混合著儒雅清秀的臉龐散發著獨特的魅力。

我把藍薇介紹給他們，父親和母親對藍薇都很滿意，我們一家四口開心的談笑著，我向兩位至親訴說著我的種種經歷……

熟悉的溪流聲將我從睡夢中拉出，我揉了揉眼睛，望著窗外淡淡的陽光，低頭吻了藍薇一下，藍薇酣睡正香，閉著的眼睛也無法掩飾的透露出絲絲喜色，我猜她一定和我做了同一個夢。

看著懷中的佳人，愛憐的捏了捏她的瓊鼻，心頭洋溢著滿足的幸福，藍薇忽然醒過來，長長的睫毛在陽光下輕輕眨動兩下，睜開了足以讓星光失色的一雙秀美的眸子，望著我輕輕一笑，抱著我的手緊了緊，貼著我的胸口，向我調皮的一伸舌頭，嘻嘻笑道：「對不起，昨晚聽著聽著就睡著了。」

我呵呵笑著捏了把她紅暈的小臉蛋，道：「希望你是在我說著說著就睡著了以後再睡著的。」

藍薇抿了抿嘴唇，瞇著眼望著窗外的陽光，忽然扭頭道：「外面是一條溪流嗎，聲音好好聽哦，真想每天早上起來都可以聽到這麼動聽的聲音，這讓人心情很好。」

我道：「這樣平靜和諧的生活才是最美好的。外面那條小溪流養活了我們高老村世世代代很多輩人，村裏孩子們最好的童年時光都是在河中度過的，因此他們都有一身很棒的水性。」

藍薇仰著頭望著我道：「天哥，什麼時候帶我去看婆婆？」

我向她眨了眨眼，望著她笑道：「迫不及待了嗎？」

藍薇細嫩的臉頰因爲我的調笑升起兩團紅暈，不依的用小拳頭擂了我一下，嬌嗔道：「人家是真的想去看她老人家哩！」

望著她亦嗔亦喜的美好嬌靨，我忍不住狠狠的吻了她一下，深情的望著她的眼睛，道：「母親的墳就在不遠處，讓我帶你去拜見你的婆婆，我想她一定會喜歡你的，昨晚我做了一個夢，夢到了母親和父親，他們兩位老人家對你都很滿意哩。」

藍薇開心的從床上跳下來，喜道：「不准騙人家哦。」

陽光透過窗格射在她那無限美好的身材上，即使是我也不禁無法將視線轉移到別處，曼妙的身體凹凸有致。

面對我愛意的目光，藍薇更是擺出了一個魅力的姿態，原地轉了一圈，彷彿是生活在陽光中的精靈，連天地的色彩在這一刻都失去了光彩。

我興致盎然的坐在一邊，欣賞藍薇即興跳出的精靈般美妙的舞蹈。我不禁有些暗自慶幸自己可以勇敢的面對愛情，才有今天的幸福。望著藍薇，我在心中微微笑道：「母親，你看到了吧，這就是你的兒子給您帶回來的媳婦，您還滿意吧。」

第十二章　方舟山猴子稱霸

藍薇幫著我除去母親墳邊的零星雜草，我望著母親的墳，就像是真正的見到母親一樣，心潮翻滾，眼淚情不自禁的順著臉頰流下。藍薇將自己用野花編成的一個花圈送到我手上。

我恭敬的將花圈放到墳前，畢恭畢敬的站著，深深的吸了一口氣，用只有藍薇和我才能聽到的喃喃細語道：「兒子回來了，我知道您老人家和父親在另一個世界團聚了，希望你們在那邊能夠幸福，這次兒子還給您帶回來一個媳婦，就是站在我身邊的乖巧女孩，母親您還滿意嗎，她不但美麗大方，還善解人意，很體貼我，也希望母親和父親能夠喜歡她。」

我長長的又吸了口氣道：「母親，孩子不負你所望，始終把您對兒子的教誨緊記在心中。如今天下太平了，兒子也找到了自己的歸宿，您老人家該放心了吧。」

藍薇與我並肩站著，美眸深深的注視著母親的墳，神態恭敬的道：「婆婆，我就是您的兒媳婦李藍薇，我們結婚前沒有回來向二老請示，今天特意回來向二老賠罪的。」

太陽由天邊一直爬到我們的頭頂，我嘆了口氣，收拾心情，道：「母親，兒子走了，你在那邊和父親好好的幸福生活吧，我知道要不是因爲兒子，您早就和父親團圓了，兒子會經常回來看你們的。」

藍薇道：「天哥，我們要不要把婆婆的遺體取出來帶回去。傲雲和月姐不是在方舟星給我們買下了一座山脈嗎？我們把婆婆的遺體帶回去和我們一起住吧。」

我道：「好啊，等我們把那邊給整理好，咱們就來把母親的遺體同父親的遺物一起帶過去，讓我們一家團聚。」

隨著溪流漫步，心中的淡淡憂傷被清淨的河流洗刷而去，我望著流淌不息的河流，對藍薇道：「這條河流看似小而且普通，卻蘊藏了很多不爲人知的好東西，我的九幽草就是從這裏取來的，小黑龜也是在這裏由牠的父親交給我的。」

我召喚出小黑龜，小黑龜望著河流也一反平常的安靜，神態有些興奮的向河中爬去。今時不同往日，今日的小黑龜已經是七級的野寵了，不再是一般的奴隸寵。我望著藍薇悠然道：「藍薇，你會游泳嗎？」

藍薇愕然道：「爲什麼說這個？我雖然不會游泳，但是只要制出一個能量圈鎖住一些空氣，就可以待在水中很久。」

我向她眨眨眼道：「讓我帶你瀏覽一下水底的世界吧，順便教你游水，爲我們的太陽海之旅，給你打下一點基礎，不會水性，到了海上會很吃虧的，來吧，讓我教你第一課，怎麼浮水。」

我一頭紮進水中，清涼的水讓我感覺很舒服。

很快，藍薇就可以輕鬆的在身邊游動了，小黑龜也恢復了小時候的調皮，不時的在我們視線中忽隱忽現，時而浮到我們身下將我們托起。

以藍薇現在的修爲，對氣有很好的瞭解，很輕易的就學會了在平靜的溪水中靈活的游動，見她如同一條美人魚般的在身邊划動，身邊又有許多小魚蝦隨著游耍，我還真以爲是見到了魚美人了呢。

第一次學會游泳的藍薇，樂此不疲的和小黑在水中歡快的戲耍著，而我則充當著護花使者的角色，悠閒的跟在她們身後。

我和藍薇一連在高老村待了十天，期間我們還去拜訪了村長里威爺爺，愛娃在我們回來前曾回來一次，告訴了里威爺爺在北斗武道見到我的事，還說校長因爲我的關係非常照顧她。所以里威爺爺見到我的時候除了一臉的驚喜外，也非常感謝我照顧愛娃。

藍薇初識水性，每天都要和小黑龜泡在水中好幾個小時，小黑龜這傢伙跟著我在外面闖蕩了好幾年，很少有機會在水中戲耍的，如今回到孕育自己的河中，玩得格外開心。

我們兩人一龜，將這條溪流游了個遍，同時也採了不少九幽草，這可是煉丹的上好材料，又可以促進寵獸的發育生長，我在后羿星孵化的那隻變色龍寵一直生長緩慢，現在有了九幽草，相信很快就可以成長起來，發揮它的作用。

藍薇的那匹小馬王紅棗，雖然長得很快，卻也一直沒有成熟到可以合體的程度，九幽草應該也能給牠很大的幫助，當然要是牠喜歡吃下那些水生寵獸才喜歡吃的水草的情況下。

十天後，我們告別了高老村，藍薇本來要原路返回的，我卻另有打算，我想看看當年被「似鳳」這賊鳥偷了所有家當的大小猴子們現在過得怎麼樣了，「哈哈！」想起當年我和「似鳳」被那群猴子們追得狼狽逃竄的慘相，我不禁大笑出來。

藍薇奇怪的望了我一眼，不知我爲何突然笑出來，不過我最近經常會莫名其妙的笑出來，她已經習慣了。

我叫出「似鳳」，望著牠那對賊溜溜的小眼珠道：「賊鳥，你還記得那群被你偷了酒的猴子們在哪座山頭嗎？」

「似鳳」愣了一下，隨即一對賊溜溜的眼睛露出一絲奸笑，拚命的點頭。我伸手在牠腦袋上彈了個暴栗，笑罵道：「賊鳥，你是不是還想去偷那群倒楣猴子辛辛苦苦幾十年釀出來的酒？上次都被你一鍋端了，這短短幾年還釀不出什麼好酒來。」

「似鳳」不服向我振翅嘎嘎叫著。我沒好氣的道：「好了，知道沒好處，你這傢伙是不會幫我辦事的，拿去，新鮮的九幽草，很久沒吃到了吧，吃了我的九幽草，就得帶我去找那群猴子，知道嗎？」

「似鳳」爽快的點著頭，一邊拚命的把嘴中的九幽草往肚子裏吞，看牠的饞相，我搖頭道：「你真是隻移動的浪費機器，明明不能進化，偏是貪吃靈丹，真是糟蹋了好東西！」

我現在的修爲已經不是當年的傻小子可比的了，飛行速度非常快，不到兩天的工夫就來到了猴山，這些路我在當時可是走了一兩月啊，如果我駕馭神劍，怕是能更快到達這裏。

在一片較爲稀疏的樹林中降了下來，「似鳳」振翅在一些果樹邊上飛著，突然幾聲唧唧喳喳的猴叫，樹木深處，一陣枝葉振動。

幾枚野果向「似鳳」準確的砸過去，好在「似鳳」的速度快，也夠靈活，才躲了過去，「似鳳」忿忿的叫著，剛想衝進去看看哪個不長眼的猴子敢用果子砸牠，突然一陣果雨迫得牠狼狽的逃回到我們身邊。

一枚野果倏地向我飛來，我信手接到手中，擦去上面的土塊，大大的咬了一口，汁水滿口，真是香甜可口，野生的果子就是好吃。

我還要讚嘆兩句，更多的野果子像是一陣暴風雨般向我和藍薇落來，藍薇輕輕一揮手，一道能量牆把我們護住。

觸景生情，我又想起了當年我和「似鳳」被這群猴子們追得狼狽逃竄的模樣，伸手穿過能量牆，抓住一個紅色橢圓形的果子，這個果子的味道我還記得，果肉柔嫩且富有彈性，吃完後唇齒留香。

擦了擦我遞給藍薇，示意她嘗嘗。

藍薇輕輕咬了一小口，驚異的望著我，她可能沒想到野果子的味道會這麼好吧，我又抓住一個果子給她，道：「這個青色的果子雖然吃起來有些酸澀，但是有清目的作用，比較難得的藥果。」

我和藍薇站在能量牆後面，不時的我會抓住幾個果子評論一下。不大會兒，我還沒吃完第三個果子，能量牆外面已經壘了高高的一堆野果子，我望著蹲在樹上那百十來個猴子，喃喃自語道：「難道你們不準備過冬了嗎，扔這麼多果子實在可惜啊。藍薇啊，你看這裏有好多山棗啊，這種山棗味道最好了，把紅棗召喚出來，牠不是很喜歡吃棗子嗎，千萬不要浪費了大自然的恩賜，這群猴子太浪費了。」

藍薇笑著白了我一眼，道：「這群猴子好像很討厭你們哩，不過牠們好聰明哦，懂得排成幾排輪著向我們砸果子，一點都不會停下來。」

我瞥了一眼蹲在樹梢上邊砸邊叫丟果子丟得起勁的猴群，油然道：「牠們才不聰明呢，這群笨猴子要是真聰明，就應該用石塊來丟我們了。」

小馬王被藍薇召喚出來後，對站在肩膀上的「似鳳」瞪了一眼，嗚嗚的叫了兩聲，「似鳳」漫不經意的抬起頭瞥了牠一眼，神態高傲的自顧自的梳理自己的羽毛。

這個動作頓時引來小馬王紅棗一陣憤怒的踢蹄子，直到藍薇用牠最愛的棗子才成功的轉移了牠的視線。

我瞥了一眼肩上正暗自得意的「似鳳」，我可以從牠一雙賊眼中看出牠正爲成功惹怒那匹小馬而在暗爽，恐怕牠在心中還在罵紅棗是匹笨馬吧。

我悠然的一邊吃果子一邊道：「紅棗可是七級的野寵哦，雖然現在還沒長大，總有一天會長大的，你區區四級的下品寵獸，可和牠沒得比啊，我還記得在第四行星你是怎麼被飛馬王虐待的事哦，你要是不想這事在地球上重演，我想你應該拍拍那個小傢伙的馬屁。」

「似鳳」不屑的對我一陣哇啦哇啦的大叫。

我失笑道：「笑死人了，你還想進化為鳳凰，哈哈，就你那賊樣，見什麼偷什麼，能和人家高貴無比的神獸鳳凰相比嗎，你們這個家族究竟有幾隻成功的進化成鳳凰了？你要不是在第四行星偷偷吸收了我散發出的龍丹的力量，恐怕你現在還是一隻奴隸獸呢。」

「似鳳」不服氣的伸出翅膀拍打了我幾下。

紅棗興奮的跑到能量牆外面在果堆中撿吃著棗子。本來猴子們見怎麼丟果子也無法砸到我們感到非常沮喪，現在突然有匹笨馬跑出來，正好成為牠們洩憤的目標。

幾隻猴子更是從樹梢中跳起，一手抓著樹枝蕩悠著，另一手拚命的拿著果子向紅棗扔去。

紅棗正吃得高興，卻突然在馬臀上挨了幾個果子，猛的轉過頭來盯著那幾隻猴子，頸間長長的鬃毛隨風浮蕩。

猴群見成功命中目標，更是奮力的將果子向紅棗砸過去。

我哈哈大笑，這下猴子們要倒楣了。果然本來已經壓下了因為「似鳳」而引起的怒火，再次被猴子們給點燃，紅棗像是一團熊熊的火焰向猴群奔去。

猴子們被嚇了一跳，等到發現紅棗只是停在樹下望著牠們，頓時又來了勁，果子如雨下，劈哩啪啦的向紅棗丟過去。

紅棗本想只嚇嚇牠們，被牠們一惹，突的轉身抬起後兩隻蹄子，重重的彈在樹幹上，這些森林中的古樹都有些年頭了，根深枝茂，不是那麼容易就能折斷的，樹身突然一下搖晃，有幾隻倒楣的猴子跌了下來。

紅棗悠然的邁著小步子走過去，大大的眼睛湊近那幾隻掉下來的猴子面前，在紅棗巨大的壓迫力面前，幾隻猴子動也不敢動。

紅棗突然打了個響鼻，兩隻膽小的猴子倏地往後跌去。

紅棗笑呵呵的轉身走開，又回到果堆前挑起棗子來。

「似鳳」看到這一幕，心情頓時不爽起來，驀地從我身上離開，像箭一樣的向猴群飛，眨眼就來到猴子的面前，對著猴子一陣憤怒的喊叫，大概的意思是質問這群猴子怎麼可以這麼容易向紅棗屈服。

同時牠還號召牠們集合起來，例舉猴多力量大的例子，把我和藍薇笑得直打跌，這隻賊鳥竟然作起傳道士來了。

猴子們漸漸回過神來，卻把怒火撒到「似鳳」身上，在一陣狂風暴雨般的果雨下，「似鳳」狼狽不堪的逃了回來。

藍薇笑著向我道：「這群猴子好聰明好可愛啊！」

我笑著道：「夫人啊，你覺得要是咱們的那座山上養這麼一群『活潑』的猴子給我們看家可好？」

藍薇笑道：「好是好，可是猴子們可不一定答應，要是我們強行把牠們抓走，那就更不好了。」

我望著這群猴子怔怔的出神，如果是普通的猴子，我也不會想把牠們移走，任牠們在這片山林中傲嘯虎豹，可是我竟然發現這群猴子中有不少都已經是一級二級的野寵了。

幾年前時，牠們還只是一般的普通野猴子，因爲「似鳳」偷了牠們的「猴兒酒」，我良心難安的送了牠們一些「混沌汁」，沒想到在短短幾年裏，竟然有這麼多猴子進化成爲寵獸，可見牠們都是相當具有靈氣的，我想再過十年會更久的時間，就會有更多的猴子進化爲寵獸，甚至滿山都是野寵，到那時，這群猴子將會成爲人類中利慾薰心的那批人覬覦的目標。

以牠們的級別，是無法抵禦裝備精良以捕獵寵獸爲生的那群人的對手的。

我倒是希望可以在災難降臨到這些猴子們頭上的時候，把牠們帶走，牠們受到我的保護，將會很少有人再來打牠們的主意。

我在第四行星受到猴王的照顧，牠這些同宗的猴子，我怎麼都應該幫牠照看的，何況這些猴寵都是我一手炮製出來的。至於怎麼讓牠們自願跟我走，我想只要能說服猴王，其他的猴子自然不會有什麼異議的。有了我煉製的靈丹相助，牠們應該還會繼續進化的。

想到這，我微微一笑，默默從烏金戒指中取出一枚「血參丸」，沒等我說話，「似鳳」的一雙賊眼已經無法從「血參丸」上離開了。

我悠然道：「找到猴王，這個就是……」

沒等我說完，牠已經像一道閃電般掠了出去，在茂密的山林中縱橫，沒有任何一隻猴子能對牠構成威脅，所有砸向牠的果子都紛紛落空掉到地下。

藍薇咋舌道：「『似鳳』竟然能飛得這麼快。」

我呵呵笑道：「這要有更好的靈丹，讓牠再飛快一倍都行啊。」

我揮手召喚出七小，幫忙一起解決堆成小山似的果子，這七個葷素不忌的小傢伙在第四行星時，猴王請牠們吃果子的情形我還能清楚的記得。七個小傢伙站在果堆前，一口一個的吃起來。

藍薇擔心的道：「『似鳳』能夠找到猴王嗎？」

我笑道：「放心吧，這種活讓牠來準沒錯，牠比猴都精，能讓牠吃虧的就是你面前的這七個小東西，其他的寵獸對牠是沒有辦法的。」

七狼一馬圍成一圈吃著果子，好在紅棗只愛吃棗子，而七小則是無所謂，什麼果子都是一口吞下去，七小和紅棗也沒發生什麼爭執，都是默默的吃著各自面前的果子。

這七匹小狼雖然也算是成年狼了，但是與大黑相比，總顯得稚氣未脫，仍有幾分調皮的樣子在，尤其是從出來到現在不時的吃幾口果子，然後突然抬起頭來向樹梢上緊緊盯著牠們的猴子們露出一口白森森的牙齒，可憐的猴子們受盡了恐嚇。

我和藍薇正饒有興致的望著小傢伙搶吃果子的時候，忽然大量嘈雜的腳步聲從遠處傳來。

遠方塵土飛揚，更是一直有猴子們的尖叫不停的摻雜在其中，盯著我們的猴子們也不斷的蠢蠢欲動起來，企圖再向我們扔果子，卻被七小一聲長吟，嚇得動彈不得。

七級寵獸的威勢，不是隨便一隻一級的奴隸寵可以抵抗的。

一道電光閃過，「似鳳」已經停到我肩膀，我將手中的「血參丸」送到牠嘴裏，望著面前聲勢浩大的猴子大軍。

我皺了皺眉，道：「賊鳥，我好像只讓你去找猴王，可沒讓你領著一群猴子軍隊過來，你是不是在第四行星帶著你那幫鳥軍小弟們上癮了，還是你又趁機去了趟猴子的窩，沒偷到『猴兒酒』反而被這群猴子追著打。」

七小聽到聲音停止吃果子，轉過身去虎視眈眈的望著那群不斷逼近的猴子們，受到七小的強大威勢，猴群停了下來，一會兒，一隻猴子從猴群中走出，這隻三級中品的猴子正是猴王。

我呵呵笑著指著牠給藍薇看：「那隻猴子就是這裏的猴王，沒想到已經有三級中品的水準了，這群猴子的素質還真高啊。我想牠已經認出我來了。」

藍薇掩嘴失笑道：「認出你和『似鳳』這兩個偷酒賊了嗎？」

本來猴王頗有威嚴的從猴群中走出，忽然看到我，頓時臉色大變，用手中的木棍指著我又跳又叫的，猴群頓時緊張起來。

我引動體內的狼之力，慢慢的將自己變爲一個狼人，現在我已經可以在一定範圍內熟練駕馭體內的狼之力了，不用七小的幫助，不用在月圓之夜，我也可化身爲狼人，只是相比威力要小很多。

當然我現在變身爲狼人，只是想能夠聽得出這個膽戰心驚的猴王在說些什麼。

藍薇饒有興致的問道：「那隻猴子在說什麼？」

我嘿嘿笑道：「牠在叫牠的猴子猴孫們小心戒備我們。不要讓我把牠們剩下的那點寶貝酒給偷走了。這群笨猴子，要沒有我，牠們一輩子也不能進化爲野寵。」

藍薇興致勃勃的追問我是怎麼回事，我就把偷酒的事，然後用我煉製出的「混沌汁」補償牠們的事情簡單扼要的說了一遍。

藍薇笑得花枝亂顫，我道：「我上去看看能不能說服猴王，讓它和猴群跟我走。」猴王見我向牠們走去，都嚇得往後退去，牠們雖然數量很多，但是我身上散發出的力量，牠們可以清晰的感應到而產生恐懼。

我把自己對牠們未來的擔憂說了出來，沒想到猴王很神氣的將手中的棍子一下折成兩段，得意洋洋的對我道：「我們的力量連虎豹都怕，幾個獵人，我們還會怕嗎！」

我嘆了一口氣，這群沒見過世面的猴子，打敗幾隻虎狼就想真的占山爲王了，我向牠開始解釋，那些可能來捕捉牠們的獵人有多麼強的武器，多麼好的準備，不是牠們可以抵抗的。沒想到任我說乾了口水，這群笨猴子也不願跟我走。

無奈，我只有使出自己的殺手鐧，我拿出一些靈丹道：「你們要想能夠進一步進化，就跟我走。」

猴王早就被靈丹散發出來的誘人的香味給引得垂涎三尺，不斷的咂嘴，眼睛跟著我的手來回移動著，我拋了一粒給牠。大大小小的猴子都目不轉睛的望著猴王極爲享受的細細咀嚼著口中的靈丹。

我嘿嘿笑道：「看你還不妥協。」

有了好處，不論是人還是寵獸只怕都會妥協的，猴子頭在享受了一粒靈丹後，感受著身體內靈氣的迅速增長，再看著我不斷的拋玩手中剩下的幾粒，一雙眼睛再也捨不得離開了。

我凝視著牠，淡淡的道：「跟我走，這些就都是你的了，以後還會有更多。我帶你們去的地方是一個比這裏好很多倍的高山，那裏的樹木參天，濃茂繁密，山中靈泉隨處可見，異種靈果漫山遍野。」

我敢發誓這個傢伙只聽到我說的第一句話，後面的根本就沒聽到耳中，我嘆了口氣，再聰明的寵獸，智慧都有限啊，想要擁有第四行星上那個幾百歲高齡的猴王所具有的智慧，沒有數十代的進化是不大可能的，我伸手把靈丹拋給猴子頭。

……

幾天後，李家的專用飛艇開來了這裏，猴王齜牙咧嘴的一聲令下，滿山的猴子大概有幾萬隻的樣子排著「整齊」的隊伍進入了飛艇，看著這麼多猴子，我和藍薇僥倖的擦了一把冷汗，幸虧我們用的是李家特製的一款最大的飛艇，勉強可坐一萬人，這三萬多隻猴子倒是也只能勉強塞進去。

我和藍薇好笑的看著這群猴子每隻都捧著一堆野果爬上飛艇，看樣子是猴子頭吩咐的，牠們懷中的果子就是牠們這幾天的乾糧了。忽然我有點笑不出來了，我望著藍薇，道：「藍薇，你說這些果子，牠們應該是用來吃的吧。」

藍薇白了我一眼道：「不然哩！果子當然用來吃的。」

我道：「可牠們吃完，會到哪上廁所？」

藍薇頓時無語，眨眨眼，臉色有些發白。我道：「萬一飛艇有些髒，你說爺爺不會放在心上吧。」

這句話我自己都不信，以老爺子的脾氣，會饒了我們才怪，我在心中安慰自己，還好我們以後都不會經常回去的，還好我們生活在不同星球上，來往也挺麻煩的，老爺子應該不會特意來方舟星找我們的麻煩。

藍薇急道：「這可怎麼辦，這艘飛艇是爺爺花了最多錢訂下的。」

我嘆了口氣道：「你不是指望我教會這群猴子們怎麼使用廁所吧？」

我轉身離開，藍薇問道：「天哥，你去哪？」

我搖了搖頭嘆道：「我去通知『洗武堂』派一個小型飛艇來，你不是想和這群猴子都住在這個大飛艇裏吧。」

三天後，我們一行來到了方舟星，一到方舟星，我們就向方舟山駛去，方舟山是一個宏偉的縱橫萬里的山脈，最高山峰有一萬三千多米。是方舟星最大的山脈和最高的山！而傲雲送給我的是與其相連的一個小山頭，最高海拔有五千多米，方圓百里之內業已被月師姐買下來，當然也是作爲我的結婚禮物送給了我。

這兩份大禮還真是便宜了我們。

一個月前，傲雲已經派了六七百人選了一個位置，依著陡峭的山壁，開始動工了，目的是蓋一座小型的古意盎然的城堡出來，留給我和藍薇居住。我原以爲這是傲雲奉送的，誰知道當城堡建成後，傲雲才告訴我所有的錢都會從「洗武堂」的帳戶上出，同時遞給我一張價格上億的支票，我忍痛的在上面簽下了字。心中暗罵傲雲是吸血的魔鬼，蓋一個房子，竟然花了我這麼多錢。

飛艇開到方舟山，打開艙門，一股令人難以忍受的臊臭之氣先奪門而出，猴子們望著下面令人興奮的原始大森林，一個個興奮的躥跳出去，我略微瞥了一眼飛艇中已經慘不忍睹的樣子，乾咳了一聲向駕駛員道：「那個，回去和老爺子說，我和藍薇不日要去太陽海，可能很長時間不會回去了，讓他老人家不用惦念我們。」

說完匆匆離開，心中暗暗祈禱，希望老爺子在聽到我這句話時，不會立即暴跳如雷的找上門來。

時間再過了一個星期，當我還在心中回味親眼目睹兩三萬隻猴子漫山遍野躥跳的壯觀場景時，忽然城堡的警報響了。我皺了皺眉，心中道，莫非是傲雲這傢伙給我蓋城堡的材料都是次級品，還沒住兩天警報系統就出了問題，再說只蓋了一個多月就好了，我前兩天還在讚嘆這傢伙效率夠高，看來我要收回這句話了。

藍薇忽然驚道：「天哥快來看，好多猴子啊，都站在我們城堡前呢。」

我忙探過頭去看著傲雲給我安裝的最新款的監視器畫面，成千上萬的猴子站在城堡前，我暗道這群猴子搞什麼鬼，難道不喜歡這裏的環境，要求我將牠們送回去？

我打開城堡門，走了出去，猴王見到我忽地從猴群中跳了出來，把我嚇了一跳，看牠靈巧的動作，彷彿年輕了不少似的，猴子頭眉開眼笑的向我指手畫腳，嘴中嗚哩哇啦的噴著口水。

我剛示意這傢伙停下來，因為在沒變身的時候，除了少數我自己的寵獸的語言可以猜出來外，我是聽不懂其他寵獸語言的。突然牠吼叫了一聲，一大群身強體壯的猴子或抱著、或用頭頂著、或嘴裏含著一大堆各種野果草藥之類的植物往城堡裏送。

我對猴王道：「這些大猴子你從哪找來的，從地球過來時，我怎麼沒見到過這些身強力大的異種猴子？」猴子頭得意洋洋的望著我，站在我面前及腰的高度，仰望著我，又開始唾沫四濺的說開了。

忽然我發現了一株罕見的人參，一把從一個猴子嘴中奪下來，拿到眼前仔細查看了一遍，湊在鼻尖聞了聞，這種氣味絕對不會錯，這株野人參少說也三百年了？

正在讚嘆著，忽然從另一個猴子懷中的果子裏發現了另一個讓我驚異的東西，是一株旱蓮，從其色澤上看大概也有百年的時間，哇，這種東西都有。我吃驚的望著猴子頭，嘆道：「你們這群猴子是不是一夜之間成了爆發戶，怎麼會有這麼多好東西？」

望著城堡外排成一條長龍的猴群，我忽然醒悟，暗道：「千年大森林，未經人工採伐，難怪這群猴子都能搞到這麼多好東西，我想有時候，『似鳳』也應該適當的活動活動筋骨了。」

這群猴子還真是精明，剛到這裏沒幾天，竟然從深林中挖出這麼多好寶貝，我化身爲狼人，這才知道爲什麼這群外地猴子沒過幾天就弄到這麼多好寶貝。

原來這座深山中，本就存在很多的猴群，包括這群身強體大的異種猴子，只是這些群猴子很少有幾隻是寵獸，結果猴子頭帶著二三萬猴子找地盤，和本地猴子發生了衝突，猴子頭這幾萬隻猴子中有五六千的寵獸級別的猴子，結果這些普通猴子全被猴子頭給打敗了，現在猴子頭是這片猴子中最大的猴王。

我說牠怎麼看起來好像又回到了年輕時代的樣子，原來是這個緣故，這座綿延萬里的山脈遠非牠們以前所居住的那個小山所能比的，而且靈氣充足，是牠們進化的好地方，爲了感謝我，就帶著搜刮來的果子來給我送禮來了。

搞清了來龍去脈，我嘆道：「這群猴子還知道知恩圖報，看來沒帶錯牠們。這群猴子以後要好好栽培栽培。」

藍薇向我抱怨道：「天哥，這麼多果子，我們吃也吃不完的。」

我笑道：「全弄到地下的那個恒溫冷藏室，這些果子很多是藥果，可以入藥，更能制出不錯的靈丹，這個東西可不嫌多啊。」

藍薇笑吟吟的望著我道：「連猴子你都要剝削啊。」

我笑道：「我可不是占牠們便宜，你沒看到是牠們主動來給我送禮嗎，這片廣闊的原始森林，擁有豐富的資源，這點小果子，不過是九牛一毛罷了，再說這個猴子頭現在作了這座山頭最大的猴王，牠是來感謝我把牠們從地球帶到方舟星來。」

藍薇美目異彩連閃，走到我身邊與我並肩站著，望著來往的猴子們，我輕攬她的香肩，道：「你看這群猴子，有沒有彷彿看自己孩子的感覺。」

藍薇微微點頭道：「是的，牠們和我倆一塊從地球移居至此，這個地方對我們來說都是陌生的，而相比較牠們和我反而有種很溫暖的感覺，就像是一家人一樣。」

我感嘆道：「牠們到了這裏，有咱們的保護，就可以安心的居住在這片美麗的大自然中，至少在百年中不會受到人類的迫害。」

猴子頭一聲尖銳的叫聲，猴群如潮水般退去，轉眼間就消失在叢密的森林中，像是從來就沒有出現過，我心中感嘆這些猴子真是神出鬼沒，在這種光線昏暗叢林深密的大森林中，想要抓住這些機靈的猴子恐怕也不是那麼容易的事。

回到城堡內，我和藍薇兩人費力的將差不多上萬斤的野果向地下室運去，望著偌大的城堡，竟然只有我和藍薇兩個人住，是不是有點太奢侈了，望著藍薇興致勃勃的和我一塊把果子送下去，我非常心疼藍薇那雙秀嫩的玉手，這麼大的城堡，打掃也是件麻煩的事，雖然很多事情都是機器來完成的，但仍然是件很累的工作。

搬完所有果子，累得我和藍薇大汗淋漓，我有些後悔剛剛沒有讓那些精力充沛的猴子們直接把果子送到地下室那個恒溫冷藏室了。唯一讓我感到開心的是和藍薇一塊洗了鴛鴦浴。

披著浴巾，我和藍薇站在陽台沐浴在清晨和煦的陽光裏，感受著充滿靈氣的空氣在空中流動，吃著新鮮的野果，不禁大嘆人生美好。

只可惜偌大的城堡只有我和藍薇兩人，顯得過於冷清了些，傲雲這個傢伙難道沒想過我和藍薇住不了這麼大的城堡嗎？我把自己所有的寵獸都放了出來，好增加一點人氣。

藍薇也把那隻高傲的小馬王給放了出來，小馬王顛著輕巧的步子在陌生的環境裏蹦來跳去，顯得對這麼大的地方感到很滿意。

七小、小黑龜、「似鳳」、豬豬寵、變色龍，就連劍靈大地之熊和相貌兇惡的蛇獅都被我放了出來。

藍薇抱著可愛的豬豬寵，我則拿著一株九幽草逗弄著變色龍寵，粉紅色的豬豬寵還是那副樣子，一點也沒變化，彷彿永遠也睡不夠的樣子，什麼都引不起牠的興趣，懶懶的瞇著眼，不時發出「呼嚕呼嚕」的聲音，任藍薇抓著牠大大的耳朵。

變色龍寵忽然將捲在一塊的舌頭吐出，將我手中的九幽草給捲到嘴中，大口的吃起來。我將牠放到一邊，笑著向藍薇道：「藍薇，咱們好像有訪客到了。」我聽到微弱的氣流振動聲，這與飛行發出的破空聲是不同的，應該是機器推動氣流造成的。

我和藍薇望著氣流振動的方向，很快一隻小型飛船在城堡前停下，傲雲施施然從飛船中走出來，我笑道：「這傢伙，竟然駕著飛船來，難道他想讓所有人都知道我們住在這裏嗎，直接飛過來不就好了。」

我和藍薇下去接迎這傢伙，傲雲見到我倆，哈哈笑道：「世兄，看到我是不是很感動啊，住這麼大個城堡是不是很寂寞啊。」

我沒好氣的道：「既然知道，還給我蓋這麼大的城堡，你知道這麼大的城堡只打掃就可以耗去我一天的時間。」

藍薇淡淡笑道：「傲雲既然想到這點，今天是來幫我們解決這個問題的吧。」

傲雲笑著道：「還是嫂子明白小弟。孩子們把東西給我抬出來。」接著對我倆道：「世兄、嫂子，來看我給你們帶什麼好東西來了。」

我忽然一臉古怪的道：「不會又花我的錢給我送禮吧！是不是又把支票帶來，臨走時讓我簽啊。」

傲雲沒有一點尷尬，呵呵笑道：「放心吧，這次絕對免費，這是我們自家的產品，不過卻是最新的。」

我望著一群技術工抬著一堆堆的零件從飛船上魚貫而出，我皺眉道：「你帶來的是什麼東西，怎麼看起來感覺很古怪？」

傲雲一邊向另一批技術工道：「組裝起來。」一邊向我介紹道：「這是我們『洗武堂』開發出來的第五代智慧型機器人，簡稱智五！它們的大腦部分是我們新研發的智慧晶片，具有不斷學習的功能。市場價得要一百萬方舟幣，哈哈，我們都是自家人了，這二十個智五機器人就當兄弟我送你們的禮物了。」

說著指著一台剛裝好的機器人道：「這台機器人是專門用來打掃城堡用的，如這類清潔類機器人有十二台，還有三台是給你們作食物的，你可以命令它們作出適合你們口味的菜，剩下五台機器人是修理用的，城堡方面的修理就教給他們吧。」

我指著一個剛組裝好的半人高大小的機械狗道：「這是幹什麼用的？」

傲雲拍拍冰冷的狗腦袋，機械狗突然活動起來，見它靈活的動作，簡直不像是機械製作出來的，傲雲道：「這也是我們公司的產品，第三代智慧型警衛狗，它的兩隻眼睛具有紅外線功能，可在任何環境下視物，它的尾巴裝有五千伏的高壓電，嘴的兩側有雷射器，可以聽候你的指示對任何敵人發出攻擊。」

我點點頭道：「有些意思。」

傲雲誇張的道：「有些意思？這一隻機械狗可是八十萬方舟幣，一點也不比機器人便宜，這種機械狗我給你帶來六隻。這些東西合在一塊可是上千萬的東西，想想就心疼啊。」

接著他賊眉鼠目的拍著我肩膀道：「太陽海之行時，你該知道怎麼做了，嘿嘿。」

我道黃鼠狼怎麼可能給雞拜年呢，原來目的在此，我心照不宣的瞥了他一眼，悠然道：「有英雄救美的好事自然會讓給你的，你應該防備的是月師姐，有月師姐在，呵呵，你的目的不大容易達成呢。」

「嘿嘿！」傲雲賊兮兮的發出得意的笑聲，「這個還用你教我嗎，我已經和未來的姐夫通知過了，自然是互惠互利，我會給他製造機會讓他有和月丫頭單獨相處的機會，嘿嘿。」

我哈哈大笑道：「你手腳還真快啊，保佑月師姐不會知道這件事，不然你就死定了，月師姐要是發火，我可幫不了你，千萬不要把我扯進來。」

藍薇白了我倆一眼，道：「原來如此，你們早就有預謀的，我道爲何你們這群男人這麼積極的要去太陽海旅行呢，不理你們了。」

不理傲雲一副陶醉的模樣，我追著藍薇走過去，我可不想和他攪和在一起，我是中立派的，只想和藍薇欣賞美麗的太陽海，感受一段愜意的太陽海之行，那些事還是讓傲雲自個頭疼去吧。

七小搖頭晃腦的跟在我們身後，這下牠們可開心了，再也不用煩悶地被封在神鐵木劍中了。

和傲雲商量好下個月初開始我們的太陽海之行，傲雲啓動了機器人的晶片，保證它們可以正常進行工作後，就帶著技術工人們乘著飛船回去了。

看著那些機器人靈活的在城堡中穿梭，我忽然有些古怪的感覺。不過它們雖然只會聽命令行事，但是不斷的走來走去，已讓我有種熱鬧的感覺，不再像先前般寂寞冷清。

傲雲告訴我，這些機器人的零件都是最好的，最少也可以使用五十年之久，而且它們體內有一塊蓄電池，它們的動力都是從這塊蓄電池得到，沒有電的時候它們會自己去充電。城堡的能量系統是由太陽能轉化得來，一次吸收太陽能足夠城堡一個月所用，如果將儲備裝得滿滿的，足可以使用一年的時間，所以也不怕陰雨天連續封山見不到陽光。

山中的歲月過得很快，要不人說山中無甲子呢。日出日落，一晃就是一個星期過去了，我和藍薇也逐漸適應了這麼一批不知疲倦的機器人夜以繼日的在城堡中忙碌著，每天早上起來都有早已準備好的早餐等著我們，原以爲機器人做不出什麼好吃的，結果卻大吃一驚的發現，機器人的手藝原來是很不賴的。

只是七小們仍對那五隻機械狗有些敵意，尤其看著它們閃著紅光的眼睛，有幾次差點就把機器狗給撕碎了。

猴子頭不時還帶著一大群猴子來拜訪我，好像這裏是牠的家一樣。

短短的時間，茂盛的叢林莖生植物，就將城堡給覆蓋了，遠遠的看去，好像只是一大片植物般，根本看不出這裏其實是一個城堡。

我穩穩當當的坐在城堡的最高處，充足的陽光灑照在身上，我心境平和的運起「九曲十八彎」功法，充沛的靈氣源源不斷的從外界補充到體內，隨著經脈中的真氣一併運轉著，這裏的靈氣很足，一次的修煉可以抵得上平常兩三次的積累。

因此我和藍薇的進步很快。我調息完畢，任陰陽二氣自由的在體內運轉，我取出神鐵木劍，這柄劍好則好已，可惜只是一個劍胚，我還拿不定主意該如何將它煉製成何種模樣。

三叔曾說過，只要煉製得當，這柄神鐵木劍可以煉成一柄不次於神劍的好劍，迎著金黃的陽光，我細細的觀察著神鐵木劍的紋路，一時半會兒仍沒有任何頭緒，我嘆了口氣將神鐵木劍放了下來，心中想著，如果是三叔，他會如何利用這段神鐵木劍呢？

忽然一陣氣流的滾動吸引了我的興趣，以氣流的頻率來推測，有一個修爲不低的人正駕著風向我這裏飛來。

我長身而起，站在城堡之頂，遙目望著遠方的天空，一個黑色的小點隨即進入到我的視線中，來人竟比我預料的速度要快很多，看來他的修爲頗爲可觀哩，來人越來越近，我也看清楚了，來人是一個中年男人，身材魁梧，方形的臉盤透露出一絲怒色，腳下是一隻巨鷹。

原來是我推測錯了，他是駕著自己的寵獸飛來的，而非自己使用飛行術飛來的，難怪那麼快。他停在城堡前，竟然對我視若無睹，朝著城堡一陣大喊：「誰是城堡的主人！」接著看到城堡上的「馭獸齋」幾個字，怒聲喊道：「狗屁馭獸齋城堡的主人給我出來，讓老雷我剝了你的皮，拆了你的骨……」

突然自稱老雷的人眼前一花，白光閃過，一個美若天仙下凡的女子赤裸著雙腳踩著一柄神劍，在金燦燦的陽光下出現。

第十三章　寵獸兵器

原本正脾氣火暴怒罵城堡的主人也就是我的時候，突然見到天仙般的藍薇，頓時訥訥的說不出話來，聲音越來越低，逐漸沒有聲音了。

藍薇沒有說話，只是面若寒霜的望著他。

我嘻嘻在心中笑道：「藍薇的脾氣真是比以前好很多，這個熊似的大漢好像很怕藍薇似的。」

氣勢洶洶的來人突然也感到有些不對勁，自己是來找麻煩的，怎麼可以示弱，可是對著這樣美麗的女人就是說不出話來，吭哧了半天，乾咳道：「那個，那個狗屁……城堡主人就是你嗎？」

藍薇踩著神劍，穿著白色的睡裙在陽光下純潔的如同天使，藍薇輕啓檀口，剛要說話，卻不料聞訊趕來的五隻機械狗，已經把面前的大漢列爲敵人，不用我們的命令自動啓動攻擊指令，十幾道鐳射突然發射出去，沒有防備的大漢要不是有腳下的大鷹護著，差點受傷。

這個意外頓時把他鬧了個大紅臉，紅得比猴子頭的屁股還紅，我饒有興致的望著這個魯莽的大漢，靜觀事態發展。藍薇最近實力大進，正好拿這個魯莽的傢伙試試手。藍薇也看出眼前的人是個心性淳樸，勇氣過人卻魯莽的傢伙，皺皺眉頭靜靜的看著他。

他從背後取出一口寬背大刀，我一眼看出此刀乃是精鋼所製，裏面摻雜了一些稀有的材料更添此刀的鋒利，不過柔性稍缺。刀背低端刻有「李大師」幾個字，我心中暗笑，原來是那個老頭子製造的。

他手忙腳亂的擋下幾波鐳射，隨即穩住陣腳，揮動手中的大背刀信手擋著機械狗的攻擊，趁著空閒，布出一個能量罩，將自己和腳下的雄鷹給護住。

藍薇嬌斥了一聲，停住了警戒狗的攻擊，望著眼前緊張的大漢，淡淡的道：「對不起，這幾隻機械狗是朋友剛送過來的，負責城堡的安全，凡是闖進城堡警戒範圍內的，它們都會視之爲敵人而自動攻擊。」

大漢本想質問藍薇爲何不問緣由就攻擊，藍薇卻搶在他前面給出了理由，頓時讓大漢又愣了，對著藍薇的目光渾身感到不自在，悶了半天忽然吼道：「難道城堡裏沒有男人嗎？讓你一個女人出來。」

我哈哈大笑道：「誰說沒有男人！是你沒看到吧，我可一直都站在這哩，這位大哥找我有什麼事嗎，我們新近才搬到這裏，有什麼沒做到的地方，還請大哥原諒。」

大漢氣哼哼的瞪著我道：「別和我攀親戚，我才不是你大哥，還好你們只搬來兩天，就已經把方舟山弄得烏煙瘴氣，要是讓你們在這裏多待幾天，非得把方舟山給拆了不可。」

我飛下來，停在藍薇身邊，聽到大漢的抱怨，我和藍薇互望了一眼，感到此話大有玄奧，我們初來而已，還沒超過半個月，活動範圍也只不過在城堡裏，何曾出去過，更談不上什麼破壞。

我淡淡的道：「這位英雄說的事，我夫妻有些不明白，還望仔細說明。」

大漢見我稱他英雄，臉上的怒容消淡了不少，聞言哼了一聲，不敢對視藍薇的目光，望著我道：「我問你們，你們來的時候是不是帶來幾萬隻猴子？」

這沒什麼好隱瞞的，我點頭道：「不錯，這幾萬隻猴子是我從地球帶來的。敢問兄台貴姓啊，我想請教兄台一早來我的城堡大叫大嚷，還出言不遜，與猴群有什麼關係嗎？我把猴群放歸原始森林，就像把魚兒放歸大海一樣，這有什麼稀奇的。」

大漢向我拱手道：「在下姓雷，雷公的雷。你帶來的猴子和別地的猴子不一樣！」

我奇道：「都是猴子有什麼不一樣，也就大小個頭不一樣，還是毛色有差異，就算都不一樣，這有又有什麼稀奇的呢？難道雷兄對猴子有特殊喜好不成嗎？猴子的差異關雷兄何事。」

他停了一會兒，忽然大聲道：「你以爲我想來找你嗎？以前你們沒來的時候，我不知道每天過得多麼逍遙自在，安心修煉。」

我笑道：「你接著修煉不就好了，我們來了好像也沒給你們帶來什麼麻煩吧，我們夫妻來這也不過十天，每天只待在城堡中。順便問一句，雷兄住在哪裏？」

大漢哼道：「我住在你們隔壁的山頭。」

我向藍薇微微笑道：「沒想到，咱們這裏還有鄰居呢。」藍薇向他淡淡一笑道：「既然是鄰居，那不妨進來坐坐。」

大漢躲閃著不敢看藍薇的目光，憋紅了臉，斷斷續續的道：「不，不不進去坐了。」

我接過話頭道：「敢問雷兄，我帶來的猴子給雷兄帶來了什麼麻煩？」

大漢對著我又恢復了眼中的神采，道：「你們帶來的地球猴子，不知道爲什麼特別好鬥，剛來幾天，就已經把猴爪從你這座山伸到了我的山頭來，幾個猴群打得不亦樂乎，都打了四五天了，讓我實在無法靜下心來修煉，實在無奈才來找你們，你們是不是可以想個辦法，讓這群野猴子安靜下來？」

聽到大漢說出緣由，頓時讓我哭笑不得，竟然有這種事，這群猴子實在太不安分了，當真是山中無老虎，猴子稱大王，現在猴子頭不但要稱大王，而且還把魔爪伸到隔壁的山頭，難怪人家都找上門來了。

大漢又道：「你們帶來的地球猴子不但成天在我的山頭上鬧，而且在南邊的那幾座山，這兩天也出現了牠們的蹤影，我想過不了幾天，那邊的修道者也會找來了。」

正說話間，在茂密的森林深處，猴子頭在一大群猴子的簇擁下，前呼後擁的出現了，猴子們懷中抱著的那些東西，想來是給我送禮的。這個時候給我送禮，不是讓人誤會我嗎，我真是跳進天河都洗不清了。

大漢神情古怪的望著這群猴子，然後又看看我。

猴子頭旁若無人的大搖大擺向我走來，一聲尖嘯，猴子猴孫們俐落的將懷中的禮物都送到了城堡中。

不用說，這些東西一定是牠打江山獲得的戰利品，要是換個時間送來，我一定非常欣喜的接納下來，可是這個時候實在不合時宜啊。

我望著大漢逐漸變青的臉，忙尷尬的解釋道：「等等，事情不是你想像的那個樣子，是這樣的，這些猴子和我關係很好，所以……」

真是越描越黑，大漢大聲向我喝道：「住口，人贓並獲，你還跟我狡辯，剛才差點被你蒙混過關，還以爲你挺老實的，沒想到你這麼狡猾，什麼都不用說了，看我今天不教訓教訓你這種小輩！」

看他已經作勢準備動手，我心中苦笑，我是小輩，我要說出自己的輩分還不嚇死你，天下間還有人比四大聖者更長的人嗎？

大漢神色凌厲的揚起手中的寬背刀，腳下一點雄鷹的背，雄鷹一聲長吟，兩對肉翅呼的一扇，由於離地面較近，連地面的樹葉草根灰塵都被卷到空中，在空中飄飄揚揚，聲勢十分巨大。

他腳下的飛行系寵是隻比較難得的六級上品寵獸，我可不想剛到這就和這裏的修道者發生爭鬥，聽他的口氣，這裏的修道者應該不止一人，而他來找我，應該是他們的人推舉他帶頭過來找我的吧。

俗話說強龍不壓地頭蛇，這要打起來，可就真的有理也說不清了，我在心中已經把那個不安分的猴子頭給從頭罵到尾，沒事幹什麼不好，去建造一個猴穴或者去釀「猴兒酒」，這不都是很好的選擇嗎，爲什麼非要學習人類那樣，到處搶地盤呢，仗著你猴多勢眾，又有幾千猴寵撐腰嗎，我倒真的該想想，這傢伙屢次來給我送禮的動機了，猴精，猴精，我經歷了那麼多大風大浪的，不要到了最後，反被這些賊猴頭給騙了。

我剛想往後退去，忽然藍薇嬌聲哼道：「天哥，把他交給我了！」說著話，腳下的神劍，忽然在陽光下催發出更燦爛的光芒，藍薇宛若冷豔無雙的女戰神，雙眼刺出凜然不可侵犯的神采。

藍薇的修爲我很放心，再說這傢伙好像對藍薇有些緊張，我直覺這個傢伙好像對女人有些莫名的懼怕。

果然當藍薇說完話迎上去的時候，他忽然像洩了氣的皮球，再不復剛才對我說話時的那種強大的氣勢。

藍薇可不管那麼多，一往無前、氣勢如虹，眨眼間，已趕在大漢退後前來到他面前，瞬間，以腳御劍連續以至少十六個不同的角度，攻出三十劍之多，而大漢只是勉強的用寬背刀抵擋著。

「叮叮噹噹！」

幾聲脆響後，藍薇倏地退回到我身邊，俏立著，美眸不屑的望著他。

大漢狼狽的舉起手中只剩下半截的寬背刀，抬頭怒目圓睜罵道：「你他奶奶的，……老子，咳，我這把刀可是花了很高的價錢從『煉器坊』的李大師手中買來的。」

在藍薇的注視下，大漢的聲音越來越低，逐漸就只剩蚊蟲般大小，我懷疑他是否還清楚的知道自己在說什麼。

如此魁梧大漢，竟然怕女人到如此程度，真是讓我感嘆世界的奇妙。

我淡淡一笑道：「事情並非你想的那樣，這群野猴子並非受到我們夫妻的指使，四處去搶山頭，實乃是牠們自己的行爲。」

大漢頗爲不屑的望著我道：「哼，任你說得天花亂墜，我也只相信我自己的眼睛，難道親眼看到的還會有假嗎？這些笨猴子如果不是受你指使，怎麼會抬著這麼多東西給你送來，分明就是你命令這些猴子到處占山頭，搶東西。」

我被這個魯莽的大漢氣得哈哈大笑出來，我望著他，心中暗道：「哈，就這麼隨便的給我安上了個背後指使的罪名，難道我還怕了你不成。」我長長的舒了口氣，嘴中小聲念叨：「搞好鄰里關係，搞好鄰里關係。」我道：「請不要這麼快下結論，你仔細想想，如果真是我故意指使的，我會讓你看見牠們把東西往我的城堡裏送嗎？」

大漢道：「那是你不知道我會來，所以沒防備讓我碰個正著。」

我還要解釋，大漢不耐煩的一揮手中的斷刀道：「不用給我說那麼多，我們武道修行者，只信奉力量，如果你的力量超過我，隨便你怎麼樣都可以，你要是打不過我，就乖乖聽我的話，把這些地球猴子給送回去，否則我就拆了你的城堡。」

藍薇杏眸射出怒色，面若寒霜，一催腳下的神劍，放出猛烈的劍光。

大漢見藍薇要上來和他打，馬上指著我道：「你，上來，我要和你打，不要讓一個女人護著你。」

我哈哈大笑道：「雷兄說得對，我不能讓我妻子來護著我，應該是我保護她才對，既然雷兄一再的指明要一戰，那我就勉爲其難陪你玩玩，只是雷兄的兵器斷了，我也就空手陪雷兄玩玩吧。」

大漢傲然的望著我道：「兵器不用你擔心，我會讓你見識到方舟山武道修行者的真正厲害之處，在方舟山所有修行者中，我可是排到第十位，你要小心了，只要你高喊認輸，我就會馬上停手不會傷到你。」

我好笑的望著他，大漢性子直，說話乾脆，就是有些性格魯莽，傷著我？我經歷的那些事中，什麼樣的高手沒見過，難道我還會敗在你手中嗎！我悠然道：「我一定會記得的。」

手中拿著神鐵木劍，姿勢不變，腳下的真氣御動氣流把我帶到他面前，大漢見我飛行的動作，眼中閃過一絲驚訝之色，隨即興奮的道：「原來你還有些功夫，我還真怕你功夫太差，兩下把你給打趴下了，這下可好，可以好好打一場了。」

我淡淡一笑道：「希望你等會還有力氣說這些話。」

大漢不以爲意的道：「你想打贏我嗎，我勸你還是想好怎麼保住自己的小命吧，我可是能夠排到第十位的高手！」

我笑笑，揚起手中的神鐵木劍道：「雷兄請勿小覷了這柄木劍，雖然這柄木劍是我最差的一件兵器，卻仍是非常厲害的。此木喚作神鐵木，乃是吸收了浴火重生鳳凰的靈氣而生長成的。」

大漢聽我解釋，眼中射出非常驚訝的神色，凝視著我手中看似極為普通的木劍，臉色逐漸凝重起來，望著我的目光不再只是鄙夷，還有一些感激，話語仍有些強硬的道：「兄台看來並非全是一個自私的人，既然你坦誠相告，那我也不會藏著掖著。」

大漢神色端重的催動自己的內息，幾道烏光閃耀，兩隻五彩蠍子一隻足有拳頭大小，突然附在大漢的兩隻手臂上，大漢緊皺著眉頭，看起來非常痛苦的模樣，不知道他在忍受什麼。

我突然驚訝的發現兩隻五彩蠍子忽然下半身注入到他的兩隻手臂上，漸漸只剩下三分之一的身體露在外面。大漢忽然大喊一聲，脖上、手臂上青筋暴起，兩隻手臂的青筋呈波浪形向前推進。

兩隻五彩蠍子的身體竟然漸漸的長大，等到大漢神色平靜下來，兩隻五彩蠍子寵已經長大到半個磨盤大小，實在是驚人！

大漢頗有得色的望著我道：「這兩隻蠍子寵乃是我精心飼養，創造的獨門絕技，配合我的內功心法，發揮出的威力比一般的刀槍要大的多，平常我是很少使用的，今天破例讓你開開眼界。」

我凝神望著他手臂上的兩隻五彩蠍子寵，心中頗受震撼！

沒想到寵獸還可以這麼用，說爲獨門絕技一點也不爲過啊。兩隻五彩蠍子身上散發著金屬般的光澤，兩對大大的鉗子不時開合！看起來，仍擁有自己的意識！

這種應該屬於半合體方式吧，果然天下之大無奇不有，能人異士更是多不勝數。我從容笑道：「雷兄確實讓在下開了一次眼界，如此利用寵獸以之爲兵器的情形，我還是第一次見到。」

大漢得意道：「上次方舟山武道修行者聚會的時候，我就是憑藉這兩隻寶貝蠍子躋身前十名，等下你自己留心了，我這兩隻寶貝蠍子會自動發起攻擊的，比你那幾隻機械狗要聰明多了。」

大漢竟然還記著剛才突然受到警衛狗襲擊的事，我淡淡笑道：「那你也要小心了，我的神鐵木劍可是堪比神器的物件，催發出來的劍氣比起普通刀劍可是猛烈數倍，我可不想一個不小心把雷兄的兩隻寵獸蠍子給毀了。」

大漢彷彿聽到了最好笑的笑話，咧開大嘴哈哈笑道：「一看你就知道是沒出過遠門的娃娃，我這兩隻蠍子可不是普通的寵獸，嘿嘿，爲了這兩隻蠍子，我可是差點把命都丟在太陽海中了。」

我愕然道：「你的蠍子是從太陽海中得來的？」

大漢憨厚的一笑，炫耀的揚起手中的兩隻五彩蠍子，兩隻小蠍子也配合的甩了甩帶著尖刺的尾巴，兩隻大鉗子一陣揮舞。

大漢道：「太陽海乃是天下最神秘的地方，沒有人能看透她！有許多不為人所知的神奇地方，有天下最多的古怪生物，更有非常強橫的怪獸，我懷疑就算是神龍，恐怕都沒法安然度過太陽海。」

我為之愕然，在傲雲口中美麗得宛若桃花源的地方，到了眼前大漢的嘴中卻又充滿了詭異，神秘，淒美的色彩。

到底這太陽海究竟會是個什麼樣子，一時間我忽然充滿了強烈的嚮往。

大漢打開了話匣子，竟然忘了戰鬥，唾沫四濺的向我敘述那段往事，給我描述他是在怎麼一個危險的情景下，不屈不撓的帶回了這兩隻五彩蠍子。只看他敘述的流利程度，我可以猜想這段故事，他已經不知道說過多少遍了吧，當他說完一次，意猶未盡的想再給我從頭再重新說一次的時候，我不得不打斷他。

我乾咳兩聲，微微笑道：「請問雷兄，要不要先隨我夫妻倆回到城堡中，喝點水，再來打過！」

大漢也忽然驚覺自己光顧說著高興，把來這兒的正事給忘了，此時被我點出，有些尷尬的道：「那個，那個水不用喝了，我們還是現在打吧。」

還沒說完他就彷彿要掩飾似的，倉促的揚起雙臂向我衝過來。

我見他說話吞吞吐吐的樣子，動作也如小孩子般好玩，心中頓覺得這個大漢還頗有他的可愛之處。

如此魯莽的撲過來，雙臂抬得那麼高，露出中下面的大片空當，因爲衝得太急，下盤有些踉蹌不穩，我在心中暗笑這個傢伙實在有些太心急了，一眼就讓我發現這麼多的破綻，如果我要是成心給他難看，此時他已經躺在地上了。

面對他氣勢洶洶的氣勢，我從容不迫的躲過他的第一次正面攻擊，我們倆身形錯過的一刹那，我輕盈的用手中木劍向他的上腹部點去。

突然我感到木劍一緊，木劍竟然被他的一隻蠍子用大鉗子給死死夾住，我身形一滯，竟被他拉住了！

我心中微驚，這將寵獸拿來當兵器的功法不可小覷呢！

而且他的這兩隻蠍子果然如他所說，身體表面異常堅固，而且在合體後經過他的內息的護持，就更加堅硬了。

大漢看似魯莽，修爲卻絕對不淺，抓住我身體受制的瞬間工夫，手腳並用，另一隻手掄起大大的拳頭向我面部擊來，如果被他的蠍子打中面部，我想我只有去整容了。

雖然在空中，他的身體依然靈活無比，這顯示他擁有足夠在天空中任意活動的內息，雙腳陰狠的連環踢出了八腳，分別攻向我的上腹部，中腹部，下腹部和腹部以下。

我不得不佩服他的動作迅速，出手果斷、辛辣，只是一瞬間的工夫，就讓我不得不屈居下風。

還好我空出的另一隻手還有一個護臂，心念一動，護臂立即被內息催化爲戰鬥形態，險之毫釐的在他打中我的面部時，把他給擋下了。

同時抬腿化解他那隨後而來如急風暴雨般的攻擊。

如果要比內息雄厚，估計他拍馬也趕不上我，灌足了內息的雙腿，與他硬碰硬的對了八次後，直疼得他連臉都扭曲了。

我呵呵一笑，陰冷無比的至陰內息隨即順著神鐵木劍送了出去，劍身一送，我知道那隻蠍子忍受不了這種程度的溫度，鬆開了大鉗子。

我趁機抽回神鐵木劍，同時反身向他的背部拍過去。

我本來可以用神鐵木劍催發出無堅不摧的劍氣，強行斬斷五彩蠍子的那隻大鉗子然後脫身的，只是如此奇特的寵獸如果毀在我手上豈不可惜，而且萬一真如他所說，他的蠍子可以抵擋住我的劍氣，那我不就更慘了嗎！

大漢被我不輕不重的拍在背部，往前一個趔趄隨即穩住身體，轉過身來驚奇的望著我，有些不相信的下意識舉起手中的五彩蠍子，在他的記憶中，被他的蠍子抓住兵器的人，除了丟棄兵器或者兵器被蠍子夾斷，還沒人能夠這麼輕易脫身的。

我悠然的望著他，目光不時掃向他的五彩蠍子，真是奇怪的小傢伙。我的陰陽兩氣比起一般的至陰純陽都要純淨得多，如果那隻小傢伙不怕我的至陰真氣，我就會立即轉化爲純陽真氣。

「再來過！我可是十大高手啊，怎麼會打不過你，剛剛你一定是僥倖！」大漢自尊心受到創傷，不服氣的向我再次發出挑戰。

我微微抬高手臂，手中木劍射出一道淡黃光暈的劍氣，在劍尖吞吐不定，強大氣勢已由心發，向他威壓而去。他受到氣場的影響，頓時臉色大變，無比凝重的望著我，有些懼怕的望著我道：「你竟然會老大的絕技！」

我呵呵一笑，我猜他沒想到我高明若斯吧。看著他使出全身修爲努力的抗拒我在精神上對他的壓力時，我已經十分肯定，他的修爲差我不止一個級別啊，藍薇也能夠輕易勝他！我忽然收回全部氣勢，他壓力頓時大減，臉上明顯的鬆了口氣，再向我望來時，我已經整個人不見了，化作一縷青煙般已經逼到他身前。

他駭然後退，雙手的五彩蠍子不但揮舞著大鉗子守護他，同時還向外釋放著淡淡的五彩毒煙，輕微的腥味飄進鼻中，竟然令我產生一陣眩暈，我暗暗驚訝：「好毒的煙！以我現在的深厚修爲，竟然仍有不適感。」心念一動，神鐵木劍上已經出現了一朵蓮花般的三昧真火，全身籠罩在淡淡藍瑩瑩的幽光中。

空氣中四散飄溢的五彩毒煙彷彿遇到了剋星般，藍光所及處，紛紛消化得無影無蹤，連兩隻一向強橫的五彩蠍子寵，也頗爲懼怕的盯著木劍上的三昧真火，收起了四隻大鉗子，瑟瑟發抖的附在大漢兩手上。

我收劍挺立，笑吟吟的望著垂頭喪氣，滿面驚容的大漢，道：「勝負已分，不需要再鬥下去了。」

大漢黯然的望了我一眼，嘆了口氣道：「我輸得心服口服，你的修爲實在太強了，我膽敢挑戰你是自不量力，在我們方舟山兩千二百三十五位武道修行者中也只有我們老大才和你有一拚之力。」

圍在下方的猴群們，剛才還被我倆的比鬥嚇得吱哇亂叫，此時見大漢低眉順目的，在猴子頭的帶領下手舞足蹈的譏笑起來。

我瞪了這些猴子一眼，然後訝然道：「方舟山竟然有這麼多的武道修行者嗎！爲何我卻不曾發現一個？」

大漢傻笑一聲，有些驕傲的道：「若說修爲你是很高明，但是要說潛藏隱行的功夫，你就大大不如了。」

竟然還有這等功法，我頓時來了興趣，同時也被他憨厚耿直的性格吸引，我邀請道：

「雷兄要是不介意的話，請到家中一敘如何？城堡中還有美酒數罈，我們可邊飲邊說。」

藍薇也早收起了腳下神劍，見我有化干戈為玉帛之意，向我微微笑道：「天哥，我先去準備美酒。」嫋嫋的降到地面，揮退了幾隻警戒狗，打開城堡大門，飄然飛了進去。

我原本想說請他進來吃個早餐，喝點果汁之類的話，但我見他面相粗獷，行事又有些魯莽，恐怕是不會愛喝果汁的，正好家中有梅魁派人送來的十幾罈的「百花釀」，用來招待他應該是再合適不過了。

大漢果然咋了咋嘴，頗為意動，卻還有些猶豫不絕，彷彿有些顧慮。我若無其事的道：「這個酒是后羿星的一位好友送給我的，這幾罈美酒乃是才採百花釀造而成，又埋在地下幾十年，實在珍貴之極啊，我是看雷兄為人豪爽，是個可交的朋友，才捨得拿出來的！」

大漢被我說得越發心動，轉頭四下打量了一眼，然後轉過身來，發狠道：「老大平時總不讓我喝酒，說武道修行必須清心寡欲，平時也就吃點瓜果桃李，喝些山中泉水。今天我豁出去了，我要痛痛快快的喝上一次，嘿嘿！」

我陪著他向堡中走去，幸好有這個大漢前來找我麻煩，否則我哪裏會知道這綿延萬里的方舟山脈竟然隱藏了幾千個武道修行者，要是不弄清這些人的來歷、目的、喜好，我可不放心把城堡這個偌大的目標放在他們眼皮底下。

何況我們馬上就要遠遊，放下一空曠的城堡只有幾個機械人看家，萬一這些人不懷好意，我辛苦花了大把的錢才建好的城堡就完蛋了。

散發著獨特香味的百花釀，彷彿一隻無形的手緊緊抓住了大漢的心！

大漢開始還矜持的一小口一小口的喝著，幾杯下肚後，微帶酒意的他已經不滿足杯子了，抱起一罈百花釀痛快的「咕咚，咕咚」的灌著。

我拿起一隻熏豬腿，向大漢道：「雷兄，這是地球的醺豬腿，味道著實不壞，雷兄嘗嘗看。」

百花釀經過我的改造後（其實就是讓酒蟲在裏面洗了個澡），酒勁已經非常大了，大漢一口氣喝下一罈，此時雙眼已然有些朦朧了，聞言不捨的放下手中的酒罈，抓過我手中的醺豬腿，大口的撕咬、咀嚼著，醉醺醺的道：「這麼多年，天天過的都是和尚的生活，都快把我悶死了，今天終於讓我過癮了。」說完向我嘿嘿一笑。

我不失時機的給他倒了一杯酒，道：「如果雷兄不嫌棄的話，就是我的朋友了，以後什麼時候想來就只管來，我一定給你備好美酒佳餚。」

大漢打了個酒嗝，聞言驚訝的望著我，感激的笑道：「老兄真是好人！你這個朋友老雷我交定了。要有什麼事能用到我的，就只管開口，不要見外啊。」

時機成熟，我輕輕咳了一聲，道：「雷兄，你剛才所說那個什麼潛藏匿跡的功法……」

精彩內容請續看《馭獸齋傳說》卷六　異獸虛空

【同場加映】

出場寵獸特色簡介

蛇獅：蛇頭獅身，上古異獸，具有噴吞毒霧的特殊本領，力量非凡，噬天棍中的棍靈，擁有無限的生命，堪與五大神劍相媲美。

豬豬寵：粉紅色的皮膚，嬌小精緻的身體，不具有任何攻擊力，是一種輔助性質的寵獸，平常喜睡，但是因為其憨厚的模樣受到女孩子們的喜愛。可以進行時間和空間的跳躍，是非常神奇的寵獸。因為有了這隻寵獸，依天才能安然穿過時空隧道，不至於死在強大敵人的手中，雖不具有攻擊力，卻不可缺少。

酒蟲：一隻小肉蟲，黑豆似的眼睛看起來很狡猾，白胖胖的身軀，拇指粗，寄生在依天體內，愛喝美酒，喝數斤而不醉，對劣質酒不屑一顧，天生為酒而生，一種非常奇怪的生物，蛻化後可以將普通的水變成最為醉人的美酒。

大地之熊：幼年的大地之熊，力量很弱，只有簡單的使用大地力量的本領。熊系寵獸中最強大的一種熊寵，鍺黃色的皮毛，形象憨態可掬，平常像是個可愛的孩子，但是發起怒來，足以使大地震顫，為了脫離神劍的控制，動用龐大的力量使自己恢復到幼年時代。五大神劍之一土之厚實的劍靈，具有汲取大地力量的本領，號稱只要踩著大地就永遠不敗的上古神獸，後為依天收復。

七小：七隻幼年狼寵，是飛狗與母狼王的孩子，聰明而強悍，擁有無窮的潛力，更從父親那裏繼承了龍丹的力量，是狼原中無數小狼的王，七個小傢伙調皮可愛，最喜歡吃魚，粉嫩的腳掌卻快速有力，連似鳳也深受七個小東西的虐待，粉嘟嘟的鼻子靈敏無比。最後隨依天離開了第四行星。逐漸成長為無可匹敵的天狼！

似鳳：最接近鳳凰的種族，是鳳凰的旁支，體型嬌小，形似鳳凰而得名，身披鳳衣，在頭腹胸尾背分別有五種顏色鐫刻著「仁義禮智信」五字，善百音，可以將音樂轉化為克敵的強大武器，智慧無比，可懂人言，可惜貪玩、貪吃，是個狡猾的小東西。速度極快，任何一種寵獸都無法比擬。

就因為有牠的存在，依天的英雄之旅才顯得不那麼孤單。與主人合體後，會在背後形成兩隻嬌小的翅膀，只是這對翅膀裝飾的作用更大些，是讓依天又喜歡又頭疼的小傢伙，是依天極為重要的寵獸之一。

小龜：可愛的小東西，聰明乖巧，剛出生時，幼嫩的身體，通體烏色，靈動的小眼睛顯得十分機靈，合體後可寄予主人很強的抗擊打力。依天第一隻寵獸，得自一隻野生龜寵的卵，孵化後隨著依天一塊成長，為依天立下汗馬功勞，成就依天「鎧甲王」的尊號。乃是水中的霸者，後被依天煉為鼎靈，從奴隸獸進化至七級護體獸鼎級行列。在成長過程中屢次幫助依天度過劫難。是依天不可缺少的寵獸。

小馬王：依天在第四行星獲得的另一枚寵獸蛋，後贈於自己的愛妻藍薇，在夢幻星逐漸長大，因為棗紅色的鬃毛而得名棗子，後在全家定居在方舟山時，成為山上的一個小霸王。

五彩鐵蠍：方舟山修道之士雷姓大漢飼養的一對具有奇怪本領的寵獸，手掌大的體

形，體色鮮豔，外殼堅硬如鐵，擁有半合體能力，可以與主人的某一部份進行單獨合體

一般被當作一對生物兵器使用，可自由攻擊敵人。

【同場加映】

出場人物簡介

依天：依天以龍丹之力硬闖五大傳世神劍，在第四行星，歷經數次生死，在眾多朋友和寵獸的幫助下，斬殺魔鬼，蕩平邪惡城堡。在后羿星除掉為害甚大的魔羅，又幫助梅魁登上家主之位，除去為禍后羿人民數十年的飛船聯盟組織。歷經各種磨難，終於獲得藍薇的青睞，暢遊方舟星太陽海，卻意外的驚醒了一個絕世兇惡的人物……

龍大：美女一枚，亦是飛船聯盟的首領，與四個兄弟一起闖下五鼠名號，是個心機極深的女人，與依天有種難言的情感牽扯。

龍姓老者：五鼠的師父，修為絕高，自創鼠流派，因疼愛五鼠又不忍心收拾作惡的五人，掩耳盜鈴的躲在地球的紫城書院。

風笑兒：擁有具變形能力的異形獸，是四大星球中最有名的超級歌星，美若天仙與李藍薇是閨中好友，曾在依天剛到后羿星時有過誤會。具有非凡的武道修為，並把對音樂的造詣轉化為奇特的武道，以樂符作為攻擊的武器。

李藍薇：容貌氣質具佳，美麗可人，後與依天喜結良緣。具有很高的武學天分，得到李家五大傳世神劍「霜之哀傷」的認主，並在依天的說明下喚出劍中沉睡了幾百年的上古神獸「九尾冰狐」。與依天感情深厚。

梅魁：修煉梅家家主的最高武學「無影功法」，是梅家年輕一代中最傑出的人物，在梅無影逝世後成為家主。與依天是好朋友。

李雄：李家年輕一輩中的第一高手，從小被藍薇父母收養的孤兒，對李藍薇有非同一般的感情，但在依天出現後，黯然退出，將藍薇的一生幸福託付給了依天，並與依天成為好朋友。李雄擁有李家五大傳世神劍的「火之熱情」，是默認的下一代李家家主。

李獵：李家年輕一代的高手，幾次試圖喚醒五大傳世神劍都未能成功，因此有些自暴自棄，後與依天結為好友，得到了依天的魚皮蛇紋刀，並由此攀登上武道另一高峰。

白月：依天的師姐，四大聖者力王的女兒，父親隱世後，繼承了父親的「崑崙武道」，是個性格剛強的女人，與依天的關係很好。武道修為雖不若依天，亦極為精深。

洪海：跟隨四大聖者之一的鷹王闖蕩天下，對「洗武堂」的建立發展功不可沒，但是過於迷戀「洗武堂」，令他犯下不可饒恕的錯誤，最終導致毀滅。

洪曆：洪海的徒弟，陰險狡詐，覬覦依天的少主之位，野心勃勃的妄圖篡奪，取而代之，最後慘澹收場。

愛娃：里威的孫女，美麗乖巧，性格溫柔可人，巧得依天的三級寵白龜。與依天關係親密，情同兄妹，後進入地球第一武道學校「北斗武道」進修。

地球武道校長：一個充滿智慧的老人，修為很高，在依天追擊五鼠到地球時，指點過依天。

傲雲：四大聖者之一虎王的兒子，擁有很好的武道資質，卻天性不愛修習武道，意外的從父親藏書中找到一本記載魔法類的書，一生投入其中。經營「煉器坊」，家產無數，後來與依天、白月結盟，促成四大星球的穩定。

幻獸志異 ⑤狼子野心 (原名：馭獸齋傳說)

作　　者：雨　魔
發 行 人：陳曉林
出 版 所：風雲時代出版股份有限公司
地　　址：105台北市民生東路五段178號7樓之3
風雲書網：http://www.eastbooks.com.tw
官方部落格：http://eastbooks.pixnet.net/blog
信　　箱：h7560949@ms15.hinet.net
郵撥帳號：12043291
服務專線：(02)27560949
傳眞專線：(02)27653799
執行主編：劉宇青
美術編輯：吳宗潔

法律顧問：永然法律事務所　　李永然律師
　　　　　北辰著作權事務所　蕭雄淋律師
版權授權：蔡雷平
初版換封：2015年10月

ISBN：978-986-352-219-5

總 經 銷：成信文化事業股份有限公司
地　　址：新北市新店區中正路四維巷二弄2號4樓
電　　話：(02)2219-2080

行政院新聞局局版台業字第3595號
營利事業統一編號22759935

定 價：280元　　特價：199元

國家圖書館出版品預行編目資料

幻獸志異 / 雨魔 著. — 初版. —
臺北市 : 風雲時代, 2015.07-
冊 ;　公分
ISBN 978-986-352-219-5(第5冊 : 平裝). —

857.7　　　　104009473